中国古典诗词
名家菁华赏析丛书

王维诗歌赏析

马 玮 主编

商务印书馆国际有限公司

丛书主编

马 玮

本册撰稿人

徐 斌　马 玮

丛书编委

（按音序排列）

曹晨曦　方周立
胡连彬　马佳明
马静婉　马　骎
马　玮　南　方
徐　斌　杨二宁
杨　芳　杨　敏
　　张　一

总　目

说明 2

序 3

王维简介 5

目次 11

正文 .... 1—289

说　明

一、本书选取唐代诗人王维不同时期不同风格的代表性诗作103首。

二、所收诗以《全唐诗》为底本，同时参考其他版本。

三、所收诗按照创作年代的先后顺序排列。

四、正文前撰有王维简介，内容涉及诗人的生卒年、名号、籍贯、主要仕历或人生经历、创作经历、创作特点、他人评价或在文学史上的地位等。

五、诗原文后列有对一些难解字词、生僻字、历史词、方言词、古地名、出典、重要事件等的注释。

六、每首诗都设有题解，内容包括诗的类型、写作背景（或人物关系）、思想内容以及其他需要交代的内容等。

七、每首诗都有赏析，主要阐述诗所蕴含的文学性和思想性，对于比较难懂的诗，一般有逐句翻译式的串讲，有名句的，大都给予点出。

八、一般对一首诗撰写一篇赏析文字，某些内容联系紧密的组诗，也有合撰一篇的情况。

九、本书使用简化字和现代汉语标点，在可能有歧义时，酌用繁体字或异体字。

十、行文中涉及的年份，一般用旧纪年，其后括注公历纪年，"年"字从略。

十一、行文中如涉及与今地名不一致的旧地名时，在旧地名后括注今地名或其归属地。

序

梁 静

"中国梦",这个富于诗意的名词,激发了国人对于未来的美好憧憬。这一梦想承载着每个华夏子孙的使命与担当,寄托着无数神州儿女的未来与希冀。中国梦更是面向未来的事业,需要一代又一代青少年励志成长成才,矢志逐梦圆梦,努力让美丽青春焕发绚丽光彩!

实现美丽的中国梦,必须走中国道路,弘扬中国精神,凝聚中国力量。在中华民族五千年悠悠文明史中积淀的优秀传统文化,无疑是凝聚民族精神的思想内核。一代文学大家巴金曾说:"我们有一个丰富的文学宝库,那就是多少代作家留下的杰作,它们教育我们,鼓励我们,要我们变得更好,更纯洁,更善良,对别人更有用。文学的目的就是要人变得更好。"这座文学宝库中,唐诗宋词等闪耀着瑰丽光芒的奇葩,历千年而不朽,给世人以丰润的精神滋养;这里有杜甫"穷年忧黎元,叹息肠内热"的忧国忧民的伟大情怀;有李白"仰天大笑出门去,我辈岂是蓬蒿人"的自我肯定;有王维"行到水穷处,坐看云起时"的随缘自适;有李商隐"春蚕到死丝方尽,蜡炬成灰泪始干"的无私奉献;有苏轼"莫听穿林打叶声,何妨吟啸且徐行。竹杖芒鞋轻胜马,谁怕,一蓑烟雨任平生"的淡定、旷达。每每读之,掩卷沉思,这些诗词不仅给我们带来了唯美的精神享受,帮我们构筑起永恒的精神家园，同时，让我们的人生变得更加诗意。

众所周知，文学即是人学。无论是文学创作，还是文学阅读，出发点与归宿都是"人"，是人的心灵，人的情感，人的精神。"古人为诗贵于意在言外使人思而得之"（司马光语）。对于正处在接受德育、修养品性最佳年龄段的青少年来说，大量阅读唐诗宋词等经典作品，不仅能够让他们突破时空的限制，与千年之远、万里之外的人、生物乃至宇宙的一切生命进行对话，进行思想的沟通与心灵的交流；而且能够让他们从中汲取丰富的精神养料，以此陶冶性情与提高修养；同时，还能够让他们从先贤的境遇中学会如何面对人生，解决人生的种种问题，最终成长为具有美丽心灵的健全的"人"。

此外，大量阅读经典也能够让青少年对汉语的魅力有更深刻的感受。汉语是世界上最精练的语言文字，唐诗宋词则将汉语的这种优势发挥得淋漓尽致。在这些文学大师的笔下，语言就像是被赋予了生命一般，富有灵气，蕴藉深邃。

随着"国学热""汉语热"的回潮，以凝聚着民族和时代精神的"文学名作"为主体的大量青少年课外读本被开发、推广。商务印书馆国际有限公司出版的这套中国古典诗词名家菁华赏析丛书，首批十本，分别选取了唐代开宗立派的诗人，如王维、李白、杜甫、白居易、杜牧、李商隐，以及宋代成就卓著的词人，如柳永、苏轼、李清照、辛弃疾。每本选取一位诗词大家的具有代表性的作品近百篇，在尽可能尊重原作意旨的基础上，进行深层的赏析与阐发；同时，对作品的创作背景简单介绍，做到知人论世。至于诗作版本方面，则择善而从，一般不作校勘说明。

这套书应时而出，定会对广大青少年提高审美鉴赏能力、提升思想境界起到积极的作用。

王维简介

王维（701—761），盛唐时期的著名诗人，字摩诘，别号"诗佛"，祖籍山西太原祁县。他既是盛唐诗人的杰出代表之一，也是中国文学史上山水田园诗派的代表人物之一，一生中留下了许多脍炙人口的优秀诗篇，因官至尚书右丞，所以人称王右丞。有《王右丞集》，流传至今有400多首诗歌。

一、王维生平

王维的父亲做过司马一类的小官，母亲崔氏，是一个虔诚的佛教徒。她给儿子取名为"维"，字"摩诘"，合起来就是维摩诘，维摩诘乃佛教中一个在家的大乘佛教的居士，是著名的在家菩萨，意译即为以洁净、没有染污而著称的人。

王维在青少年时期即显示了出众的文学才华，十几岁就成了知名度很高的诗人。十五岁时去京城应试，由于他能写一手好诗，工于书画，而且还有音乐天赋，所以少年王维一至京城便立即成为京城王公贵族的宠儿，他也因此在二十一岁的时候就考中了进士，可谓少年得志。入仕之后，王维被任命为"太乐丞"，这是一个从八品的职位，品级虽然不高,但却是个为皇室宫廷宴乐培养乐队伶人的职务,经常与王公贵族接触。这一时期的王维,意气风发,豪情万丈,诗作之中充满了昂扬意气、勇敢精神、爱国之情和建功立业的雄心。

好景不长,因为手下的伶人在排练狮子舞的时候,误用了皇家专用的黄色,王维受到了入仕之后的第一次挫折,被贬为济州司仓参军。王维在济州度过了四年的贬谪时光,唐玄宗开元十四年(726),辞职离开济州,在洛阳附近的淇上住了二年;开元十七年(729)赴长安,在长安又闲居了几年。初到长安,他即开始师从大荐福寺道光禅师学习顿教。顿教又称作大乘顿教,是佛教的一支,主张不立言句,只辨真性,为顿修顿悟之教。王维这个时候开始精研佛教,说明精神上比较苦闷,要寻找解脱之法。

这个时期,他结识了孟浩然。孟浩然开元十六年(728)赴长安应试,落第后滞留长安,第二年冬返回襄阳,王维作诗送别,诗云:"杜门不欲出,久与世情疏。以此为长策,劝君归旧庐。"劝孟浩然回乡隐居,不必辛辛苦苦地来长安举试求官。虽然王维劝孟浩然归乡隐居,但他自己的求仕之心并未完全泯灭。在他34岁那年,也就是开元二十二年(734),他专门到洛阳去,毛遂自荐,献诗给当时的中书令张九龄。张九龄很欣赏王维的才华,次年便任命他担任右拾遗,这是一个谏官,他的政治热情一下子高涨起来。有一次,当时朝中的中高级官员们举行了个聚会,王维虽然官不大,但也参加了。这次聚会大有东晋有名的兰亭集会的意味:曲水流觞,把酒吟诗。之后,又让王维写了一篇序。这说明王维已经融入他们之中了,当然,是相同的政治主张把他们紧紧连在一起。

开元二十五年(737)四月,张九龄罢相,被贬为荆州长史,历史上著名的奸相——口蜜腹剑的李林甫当上了宰相。王维做了一件非常大胆的举动,写了一首《寄荆州张丞相》,慷慨激昂地唱出"举世无相识,终身思旧恩"的豪迈之语。当时李林甫集团正在清算张九龄的政治盟友,满朝文武都不敢替张九龄说话,王维这一举动,充分体现了其性格中豪侠重义的一面。这年秋天,他被李林甫赶到了边塞,赴河西节度使幕为监察御史兼节度判官。他在河西生活了不到两年的时光,出发的时候写了一首《使至塞上》,表达那种被放逐的苦闷。但是,在发过牢骚之后,王维在边塞倒找到了自己的人生价值:一方面,远离了朝廷的是非,他的心情逐渐开朗起来;另一方面,边塞生活的建功立业情怀也感染着他，那直线般的狼烟，还有在长河尽头圆而大的落日，给了诗人无限的灵感。一年多的边塞生活，诗人留下了四十多首内容丰富、思想深刻、感情充沛、格调高昂、意境雄浑、笔力苍劲的边塞诗。

从边塞回到长安，已经是开元二十六年（738）五月，王维任监察御史。两年后迁殿中侍御史。他四十岁这年冬天，"知南选"，按唐代官制，岭南地区的官员升迁不由吏部直接负责，而由朝廷派官员前往实地考察任用。"知南选"就是这么一个考察、监督官员的职务。得到这个职务，王维还是很高兴的，他自长安经襄阳、鄂州、夏口至岭南，算是南下出了一趟长差。在南下的路途中，因为经过襄阳，他高高兴兴地去拜访老朋友孟浩然，却意外地得到老友的死讯。王维黯然神伤，写了首《哭孟浩然》，并根据回忆，画了一幅孟浩然的画像，挂在刺史亭中，这个亭子也由此而改名"浩然亭"。

从南方归来的王维彻底地可以"独善其身"了。他出资在长安附近的蓝田辋川，也就是现在的陕西蓝田买了一份产业，开始了半官半隐的生活。这个地方因为水系发达，山峰格外秀媚。经过一番苦心经营，长长的辋川山谷被修成一个可耕可牧、能渔能樵的大园林。素有林泉之癖的王维悠游其中，其欣喜之情可想而知。在这期间，他创作了许多描写山村景色和农家田园生活的名篇。其中与好友裴迪相互应酬的诗作收入了《辋川集》，另有一首未入集的《山居秋暝》则是具有代表性的名篇。

接下来的几年时间，他先后做过左补阙、库部郎中，品阶虽稍高了点，但仍为侍从闲官，总不得意。这样过了10年的光景，王维50岁的时候，他的母亲崔氏去世，他丁母忧，离朝屏居辋川。服满后，又做了几年的文（吏）部郎中。

唐玄宗天宝十四载（755）十一月，安禄山反。王维这一年五十五岁，转任给事中。第二年六月，安禄山兵陷潼关，攻入长安。唐玄宗带着他的爱妃、儿孙逃了出去，王维扈驾不及，为安禄山叛军所俘，被带到了洛阳。他被囚禁在菩提寺中，环刃交加。他本想逃出去的，"服药取痢"，而且导致失声，伪称瘖疾。可是他虽然官位不高，名气却大，那时候已被称为"天下文宗"，所以安禄山需要用他来装点门面。在刀剑的逼迫下，王维接受了给事中的伪职。有一次，安禄山在凝碧池寻欢作乐，一位宫廷乐师雷海青忍不住内心的愤慨在演奏中把乐器摔碎，向着唐玄宗的方向恸哭，结果被残忍地杀害了。裴迪把这个消息告诉了王维，王维听后深受感动，挥笔写下一首《凝碧池》（原名《菩提寺禁，裴迪来相看，说逆贼等凝碧池上作音乐，供奉人等举声，便一时泪下，私成口号诵示裴迪》)：

万户伤心生野烟，百官何日再朝天。
秋槐叶落空宫里，凝碧池头奏管弦。

这首诗中，他的政治态度极其明确，是站在大唐这一边的。这首诗当时在暗地里流传，竟传到唐肃宗那里，也因此救了他一命。两京收复后，所有接受过伪职的官员一律受到处分，但是王维的弟弟，平定安史之乱有功的王缙，当时已做到刑部侍郎，他上奏朝廷，愿意自己削官，为哥哥王维赎罪。再加上王维曾写过这首表明心迹的诗，于是唐肃宗法外开恩，没有给王维定罪，只是降职为太子中允。

到了唐肃宗上元元年（760），王维转任尚书右丞，这是他一生中做过的最高官职，可惜这时候他已经五十九岁了，而且经历了安史之乱的创伤，不可能再在政治上有所作为了。第二年春，王缙为蜀州刺史，一直不能回长安任职，王维上《责躬荐弟表》，表示愿意尽削己官，放归田里，使弟弟得还京师。

公元 761 年，王维离开人世。

二、诗歌特点及影响

王维给我们留下了一个内容丰富的艺术世界。他自幼聪颖，九岁时便能作诗写文章，十七岁就写出了脍炙人口的佳句"每逢佳节倍思亲"，这首简朴、不加雕饰、没有丝毫做作却又浑然天成饱含真情的诗作，千百年来深入人心，成为每一位国人耳熟能详的经典之作。当然，不仅如此，还有《相思》："红豆生南国，春来发几枝……"简简单单的二十字，却有不简单的效果。那无尽的相思，正蕴在"愿君多采撷，此物最相思"这有限的文字中。这首诗造就了红豆，从此，红豆成了相思的代称，就连大才子曹雪芹都不能免俗："滴不尽相思血泪抛红豆……"；还有传唱至今的《渭城曲》，那优美的旋律徘徊于脑海中，不自觉地就唱了出来："渭城朝雨浥轻尘，客舍青青柳色新。劝君更尽一杯酒，西出阳关无故人。"那对友人的款款深情深深地感染着歌者，真让人羡慕被送别的友人元二，能得到这么纯朴这样深厚的友情，夫复何求？还有"大漠孤烟直，长河落日圆"，还有"空山不见人，但闻人语响"，还有"人闲桂花落，夜静春山空"，还有"深林人不知，明月来相照"，还有"相逢意气为君饮"，还有"纵死犹闻侠骨香"，还有还有……诗人用他的如椽之笔，给我们留下了许多经典中的经典，让我们在那一幅幅优美风景之中，得到无法比拟的艺术享受。

诗歌创作方面，王维最拿手的还是"本行"——山水田园诗。

山水诗从魏晋以后开始兴起，但直到盛唐时代才蔚为大观。孟浩然与王维首开山水诗派，孟浩然比王维稍长，他的山水佳篇很有意境。与孟浩然相比，王维在创造物我两忘的诗的意境上，在对自然山水美景的细致品味上，在诗歌手法的纯熟运用上，在山水诗的数量和质量上都要突出许多。可以说，王维既是一位集大成的山水诗人，又是一位开风气之先的诗宗。中唐的"韦柳"（韦应物和柳宗元）诗派，直到清代王士禛的"神韵说"，无不承其余泽。李白的山水诗以气势取胜，具有叛逆精神。杜甫的山水诗沉郁顿挫，忧国忧民，博大精深。王维的山水诗则意境空灵，充满禅趣，耐人寻味，虽然没有李白、杜甫诗歌中的那种震颤人心的思想灵光，但在艺术风格上极大地丰富了盛唐诗苑。不读王维的山水诗，就不能洞彻中国诗歌艺术的精髓。

宋代的大文豪苏东坡这样称赞王维："味摩诘之诗，诗中有画；观摩诘之画，画中有诗。"王维的才气不仅仅表现在诗歌创作上卓有成就，而且他还擅长书法绘画，工于草书隶书，娴于丝竹音律。画史上，王维以南宗画派开创者的身份名垂青史，更以文人画的始祖而倍加受到后世文人的称道。米芾素颠，然而对于王维之画却不吝一分赞美；秦观才子，睹王维之画几日，竟觉病愈……还有苏轼，在看过王维和吴道子的画后，觉得吴道子的画虽妙绝，"犹以画工论"，而王维则得之于象外，如"仙翮谢笼樊"。连苏轼这样的大才子，都"于维也敛衽无间言"。虽然如今我们可能无缘再睹原作的真面目，只能看到几幅可能还是赝品的作品，然而，从留下来的资料我们可以看出，那些画不但画技高超，更当之无愧地做到了画中有诗。元好问、黄子久等人都曾观画而诗，写出"江云滉滉阴晴半，沙雪离离点江岸""归来一笛杏花飞，乱云飞散长天碧"的佳句。

盛唐时期，迎来送往的活动十分频繁，几乎每个人都不安于现状，这也使得分别成为日常之事。但是王维更特别一些，在他现存的诗歌中，送别诗达到了七十余首。单从数量上看，很少人有这么多的留别诗。而这些诗无论是情感的浓度，还是艺术的高度也都很难有人与之媲美。友人落第，他写诗送别；友人贬谪，他写诗送别；友人归山隐居，他还是写诗送别……在盛唐的整个社交体系中，王维就是一个很注重交往、很有人缘、也很重感情的人。

王维的送别诗还有一种特殊情怀，他最善于也最习惯于站在对方的角度来"悬想"，不仅想人之所想，而且能启发和诱导人往那上面想，具有直逼人心的情感震慑力。他的这一类诗一般只是淡淡的别愁，而却把憾意渲染得淋漓尽致。正是这"憾意"，最能表现丰富而微妙的人际关系，最能传达让人愁肠百结的缠绵和深沉的情感，使我们在千百年之后，仍如置身于诗人所创造的画面和情境当中，久久不愿离去。

目　次

1　九月九日忆山东兄弟－独在异乡为异客

3　洛阳女儿行－洛阳女儿对门居

7　桃源行－渔舟逐水爱山春

13　息夫人－莫以今时宠

16　从岐王过杨氏别业应教－杨子谈经所

18　送綦毋潜落第还乡－圣代无隐者

22　燕支行－汉家天将才且雄

26　少年行（其一）－新丰美酒斗十千

29　少年行（其二）－出身仕汉羽林郎

31　少年行（其三）－一身能擘两雕弧

33　登河北城楼作－井邑傅岩上

36　宿郑州－朝与周人辞

40　和使君五郎西楼望远思归－高楼望所思

42　济州过赵叟家宴－虽与人境接

44　齐州送祖三－相逢方一笑

47	寒食汜上作	广武城边逢暮春
50	观别者	青青杨柳陌
53	偶然作（其六）	老来懒赋诗
56	不遇咏	北阙献书寝不报
60	青溪	言入黄花川
62	戏题盘石	可怜盘石临泉水
64	归嵩山作	清川带长薄
67	山中寄诸弟妹	山中多法侣
70	献始兴公	宁栖野树林
74	寄荆州张丞相	所思竟何在
77	使至塞上	单车欲问边
80	出塞作	居延城外猎天骄
82	陇西行	十里一走马
85	陇头吟	长安少年游侠客
88	老将行	少年十五二十时
94	哭孟浩然	故人不可见
97	汉江临泛	楚塞三湘接
100	送宇文太守赴宣城	寥落云外山
104	送丘为落第归江东	怜君不得意
107	送邢桂州	铙吹喧京口
110	送赵都督赴代州得青字	天官动将星
112	终南别业	中岁颇好道
115	终南山	太乙近天都

118　戏赠张五弟三首

　　－吾弟东山时／张弟五车书／设置守麏兔

123　答张五弟－终南有茅屋

127　送张五归山－送君尽惆怅

130　待储光羲不至－重门朝已启

132　奉寄韦太守陟－荒城自萧索

135　与卢员外象过崔处士兴宗林亭－绿树重阴盖四邻

138　西施咏－艳色天下重

141　送秘书晁监还日本国－积水不可极

143　赠从弟司库员外－少年识事浅

145　春日与裴迪过新昌里访吕逸人不遇－桃源一向绝风尘

147　酬郭给事－洞门高阁霭余晖

150　奉和圣制从蓬莱向兴庆阁道中留春雨中春望之作应制

　　－渭水自萦秦塞曲

153　送刘司直赴安西－绝域阳关道

156　送元二使安西－渭城朝雨浥轻尘

158　孟城坳－新家孟城口

161　鹿柴－空山不见人

163　相思－红豆生南国

166　栾家濑－飒飒秋雨中

168　白石滩－清浅白石滩

170　竹里馆－独坐幽篁里

173　辛夷坞－木末芙蓉花

175	漆园	古人非傲吏
177	辋川闲居赠裴秀才迪	寒山转苍翠
180	赠裴十迪	风景日夕佳
183	酌酒与裴迪	酌酒与君君自宽
187	临高台送黎拾遗	相送临高台
189	积雨辋川庄作	积雨空林烟火迟
192	春中田园作	屋上春鸠鸣
195	山居即事	寂寞掩柴扉
197	山居秋暝	空山新雨后
200	田园乐（其四）	萋萋芳草春绿
204	田园乐（其五）	山下孤烟远村
206	田园乐（其六）	桃红复含宿雨
208	蓝田山石门精舍	落日山水好
212	山中	荆溪白石出
215	赠刘蓝田	篱间犬迎吠
218	山中送别	山中相送罢
220	酬张少府	晚年惟好静
223	菩提寺禁，裴迪来相看，说逆贼等凝碧池上作音乐，供奉人等举声，便一时泪下，私成口号诵示裴迪	万户伤心生野烟
226	和贾舍人早朝大明宫之作	绛帻鸡人送晓筹
228	晚春严少尹与诸公见过	松菊荒三径
231	秋夜独坐	独坐悲双鬓
234	春夜竹亭赠钱少府归蓝田	夜静群动息

236　别弟缙后登青龙寺望蓝田山－陌上新别离

238　饭覆釜山僧－晚知清净理

240　叹白发－宿昔朱颜成暮齿

243　冬晚对雪忆胡居士家－寒更传晓箭

246　伊州歌－清风明月苦相思

248　秋夜曲－桂魄初生秋露微

251　早春行－紫梅发初遍

253　渭川田家－斜光照墟落

256　送别－下马饮君酒

259　新晴野望－新晴原野旷

261　夷门歌－七雄雄雌犹未分

265　过福禅师兰若－岩壑转微径

267　过香积寺－不知香积寺

270　送梓州李使君－万壑树参天

273　观猎－风劲角弓鸣

277　春日上方即事－好读高僧传

280　杂诗－君自故乡来

283　鸟鸣涧－人闲桂花落

286　书事－轻阴阁小雨

288　送沈子福之江东－杨柳渡头行客稀

九月九日忆山东兄弟

独在异乡为异客，
每逢佳节倍思亲。
遥知兄弟登高处①，
遍插茱萸少一人②。

注 释

① 登高：传说晋人桓景从仙人费长房学道，长房对他说："九月九日，汝家当有灾厄，宜急去，令家人各作绛囊，盛茱萸以系臂，登高饮菊花酒，此祸可消。"桓景依言登高，果然避免了灾祸。后遂以九月九日登高为习俗。
② 茱萸 (yú)：一名越椒，又称吴萸，芳香植物。古人以九月九日为上九，又叫重阳节。这时茱萸之实气味香浓，色赤似椒子，相传折来插在头上可以避秽恶之气和抵御寒冷。

题 解

这首诗是王维诗作中流传最广的诗篇之一。作这首诗的时候，王维只有十七岁，当时正交游于长安。在九九重阳节当天，诗人情感涌动，想起了远方的兄弟亲人，于是这首脍炙人口的小诗就诞生了。"每逢佳节倍思亲"更是成为千古流传的名句，至今广被人们引用。因为这首诗不但直白浅显易于传唱，更因为它写出了千千万万个漂泊异乡的游子的心声。

赏 析

"独在异乡为异客，每逢佳节倍思亲。"独自在他乡游历，每到佳节的时候最为思念亲人。诗人开篇就直接抒发思乡之情。但是诗人不说在他乡作客，而是用了两个"异"字："异乡""异客"。也就是说，所处的环境不是自己的，自己在所处的环境里也只如浮萍般没有根基，这一切都在展现身在他乡的不习惯、不自在。加上"独在"二字，让这种不习惯有了一种孤独感。佳节通常是团圆的日子，应该与家人聚在一起。而此时身在他乡，于是在佳节里这种思念便更加强烈，自然"倍思亲"。这两句看似朴实无华，但里面饱含的真情打动了无数读者，成了所有游子思念家乡时念叨的名言警句。

"遥知兄弟登高处，遍插茱萸少一人。"在遥远的家乡，兄弟们一定都登到了高处，他们都插上了茱萸，只有我不在那里。古时有重阳节佩茱萸，登高饮菊花酒可以消灾避邪之说。诗人不再写自己如何思念亲人了，而是忽然思绪飘飞千里，回到了自己的家乡。在这美好的节日里，自己思念亲人，家乡的亲人必然也在想念自己，他们登上高处，远眺自己所在的方向，表达着对出门在外的游子的美好祝愿。这两句表现诗人珍视兄弟手足之情、思念家乡亲人的情思。

这首诗语言真切，评议自然，感染力强。吴逸一在《唐诗正声》里评价这首诗"口角边说话，故能真得妙绝"。

洛阳女儿行

洛阳女儿对门居,才可颜容十五余①。
良人玉勒乘骢马②,侍女金盘脍鲤鱼③。
画阁朱楼尽相望,红桃绿柳垂檐向。
罗帷送上七香车④,宝扇迎归九华帐⑤。
狂夫富贵在青春⑥,意气骄奢剧季伦⑦。
自怜碧玉亲教舞⑧,不惜珊瑚持与人。
春窗曙灭九微火⑨,九微片片飞花璪⑩。
戏罢曾无理曲时⑪,妆成只是熏香坐。
城中相识尽繁华,日夜经过赵李家⑫。
谁怜越女颜如玉⑬,贫贱江头自浣纱。

注　释

① 才可：恰好。
② 玉勒：玉饰的马衔。骢：青白杂毛的马。
③ 脍（kuài）：细切肉。
④ 七香车：用多种香木制造的车。
⑤ 九华帐：华丽的罗帐。
⑥ 狂夫：妇女自称其夫的谦词。
⑦ 剧：厉害，猛烈，超过。季伦：晋代富豪石崇字季伦。
⑧ 碧玉：美丽的年轻女子，今有小家碧玉一词。此处指娇妻。
⑨ 九微：《汉武内传》记有"九光九微之灯"，是指古代的一种灯火。一棵薇树最多可以开出九种颜色的花朵，故名九薇树；用九薇树的花枝做引子，配以千年柏树烧成的木炭、新鲜采摘的野百合花，就能生起九微火。这种火温柔而又持久，宁心而又提神。
⑩ 花瑱：指雕花的连环形窗格。
⑪ 曾无：从无。理：温习。
⑫ 赵李家：汉成帝的皇后赵飞燕、婕妤李平两家。这里泛指贵戚之家。
⑬ 越女：指春秋时期越国美女西施。

题 解

　　这首《洛阳女儿行》作于唐玄宗开元六年（718），王维时年十六岁，居于富庶繁华的东都洛阳。王维亲眼目睹了洛阳豪门贵族豪奢腐化的生活，对此颇有感触。这首诗全诗多用对句，语言华美流畅，写尽洛阳女儿的娇贵和她夫婿的豪奢骄逸。洛阳女儿的诗题取自梁武帝萧衍《河中水之歌》："洛阳女儿名莫愁。"这里借莫愁泛指唐代贵族妇女。

赏 析

　　这首诗，描写"洛阳女儿"的骄奢生活，描写"洛阳女儿良人"的放荡之举，以此来揭示富贵豪门的骄奢淫逸，全诗富含批判意味。

　　诗的前八句，笔墨集中在"洛阳女儿"身上，以迎亲送亲的场面写洛阳女儿的出身和衣食住行。"洛阳女儿对门居，才可颜容十五余。"洛阳女儿与我对门而居，恰好年纪十五有余，容颜俏丽正可人。"良人玉勒乘骢马，侍女金盘脍鲤鱼。"洛阳女儿出嫁时，夫婿骑着高大的玉勒青骢马来迎亲，迎亲队伍中，侍女手端金盘，盘中盛有切好的鲤鱼。迎亲的仪仗阵势不凡。"画阁朱楼尽相望，红桃绿柳垂檐向。"洛阳女儿待嫁的闺阁是怎样的？画阁朱楼庭院台榭，一座座绵延迤逦，掩映在红桃绿柳间，数不清究竟有多少座。洛阳女儿的出身非富即贵，或许既富且贵。"罗帷送上七香车，宝扇迎归九华帐。"送亲和迎亲的队伍何其奢华：装束完毕的洛阳女儿被送上了丝绸裹束的香木制的车子，宝扇来蔽日，华帐来迎归。

　　中间八句，王维描写"洛阳女儿"良人的举止行为。"狂夫富贵在青春，意气骄奢剧季伦。自怜碧玉亲教舞，不惜珊瑚持与人。"良人正是青春年少，难免轻狂，良人正值意气风发，骄奢淫逸比之晋代巨富石崇有过之而无不及。良人怜爱娇妻洛阳女儿，亲自教她学舞，珊瑚宝器不以为宝，不予珍惜，随手赏赐他人。是良人却刻意称为"狂夫"，足见王维在其中寄寓的深意。"春窗曙灭九微火，九微片片飞花璊。"良人彻夜欢娱，窗露曙光才吹熄九微灯火，片片灯花飞落在雕花环形窗格上，炫目动人。"春窗曙灭"用笔含蓄，意出其中，值得回味。"戏罢曾无理曲时，妆成只是熏香坐。""戏罢"即嬉戏之余。从无温习往日长弹曲目的工夫，为何？诗人言有尽而意无穷，留待读者深味其中意。精心妆罢，在袅袅升起的熏香烟雾中兀自静坐，等待熏香熏遍衣服。看似白描的笔触中，洛阳女儿无所事事，嬉戏度日的生活场景跃然纸端。富贵之家，骄奢度日，粪土珍宝，无关生计，只为欢娱，无关爱情，只为玩乐。

诗的结末四句写洛阳女儿夫妇结交的尽是富贵豪戚，并以西施出身寒微来反衬富贵豪族的放荡无情。

"城中相识尽繁华，日夜经过赵李家。"夫妇二人结交之人尽是城中奢华富贵之辈，人以群分，圈中生活无非是比权量贵，终日嬉戏，彻夜欢娱，曲终人散后的无聊，等等，不一而足。"谁怜越女颜如玉，贫贱江头自浣纱。"出身卑微的西施姑娘貌美不输于洛阳女儿，生活贫困，江头浣纱。洛阳城中，富贵豪奢极尽享乐之事时，谁人会对贫弱女子西施报以怜惜之情呢？王维此处以出身迥乎不同的强烈对比，来反衬出贵族生活的华丽腐朽，与前文所铺陈的华丽奢侈的生活场景既呼应又对比，隐含了王维诗中难得一见的批判性，深化了诗歌的主题。

这首诗着力塑造了一个花天酒地的青年权贵形象，王维极力描绘他欢娱度日、交际作乐的放荡生活，同时塑造了一个沦为豪门良人消遣玩物的洛阳贵妇，极力表现她妆成熏香、食不厌精、脍不厌细，嬉戏终日、戏罢无事的空虚无聊。语言工笔华丽，语势强烈。王维将不满、愤懑、谴责、批判之意熔铸于大量的铺陈、巧妙的用典、鲜明的对比中，题旨在诗的结篇凸显，批判意味陡然加重，发人深省。

桃 源 行

渔舟逐水爱山春①，两岸桃花夹古津②。
坐看红树不知远③，行尽青溪不见人④。
山口潜行始隈隩⑤，山开旷望旋平陆⑥。
遥看一处攒云树⑦，近入千家散花竹⑧。
樵客初传汉姓名⑨，居人未改秦衣服。
居人共住武陵源⑩，还从物外起田园⑪。
月明松下房栊静⑫，日出云中鸡犬喧⑬。
惊闻俗客争来集⑭，竞引还家问都邑⑮。
平明闾巷扫花开⑯，薄暮渔樵乘水入⑰。
初因避地去人间⑱，及至成仙遂不还。
峡里谁知有人事⑲，世中遥望空云山⑳。
不疑灵境难闻见㉑，尘心未尽思乡县㉒。
出洞无论隔山水，辞家终拟长游衍㉓。
自谓经过旧不迷㉔，安知峰壑今来变。
当时只记入山深，青溪几度到云林㉕。
春来遍是桃花水㉖，不辨仙源何处寻。

注　释

① 逐：追随，这里是顺着的意思。逐水：顺着溪水。
② 津：渡口。宋代词人秦观《踏莎行》："雾失楼台，月迷津渡，桃源望断无寻处。"
③ 坐：因为。杜牧《山行》："停车坐爱枫林晚，霜叶红于二月花。"
④ 见人：遇到路人。
⑤ 潜行：悄悄地、慢慢地行进。隈隩（wēi yù）：曲折幽深的山坳河岸。
⑥ 旷望：指从夹岸山谷中出来视野豁然开阔。旋：不久。
⑦ 攒：聚集。攒云树：云与树相接。
⑧ 散花竹：到处是花和竹林。
⑨ 樵客：即樵夫，此处指渔人。汉：汉代。
⑩ 武陵源：指桃花源，相传在今湖南桃源县（晋代属武陵郡）西南。
⑪ 物外：世外。
⑫ 栊：窗棂木，即窗户。
⑬ 喧：喧闹嘈杂，指鸡的鸣叫声。
⑭ 俗客：与桃花源所居之人相对而言，指误入桃花源的渔人。
⑮ 引：领。都邑：指桃源人原来的家乡（的现状）。
⑯ 平明：天刚亮，清早。唐代卢纶《塞下曲》："平明寻白羽，没在石棱中。"间巷：里弄，街巷。开：指开门。
⑰ 薄：临近，靠近。薄暮：傍晚。
⑱ 避地：躲避祸患所居之地。去：离开。人间：乱世。
⑲ 峡中：指桃花源。人事：人间俗事。
⑳ 世中：俗世。
㉑ 灵境：指仙境。
㉒ 尘心：普通人的感情。乡：古代地方行政单位。县：地方行政区划的一种。乡县：此处代指家乡。
㉓ 游衍：恣意游逛，流连不去。
㉔ 不迷：不再迷路。
㉕ 云林：云雾缭绕中的山林。
㉖ 桃花水：即桃花汛，桃花盛开时，江河里春水暴涨。

渔舟逐水爱山春

题 解

这首七言乐府诗,将陶渊明叙事散文《桃花源记》改用诗歌形式表现出来,表现对世外桃源般的田园生活的喜爱与向往,暗含对现实生活的不满。诗旨保持了与陶文的高度一致,语言却更加简约,较之陶文,更易调动读者的想象力,颇为后人称道。

赏 析

《桃花源记》是晋人陶渊明写的一篇散文,历来流传甚广。要将散文的内容改用诗歌表现出来,绝不仅仅是一个改变语言形式的问题,还必须进行艺术再创造。王摩诘的诗,尤其擅长在创设的诗意画面中开拓诗的意境,这首《桃源行》,画面唯美,线条简约,诗境清新蕴藉,诗画结合,颇具美感。

"渔舟逐水爱山春,两岸桃花夹古津。坐看红树不知远,行尽青溪不见人。"春山迤逦,桃林夹岸,中有水流舟行,仿佛行舟戏水;置身舟中,坐看夹岸红树一路绵延无尽头,舟至青溪尽头也不曾见得一人行。诗歌伊始,王维呈上一幅山水戏春图:春山、青溪、红树、渔舟、渔人交错出现在画面中,色泽艳丽生动,渔人意兴盎然。陶渊明《桃花源记》载:"晋太元中,武陵人捕鱼为业,缘溪行,忘路之远近……"这段平白叙事,经王维之手,幻化成画,人物、地点、事件缘起尽在其中,然而惊艳的色彩、唯美的意象,混搭在春山春水春花构织的画卷中,引发读者多少诗意的想象,诗境优美清新。

"山口潜行始隈隩,山开旷望旋平陆。"渔人弃舟登岸,进入一个曲折幽深的山坳口后,悄然前行,一段行程后,山势陡然趋缓,再行不久,眼前豁然开朗,一片开阔的田野扑入视野。桃源之行,将会是怎样的行程?诗人好似一名导游,将桃源隐匿在一处幽深曲折的山坳深处的别有洞天处。始"隈隩"与旋"平陆"的衔接,让桃源颇有曲径通幽、回环曲折的神秘感,读来令人向往。

"遥看一处攒云树,近入千家散花竹。"这两句,王维以远观近看的视角,对桃源做了一个全景介绍。在王维的笔下,桃源好似一幅天然的写意画,远景云树相接,意境旷远,近景桃花竹林相映成趣,随处可见的春竹春花将桃源变成了一座翠色逼人、桃色引人的春之苑，意境恬美。这样的画面中，透露出平和静谧却不失生动生气的韵味，引逗得读者驰骋想象，何人可居如此世外桃源？

"樵客初传汉姓名，居人未改秦衣服。"这两句檃栝了陶文"不知有汉，无论魏晋"的意思，王维只叙说桃源居人生平头一次听闻大汉之名，只交代误入桃源的渔人乍见居人所穿竟然是秦时服装，将避世不闻世外的桃源居人的倍感惊奇，将渔人见此绝境之人的吃惊不已——隐匿在诗句之后，任读者想象。出语平淡，传情却浓，摩诘诗境之谓也。

"居人共住武陵源，还从物外起田园。月明松下房栊静，日出云中鸡犬喧。惊闻俗客争来集，竞引还家问都邑。平明闾巷扫花开，薄暮渔樵乘水入。初因避地去人间，及至成仙遂不还。峡里谁知有人事，世中遥望空云山。"这十二句诗，是全诗的主体部分，诗人以诗意的画面呈现桃源的景物和生活，叙事、描写、抒情兼而有之，文脉跌宕，颇有起伏。

"居人"这两句用互文手法，点明世外桃源是与世隔绝之境，与俗世大不同，是自然的田园生活，暗写桃源居人生活的平和惬意。

"月明"二句为读者创设了一幅静寂的月夜图和一幅生动的旭日图，前句写月夜松直窗静的静谧之境，后句写朝日初升鸡鸣树梢的生机盎然，动静相宜。

"惊闻"二句以叙事的口吻写桃源居人热情好客、淳朴思乡，却借着"争""竞"二字将这个场景写得极富画面感，人物神色如在眼前。

"平明"二句写桃源居人的日常生活画面，晨起洒扫街巷落花，扫除一条小径出门，傍晚时分渔人樵夫乘一叶小舟划水而归，伴着落英晨出，划着船儿暮归，仿佛劳作的辛苦都被湮没在晨起暮归的诗意生活中，同时回扣"桃源行"的题目。

"初因"二句是王维诗中难得一见的直书其事，桃源居人因避战乱误入桃源仙境，不期然过上了类似仙居的日子。王维借此表达对和平安宁的田园生活的喜爱与向往之情，用笔却是平铺直叙，不动声色间传情达意。

"峡里"二句王维以深情的咏叹，表现桃源之人与世无争、安然自适的生活态度，表达俗世之人对桃源仙境的向往之情，颇能引发读者的共鸣。

"不疑灵境难闻见，尘心未尽思乡县。出洞无论隔山水，辞家终拟长游衍。自谓经过旧不迷，安知峰壑今来变。当时只记入山深，青溪几度到云林。春来遍是桃花水，不辨仙源何处寻。"这十句是《桃源行》的结篇，王维在如画、如梦、如幻的诗境中，写景，叙事，抒情，最终合力指向诗歌主旨。

渔人思乡心切，轻易寻得桃源仙境觉得仙境易得，加之思乡情切，尘心仍重，故而选择离开桃源，出洞后又为仙境所迷打算无论山隔水阻，自己终究要辞家去桃花源长期游历；渔人自以为再走旧路不会迷路，孰料山峦沟壑而今变了模样，只记得当时桃源在那深山幽壑里，几经溪水蜿蜒，才终得一睹云树相接处的真容。而今春水涨满春花落，桃花尽日随流水，却到哪里去找寻世外桃源的所在啊？这一部分，王维摹写渔人去而复返留恋桃源的心理，摹写时过境迁桃源不复再现的怅惘，并将景与事熔铸其中，诗歌容量丰富，叵耐玩味。尤为工巧的是，全诗以误入桃源起笔，以怅惘失却桃源结篇，首尾遥相呼应，结构圆满，诗人寻找心中理想的桃花源终而未果，这样的构思暗扣诗旨，却无刻意为之的痕迹，行文自然流畅，意境令人回味。

这首《桃源行》，脱胎于陶渊明的《桃花源记》，前者长于绘画，后者长于叙事，二者各具其妙。而王维用三十二句、二百多言的诗画创作，取代了陶潜两千多字的叙事，隐匿了诸如时间、地点、人物、事件等细节，然而这并不影响读者在这区区二百余言的诗歌中驰骋想象，因为王维诗歌中生动鲜活的画面，创设出异彩纷呈的诗歌意境，轻易就能引发读者到更大的想象空间里进行艺术再创造。

息夫人①

莫以今时宠，
能忘旧日恩②。
看花满眼泪，
不共楚王言③。

注　释

① 息夫人：《左传·庄公十四年》载：息夫人又称"桃花夫人"，本名息妫（guī），原是春秋时息侯的妻子，容貌十分美丽，楚文王闻其貌美，在公元前680年兴兵灭息，遂将息妫据为己有。息妫到楚国后，为楚文王生了两个儿子，即堵敖及成王，可她终日不语，楚王问之，对曰："吾一妇人而事二夫，纵弗能死，其又奚言？"
② 宠：爱。恩：深厚的情谊。这里指君王对妃子的恩爱。
③ 共：与，和。

题　解

这首诗约作于唐玄宗开元八年（720），是王维在一个贵族宴会中触景而写的，歌咏的对象是一位饱受耻辱但却在默然反抗的女子。诗人虽未发表一句带褒贬色彩的评论，但是字里行间表达的都是对无法改变命运、抗拒权势的弱女子的无限同情；同时，也表达了对利用权势夺人所爱的卑鄙行为的愤慨和批判。

赏　析

　　唐玄宗的哥哥李宪，当时被封为宁王，尊贵无比。李宪在家里养了很多歌伎，以便在举行宴会时表演。但是李宪并不满足，他发现邻居有一个卖饼的小商人，娶的小媳妇非常漂亮，于是就花了很多钱把她买到手，教她歌舞技巧。一年之后，李宪又一次举行宴会，邀请了很多贵族名流参加，席间让小商人的妻子出来表演，发现她一副心事重重的样子，于是问她是否还在思念小商人，这个女人只流泪不回答。宁王把卖饼的小商贩叫过来，让他们夫妻见面，"其妻注视，双泪垂颊，若不胜情"，当时在座的十余人，都是文士，无不觉得凄凉。宁王让大家以此事写一首诗，王维也参加了这次宴会，并且第一个写成，就是本首《息夫人》。
　　"莫以今时宠，能忘旧日恩。"不要以为你现在宠信我，我就能忘记过去的恩情。诗人化用息夫人的典故，将息夫人和卖饼者的妻子联系在一起，以第一人称的方式去进行心理展现。"莫以"贴切表达了被害人的一种心态：权贵们的那些荣华富贵并不能真正征服一个人的心灵。
　　"看花满眼泪，不共楚王言。"虽然看着美好的事物但却是满眼的泪水，你说你的，你做你的，我只是报以沉默。这两句将一个柔弱女子的内心真实地展现得淋漓尽致。息夫人不能以死殉节，终于屈从了楚王，但是内心是痛苦的，屈辱的。满目的春花，但是内心有着压抑无法自拔的绝望，没有欢乐，没有笑容，息夫人交给强权者的只是一个躯壳。
　　这首诗，没有直接表达对宁王行为的不满，但却借息妫的故事，写出了对卖饼者的妻子的深切同情。这种同情本身，就是对宁王这类权贵势力以势压人的鞭挞。王维在短短的四句诗里，塑造了一个受着屈辱，但在沉默中反抗的妇女形象。

这首诗信息量极大。南宋张戒在《岁寒堂诗话》里评价王维的诗"能道人心中事而不露筋骨"，可以说这个评语对这首诗来说再贴切不过。

• 息夫人

从岐王过杨氏别业应教

杨子谈经所①,淮王载酒过②。
兴阑啼鸟换③,坐久落花多。
径转回银烛,林开散玉珂④。
严城时未启⑤,前路拥笙歌⑥。

注　释

① 杨子：指西汉扬雄（一作杨雄）。此处以杨子比杨氏。
② 淮王：西汉淮南王刘安。为人博辩善为文辞，《汉书》有传。此以淮王喻指岐王。载酒：《汉书·扬雄传》："(雄)家素贫，嗜酒，……时有好事者，载酒肴，从游学。"
③ 兴阑：兴尽。
④ 开：舒展，开豁。散玉珂：指骑马从游者各自分散而游。玉珂：马勒上的玉饰。
⑤ 严：戒夜。
⑥ 拥：谓群聚而行。指归来时，奏乐者走在队伍之前。唐时亲王出行，卤簿中有鼓吹乐，故云。

题　解

此诗唐玄宗开元八年（720）作于长安。岐王李范是睿宗的第四个儿子，玄宗的弟弟，好学工书，礼贤下士。岐王带领王维等人同游杨氏别业并命他们写诗纪行。诗题中的"应教"，指奉诸王之命作诗。"别业"，即别墅。

赏　析

这是一首纪游诗，主要写所游之地的美景以及兴尽归去的过程。

"杨子谈经所，淮王载酒过。"西汉的扬雄读书写字的贫穷住所，淮南王刘安带着酒过去一起狂饮。诗人以扬雄自比，将岐王比作礼贤下士的淮南王，实际上是在说岐王带诗人一同游览杨氏别业。

"兴阑啼鸟换，坐久落花多。"兴尽才发现鸣叫的鸟儿已经换了种类，坐的时间太长，以至于地上的落花也多了起来。"啼鸟换""落花多"都交代出了游玩时间之长，兴致之高。当然这两句颇具诗意，也传神地写出了夜间的景物。宋人曾季狸在《艇斋诗话》评价说："前人诗言落花有思致者三：王维'兴阑啼鸟换，坐久落花多'，李嘉祐'细雨湿衣看不见，闲花落地听无声'，荆公'细数落花因坐久，缓寻芳草得归迟'。"

"径转回银烛，林开散玉珂。"穿行在曲折的林径，烛光闪闪，等走出去后眼前豁然开朗。

"严城时未启，前路拥笙歌。"一直游玩到凌晨回城，城门还未开启，一路余兴未尽，照样笙歌相伴。

这首诗善于写景，且多不直接写景。如颔联不直写杨氏别业的景色如何美好，而只说自己玩赏的时间很长，以至于树上换了啼鸟，地上的落花越积越多。这样写使诗歌更富有启发性，余味不尽。

送綦毋潜落第还乡

圣代无隐者①，英灵尽来归②。
遂令东山客③，不得顾采薇④。
既至金门远，孰云吾道非⑤。
江淮度寒食，京洛缝春衣⑥。
置酒长安道，同心与我违⑦。
行当浮桂棹，未几拂荆扉⑧。
远树带行客，孤城当落晖。
吾谋适不用，勿谓知音稀⑨。

注　释：

① 圣代：政治开明、社会安定的时代。
② 英灵：有德行、有才干的人。
③ 东山客：东晋谢安曾隐居会稽东山，借指綦毋潜。
④ 采薇：商末周初，伯夷、叔齐兄弟隐于首阳山，采薇而食，后世遂以采薇指隐居生活。
⑤ 金门：金马门，汉代宫门名。汉代贤士等待皇帝召见的地方。吾道非：《孔子家语·在厄》记载："楚昭王聘孔子，孔子往，陈蔡发兵围孔子，孔子曰：'匪兕（sì）匪虎，率彼旷野，吾道非耶？吾何为于此？'"是指孔子叹自己政策的不能实行，半途受到阻碍。
⑥ 江淮：指长江、淮水，是綦毋潜所必经的水道。寒食：古人以冬至后一百零五天为寒食节，断火三日。京洛：指东京洛阳。
⑦ 同心：志同道合的朋友、知己。违：分离。
⑧ 行当：将要。桂棹：桂木做的船桨。未几：不久。
⑨ "吾谋"句：《左传》记载："士曾行，绕朝赠之以策（马鞭）曰：'子无谓秦无人，吾谋适不用也。'"适：偶然的意思。"吾谋"句说綦毋潜此次落第是偶然失败。知音稀：语出《古诗十九首》："不惜歌者苦，但伤知音稀。"

题 解

这是一首劝慰友人落第的诗。綦毋潜,綦毋为复姓,潜为名,字季通,荆南人(治所在今湖北江陵),王维好友。落第还乡之人,心情自然懊丧。作为挚友,多方给予慰藉,使其觉得知音有人是极为重要的。全诗着意在这个主旨上加以烘染,有叙事、有写景、有抒情,也有感慨,有勉励。写景清新,抒情委婉,感慨由衷,勉励挚敬,读来令人振奋。

赏 析

好友落第,除了劝慰,想来也只能执手相看了。不过,劝人是一种技术,更是一种艺术。王维这首诗就兼具技术与艺术。

"圣代无隐者,英灵尽来归。遂令东山客,不得顾采薇。既至金门远,孰云吾道非。"诗人并没有像一般人那样对时局进行抱怨,像一般劝慰者那样,说什么考官太黑、制度不公、世道不好、人心不古,而是说,现在正处于清明盛世,处在这样的时代,不应该做隐者,因为杰出人才都在为国效力,就连隐居山林的世外高人也都积极入世,所以呢?朋友你来走科举考试的路子,以求为国效力,这样的路子是正确的,这样的行动是值得充分肯定的,你应试落第也并不是没有才能。这样劝人,首先肯定其行为正确,当然会给他以莫大的安慰。

接下来,诗人笔锋一转,开始抒情。"江淮度寒食,京洛缝春衣。置酒长安道,同心与我违。"想想几个月前,你来赶考时,江淮正在准备寒食,现在呢?洛阳却在家家准备春衣。似乎才一转眼,我就在长安郊外为你置酒钱行了。这几句话的言外之意,不是感慨时光匆匆,而恰恰相反,正是让朋友明白,现在的落第并没什么,很快就能从头再来。

"行当浮桂棹,未几拂荆扉。远树带行客,孤城当落晖。"你坐上船,不用多少时间就能回到家,推开你的柴门。可是你走之后,越行越远,渐渐消失在远方的山林,只剩下落日照在孤城里,留下我一人。

"吾谋适不用,勿谓知音稀。"你一时没被选中,不要说是因为没有知音的赏识。从这句话也可以看出,綦毋潜对自己没有考中确实是满腹牢骚,很有怀才不遇之慨。诗人这样委婉的安慰，能体现他们之间的浓浓情谊，他也是在给朋友强调，不要因为一次的失利便一蹶不振。

王维的送别诗都能写得情深意长，此次送别的是落第的好友，除了惜别，还要劝慰，但王维写得婉曲自如，綦毋潜读了此诗，心中当会有所安慰的。

全诗围绕劝慰友人，通过叙事、写景、抒情，反复在主旨上加以烘染，写景清新，抒情真挚，感慨由衷，勉励挚敬，处处为友人着想而又委婉相劝，还巧妙使用典故，充分肯定友人的才华与品格，字里行间充满鼓励和振奋的情绪。诗意明晰动人，语言质朴真实，充溢着诗人对友人的信任和希望。

燕支行

汉家天将才且雄,来时谒帝明光宫①。
万乘亲推双阙下②,千官出饯五陵东③。
誓辞甲第金门里④,身作长城玉塞中⑤。
卫霍才堪一骑将⑥,朝廷不数贰师功⑦。
赵魏燕韩多劲卒,关西侠少何咆勃⑧。
报仇只是闻尝胆⑨,饮酒不曾妨刮骨⑩。
画戟雕戈白日寒,连旗大旆黄尘没⑪。
叠鼓遥翻瀚海波,鸣笳乱动天山月⑫。
麒麟锦带佩吴钩,飒沓青骊跃紫骝⑬。
拔剑已断天骄臂,归鞍共饮月支头⑭。
汉兵大呼一当百,虏骑相看哭且愁。
教战须令赴汤火,终知上将先伐谋。

注 释

① 汉家：隐喻唐王朝。谒：拜见。明光宫：汉宫名，一在长乐宫，一在甘泉宫中，皆汉武帝所建。

② 万乘：指天子。周制，天子地方千里，出兵车万乘，诸侯地方百里，出兵车千乘。亲推：帝王亲自为出征将帅推车的礼节。双阙：皇宫门前两边供瞭望的楼，代指宫殿。

③ 五陵：汉高祖葬于长陵，惠帝葬于安陵，景帝葬于阳陵，武帝葬于茂陵，昭帝葬于平陵，陵地皆在渭水北岸今咸阳附近，故合称五陵。饯：宴请。

④ 辞甲第：用霍去病事。《史记·卫将军骠骑列传》："天子为治第，令骠骑(霍去病)视之,(霍去病)对曰：'匈奴未灭，无以家为也。'"甲第：第一等的宅第，旧指贵族宅邸。金门：汉宫有金马门，又称金门，此处借指朝廷。

⑤ 玉塞：即玉门关，旧址在今甘肃安西双塔堡附近，为古时通往西域的门户。身作长城：《南史·檀道济传》载，宋文帝要杀名将檀道济，檀大怒道："乃坏汝万里长城。"万里长城比喻能守边的将领。

⑥ 卫霍：西汉名将卫青、霍去病。堪：能担任。

⑦ 不数：不计。贰师：借指李广利。《史记·大宛列传》载，大宛有良马在贰师城(今吉尔吉斯坦西南部马尔哈马特)，汉武帝遣使持千金至大宛求马，大宛不肯予，武帝于是拜李广利为贰师将军，率兵伐宛。后李广利破大宛，得良马三千匹。

⑧ 咆勃：发怒的样子。

⑨ 尝胆：意指春秋时越王勾践卧薪尝胆，忍辱负重，终报吴国灭越之仇。王诗在此借用其事，表现将军立志报仇的决心。

⑩ "饮酒"句：据《三国志·蜀书·关羽传》载：关羽左臂曾经被一支飞箭射中，经治疗伤口虽然愈合了，但是每遇阴雨天气，骨头常痛。名医华佗为关羽刮骨疗毒时，关羽恰好邀请诸将饮酒吃饭，尽管臂上鲜血淋漓，溢出盘子，关羽却依然下棋喝酒，谈笑自若。此处借用其事，歌咏大唐将军的勇武刚毅。

⑪ 白日寒：指兵戈反射着寒冷的日光。旆(pèi)：泛指旌旗。黄尘：黄土。没：淹没。

⑫ 叠鼓：小击鼓，急击鼓，一种军乐器。鸣笳：胡笳，一种乐器。

⑬ 麒麟锦带：绣有麒麟的锦带。吴钩：或称为弯刀，钩是一种似剑而曲的兵器。飒沓：纷繁众多的样子。青骊、紫骝：骏马名。

⑭ 月支(zhī)：西北古代民族，此处泛指西北边族的首领。

题 解

这首边塞诗写于唐玄宗开元九年(721)，王维时年二十一岁。燕支，即燕支山，在今甘肃永昌县西、山丹县东南。诗歌的主人公是一位出征边关的将军。全诗描写了将军出征、行军、战斗、获胜的全过程，表现出了出征将军的英雄气概和报国壮志，全诗洋溢着热烈昂扬的报国热忱。

赏 析

这首诗，虽是边塞诗，却不描苍凉的边塞景象，不写悲壮的边塞情志。王诗集中笔墨塑造位高人敬、骁勇善战的武将形象，表现大唐气象。全诗二十四句，按照内容，可以分为三个段落。

第一段四句，描写皇帝亲自欢送将军出征的盛况，描写千官设宴为其饯行的场面，从侧面表现出征将军位高德重，颇有可敬可佩之处。"汉家天将才且雄，来时谒帝明光宫。"将军而谓之"天将"，暗写将军神勇，临行得天子接见，足见将军受敬。"万乘亲推双阙下，千官出饯五陵东。"天子亲推将军车子的隆重礼节，千官在庄严肃穆的五陵旁饯行的威严之势，让将军的出场颇有众星捧月、气概非凡之势。

第二段八句，铺陈将军骁勇善战的英雄气概，精忠报国的英雄理想。八句诗，八个用典，多角度、全方位地刻画将军形象。"誓辞甲第金门里，身作长城玉塞中。"王维借用霍去病"匈奴未灭，无以家为"的豪言壮语表现将军弃家报国的英雄情怀，借用南朝宋之大将檀道济自诩国家戍边干将的情节表现将军卫国栋梁的英雄身份。"卫霍才堪一骑将，朝廷不数贰师功。"王维用夸张对比的手法极言大唐将军威名赫赫，堪称天将，就是论及大汉名将卫青、霍去病与李广利来，与大唐将军相比，前二者之才不过做一名骑将，后者甚至连功名簿都不能入册。"赵魏燕韩多劲卒，关西侠少何咆勃。"将军抛却京城的安逸生活，临危受命，勇赴塞外，满怀酬君报国的英雄憧憬，一身凌云胆气，令人心惊。强将手下无弱兵，将军所率多是劲卒强兵，决战沙场是咆哮震怒，令敌军望而生畏。"报仇只是闻尝胆，饮酒不曾妨刮骨。"将军以越

24

王勾践卧薪尝胆之事时刻警醒自己谨记卫国雪耻，纵使身受关羽刮骨疗毒之痛依然神态自若，谈笑自如。这八句诗，分别运用八个典故，塑造了一个立体的将军形象：侠肝义胆，神勇超人，爱国忠君。

　　第三段十二句是全诗的高潮。王维描绘将军带兵行军、作战、获胜的过程。叙事流畅，想象奇丽，人物传神，细节生动。"画戟雕戈白日寒，连旗大旆黄尘没。叠鼓遥翻瀚海波，鸣笳乱动天山月。"王维首先描摹行军途中的场景，荒凉大漠中，军队卷起漫天黄沙，将高擎的军旗湮没其中，边塞近似白色的日光反射着兵器上的凛凛寒光，此起彼伏交错传来的战鼓声和着抑扬顿挫的胡笳声，似乎激荡得瀚海因之翻腾，天山明月为之一颤。可见远征军队排山倒海的阵势，更不难想象日夜兼程急行军的艰苦。这四句王维调动声色感官，绘景附色，其景壮观，其色惨淡，为下文描写将军决战沙场的神勇壮烈蓄势张本。"麒麟锦带佩吴钩，飒沓青骊跃紫骝。"兵戈既接，大漠战场，千军万马厮杀冲锋的壮烈场景中，王维捕捉到将军的特写画面：身披华美战袍，手执利器吴钩，胯下骏马，身先士卒，一马当先，冲进战阵。"拔剑已断天骄臂，归鞍共饮月支头。汉兵大呼一当百，虏骑相看哭且愁。"这四句以一当百，以奋勇杀敌的大唐将士为背景正面描写战场上绝杀对阵的将军形象，他手起剑落处，寇首臂膀已被削断，将军高呼，凯旋之时，定要手捧大月氏首领的头颅，盛满美酒，共饮庆功酒。奋力厮杀的将士们大受鼓舞，冲锋陷阵，敌军转瞬溃不成军，屁滚尿流。"教战须令赴汤火，终知上将先伐谋。"诗歌的结末二句，从战场上宕开笔墨，以旁观者的视角生发议论，点明将军练兵、用兵，不独令兵勇武，更以未雨绸缪的智谋取胜，真正是诗歌开篇所称的"天将"，雄才伟略兼备，不可多得。

　　王维在诗中不惜浓墨重彩，刻画大唐天将的神勇、智慧、忠诚、爱国，甚至以天子亲推的行动来衬托唐将的不同凡响，极力表现唐军乐观向上的精神风貌，显示出蓬勃昂扬的盛唐气象。

少年行（其一）

新丰美酒斗十千①，
咸阳游侠多少年②。
相逢意气为君饮③，
系马高楼垂柳边④。

注 释

① 新丰：古县名，汉置，治所在今陕西省临潼（tóng）县东北。新丰镇古时产美酒，谓之新丰酒。斗（dǒu）十千：一斗酒值十千钱（钱是古代的一种货币），形容酒的名贵。斗是古代的盛酒器，后来成为容量单位。
② 咸阳：秦朝的都城，故址在今陕西咸阳市东北二十里，此借指唐都长安。游侠：游历四方的侠客。
③ 意气：指两人之间感情投合。
④ 系（jì）马：拴马。

系马高楼垂柳边

题　解

"少年行"是我国古代的一个诗词题目，许多诗人如李白、王维、王昌龄、杜甫、杜牧等都曾写过，著名的有王维的四首《少年行》。这是其中第一首，描写了古代少年侠客的日常生活，颂扬了他们的友情和豪爽气概。

赏　析

要从日常生活的描写中显示出少年游侠的精神风貌，选材颇费踌躇。诗人精心选择了高楼纵饮这一典型场景。游侠重义气，重然诺，而这种性格又总是和"酒"密不可分，所谓"三杯吐然诺，五岳倒为轻"，把饮酒的场景写活，少年游侠的形象也就跃然纸上了。

"新丰美酒斗十千，咸阳游侠多少年。"新丰美酒价格昂贵，咸阳游侠多是少年。"斗十千"说明酒的价值，更能表现少年游侠的挥金如土。两句分写"新丰美酒"与"咸阳游侠"，二者木不一定相关，这里用对举方式来写，更能体现少年游侠的风流倜傥。

"相逢意气为君饮，系马高楼垂柳边。"两个人情意相投便开怀畅饮，那马匹便拴在酒楼下的垂柳边。"意气"包含的意思非常丰富，但用在这里，则让游侠们有了一种意气风发以及豪迈直爽之气，遇见志同道合的朋友便喊着"为君饮"干一杯，颇有画面感。对于"意气"一词的使用，《唐诗归》评价说"二字虚用得妙"。《唐贤三昧集笺注》："豪侠凌励之气，了不可折。"最后，诗人没有继续描述饮酒的场面，而是镜头跳转到饮酒场所之外的景物："系马高楼垂柳边"。作为一个侠客，马是自然少不了的出行工具，诗人将马、高楼、垂柳联系到一起，更能表现游侠的飘逸与洒脱。

这首诗洋溢着浓郁的生活气息，具有浪漫主义色彩。

少年行（其二）

出身仕汉羽林郎①，
初随骠骑战渔阳②。
孰知不向边庭苦③，
纵死犹闻侠骨香④。

注 释

① 出身：出仕、出任。羽林郎：官名，汉代置禁卫骑兵营，名羽林骑，以中郎将、骑都尉监羽林军。唐代亦置左右羽林军，为皇家禁军之一种。
② 骠骑：官名，即骠骑将军。渔阳：地名，汉置渔阳郡，治所在渔阳县（今北京市密云县西南）。又唐置渔阳县（今天津市蓟县），本属幽州，唐玄宗开元十八年（730）改隶蓟州，唐玄宗天宝元年（742）又改蓟州为渔阳郡，唐肃宗乾元元年（758）复改为蓟州。
③ 孰知不向："孰不知向"的倒置。孰：谁。
④ 纵：纵然。

题　解

这首《少年行》写少年们怀着为国牺牲的豪情壮志，从军出征渔阳。他们蔑视困难，蔑视艰苦，也蔑视死亡，充满了豪侠气概和英雄主义精神，生动地表现了英雄们不惜为国捐躯的境界。

赏　析

本诗意在写少年游侠和杀敌报国，写少年游侠随军出征，渴望战死沙场的英雄气概，反映了少年游侠的精神风貌。

"出身仕汉羽林郎，初随骠骑战渔阳。"诗的前两句借汉朝的事来讲。骠骑将军是汉代大将霍去病的封号。霍去病是西汉武帝时期的杰出军事家，是名将卫青的外甥，任大司马骠骑将军。自幼好骑射，十七岁即创造了八百破两千的战绩，十九岁被封为骠骑将军，此后他多次率军与匈奴交战，在他的带领下，匈奴被汉军杀得节节败退。少年游侠的梦想就是跟着这样一位将军建功边疆，或者更确切地说，霍去病就是少年游侠的梦想实现者。

"孰知不向边庭苦，纵死犹闻侠骨香。"此二句说这些游侠少年明知不宜去边庭受苦，却情愿赴死于边庭，以求流芳百世。这两句是本诗的精华，尤其是最后一句，至今读来仍令人热血沸腾。边塞生活的艰苦、戍边杀敌的风险，少年英侠当然是清楚的，但是，驰骋疆场纵然为国捐躯，也会流芳千古，胜于老死在窗下。这种慷慨激越的建功立业思想，积极向上的追寻生命价值的行为，正是盛唐气象的具体反映。

在唐初乃至中期，文人的出路主要有两条，一个是科举入仕，再一个是投身军营。就是一些通过科举走上仕途取得官位的人，有些也奉命领军，奔向边关，纵马杀敌，博取军功，像陈子昂、岑参、王维、王建等都有这样的经历。尚武从军、立功封侯成为当时文人们新的人生追求，也成为边塞诗的一个鲜明基调。这些边塞诗所表现的建功立业思想，实质上体现着一种社会价值追求，是一个王朝处于上升势头的时候，整个社会共同追求的一种时尚。了解到这些，我们便能更深入地理解到这首诗的壮伟阳刚之美，而且在思想和精神上更深刻地感受到它所具有的永恒的生命力和感染力。

《唐诗选脉会通评林》评价这首诗"说得侠士壮怀，凛凛有生气"。

少年行（其三）

一身能擘两雕弧①，
虏骑千重只似无。
偏坐金鞍调白羽②，
纷纷射杀五单于③。

注 释

① 擘（bò）：开弓。雕弧：有雕饰彩绘的弓。
② 金鞍：镶着金属装饰的马鞍。白羽：箭，以白色羽毛做箭羽，故云"白羽"。
③ 五单于：《汉书·宣帝纪》："虚闾权渠单于请求和亲，病死。右贤王屠耆堂代立。骨肉大臣立虚闾权渠单于子为呼韩邪单于，击杀屠耆堂。诸王并自立，分为五单于，更相攻击，死者以万数。"此处泛指敌人的许多首领。

题　解

这首诗成功地塑造了一个武艺超群、刚猛顽强、勇于杀敌、战功显赫的少年英雄的形象。显然，在这少年英雄的身上寄寓了诗人早年的理想与豪情。

赏　析

这首诗描写了一个少年英雄临阵杀敌的情景，诗人截取了张弓射敌的特定动作，将主人公的英姿描绘得丰满高大，如在眼前。

"一身能擘两雕弧，虏骑千重只似无。"少年英雄技艺超群，浑身是胆，能同时拉开两张大弓，进入敌军阵营如入无人之境。这两句就像一个特写镜头一样，为我们刻画出一位实实在在的英雄少年的形象。敌人的骑兵黑压压地围过来，狂啸、马嘶、金戈之声震天动地，而一位全身盔甲的少年骑在马上，手中是早已备好的弓箭。他静立不动，沉着似水，只到敌人已杀到近前，才动如脱兔，左右开弓，连珠箭发，敌方的许多头目纷纷落马。

"偏坐金鞍调白羽，纷纷射杀五单于。"他偏坐在金属马鞍上准备羽箭，射杀了无数的敌军首领。"偏坐"表现了少年英雄镇定自若的神态，而"金鞍""白羽"又让他有了一丝洒脱。擒贼先擒王，连续射杀"五单于"更能说明他的勇武与智慧。

这首诗写少年英雄既有勇气，又有技艺，出入敌军如入无人之境。一个"偏"字，神气活现地写出了少年英雄因武艺高强而视战斗如游戏，虽临大敌，不仅毫不畏惧，而且潇洒自如，扬威耀武。出生入死的战场被诗人写成了少年英雄表演武艺的竞技场，铁血之战竟然充满了诗意的美感。

登河北城楼作

井邑傅岩上①,
客亭云雾间②。
高城眺落日,
极浦映苍山③。
岸火孤舟宿,
渔家夕鸟还。
寂寥天地暮,
心与广川闲④。

注　释

① 井邑：人家，居民的房子院落。傅岩：地名。
② 客亭：亭驿，供旅人休息的小亭子。
③ 极浦：遥远的水面。极：尽头。
④ 广川：宽广的河水。

题　解

此诗约作于唐玄宗开元十五年（727），这个时候王维已经隐居终南山，每天以山水为乐。这首诗描写了一次登上附近的城楼见到的风景，从诗中描写可以看出此处有山有水，人民安居乐业，是诗人理想中的生活世界。

赏　析

古代的登临之作，一般都是通过对登高后所见情景的描绘，或抚古追今，或表达个人情感，这首诗亦是如此。

"井邑傅岩上，客亭云雾间。"傅岩上有一些住户的院落，那驿亭就坐落在云雾之间。诗人首先描述登上城楼后目光扫视所见的景象，只是一个大概的轮廓。诗人这么一眼望去，见到了人家的房子，官府的亭驿，以及渐渐升起的雾霭，这些构成了诗人登临望远的大背景。

"高城眺落日，极浦映苍山。"站在高高的城池上观赏落日的景象，遥远的水面上映着苍山的倒影。这两句写出了诗人所在位置之高、景物之远以及壮阔。

"岸火孤舟宿，渔家夕鸟还。"岸上有零星的火光，有几只小船孤零零地停在水面，一些渔家与夕鸟相伴而归。"宿"是静，"还"是动，动静结合，反倒展现了水面的遥远与闲静。

"寂寥天地暮，心与广川闲。"在这寂静又广阔的天地之间，心绪也跟那宽广的河水一般闲适。

这首诗在艺术手法上的最大特点，就是使用了绘画的技法：先从大处定局，开合分明，中间细碎处加以点缀。首先，诗人在题目中首先给读者指出了观景的视点——河北城楼，既然是在城楼之上，便具有了总览全局的视角，而这种视角正与中国绘画的全知视角相符合，在这种视角之下，作者或详绘细描，或勾勒线条，或写意挥洒，无不如意。更为难能可贵的是，在这幅登临望远图上，不但有美丽的景物，而且有人类的活动。"岸火孤舟宿，渔家夕鸟还"，"宿"与"还"，形成静与动的对照，而"岸火"——这一丝橘黄的火光则基本消解了"孤舟"的寂寥之感，给有些寂寥清冷的画面染上了一层温暖的色调。"渔家"与"夕鸟"相伴归来的景象又唤起读者思乡——回家——孤独——向往等多层次感受，并带出了对生命中最温暖与最温柔的回忆，使诗歌具有丰厚的意味。

其实，王维诗歌中有许多这样的画面，如"渡头余落日，墟里上孤烟""大漠孤烟直，长河落日圆"，不但有动势的对比，还有"直"与"圆"两种形状的对比，使画面感更加强烈。

王维的这首诗，无论从构图章法的错落有致，还是绘画中所要求的动静与虚实等方面来说，都是极为符合绘画的要求并十分具有美感的。并且王维在对画面的描绘中将感情融入，也达到了如盐溶于水般不着痕迹的效果。应该说，这首诗可以代表王维诗歌的成就，并能够当得"诗中有画，画中有诗"的美誉。

登河北城楼作

宿 郑 州

朝与周人辞①，暮投郑人宿②。
他乡绝俦侣③，孤客亲童仆。
宛洛望不见④，秋霖晦平陆⑤。
田父草际归，村童雨中牧。
主人东皋上⑥，时稼绕茅屋。
虫思机杼鸣⑦，雀喧禾黍熟。
明当渡京水⑧，昨晚犹金谷⑨。
此去欲何言⑩，穷边徇微禄⑪。

注　释

① 周：指洛阳一带。周自平王以后，定都洛邑；后王室衰弱，辖区日益缩小，到战国时，只据有洛阳一带地方。
② "暮投"句：指日暮之时投宿于郑州辖境，非谓宿于郑州治所（据下"明当"句可知）。郑州春秋时为郑国之地，故云"郑人"。
③ 俦（chóu）：同伴，伴侣。
④ 宛洛：东汉时代两个最繁盛的都市，即今之南阳和洛阳，古诗文中每每并称。宛在东汉时有南都之称。此处实指洛（作者赴济州当不经过宛）。
⑤ 秋霖：秋天久下不停的雨。晦：暗。平陆：平陆县，在今陕西省南端。
⑥ 皋（gāo）：岸，水边高地。
⑦ 思：悲。杼（zhù）：织机上的梭。鸣：宋蜀本、《全唐诗》作"悲"。
⑧ 京水：源出郑州荥阳县南（见《元和郡县志》卷八），东北流，绕经郑州治所，即今河南贾鲁河上游。（参见《嘉庆一统志》卷一八六）作者东行过今荥阳县城，即当渡京水。
⑨ 金谷：原本山涧名，在今河南洛阳西，晋豪富石崇构园于此，世人谓之金谷园。
⑩ 言：《文苑英华》作"之"。
⑪ 徇（xùn）：从，曲从。

题 解

本诗是诗人唐玄宗开元九年（721）赴济州途中所作。郑州，唐代州名，辖境在今河南荥阳、郑州、中牟、新郑及原阳一带，治所在郑州。这首诗写王维旅途中的所见与感慨，表达了被贬谪的苦闷与孤独之情。

赏 析

这首诗叙事、写景、抒情有机融合，浑然一体，颇得诗家真味。

刚刚入仕不久的王维，还没来得及施展手脚，就被贬出了京城，这一路走来，离京城越来越远，诗人的情绪当然也越来越郁闷了。

"朝与周人辞，暮投郑人宿。他乡绝俦侣，孤客亲童仆。"这四句交代路途情况，先记叙，后议论。早上与友人辞别，离开洛阳，一路走来，天色渐晚，不觉间竟到了郑州，诗人的感觉，当然是离友人越来越远，身边除了随身的童仆，再无相识的人，投宿在陌生人的家里，一种凄凉的孤独之情油然而生。我们大家都会有这样的人生体验，身在异乡，孤单一人，如果遇到一个相识的人，该是一种什么样的惊喜！所以他乡遇故知历来被认为人生一大喜事，即使所遇之人并不相识，而只是同乡，或者共同在某个地方有过什么渊源，攀谈起来也会觉得欣喜。而此际，他乡孤客，四顾皆陌路，就连挑担侍茶的童仆也因为是与自己同行的家中人而倍显亲近。诗人用"孤客亲童仆"这样一句简单的话，刻画出深刻的心理状态，表现出一种莫可名状的凄清。唐末崔涂曾有这样的诗句："渐与骨肉远，转与童仆亲。"显然是由王维这两句脱化而出。

"宛洛望不见，秋霖晦平陆。田父草际归，村童雨中牧。主人东皋上，时稼绕茅屋。虫思机杼鸣，雀喧禾黍熟。"这八句诗，王维描写前往济州沿途的雨中秋景，借浓浓秋意寄寓自己的羁旅之伤：洛阳渐离渐远，此际已经消失在视线里，连日的秋雨绵绵让空阔辽远的原野笼罩在一片隐晦的烟雾之中。田间农夫锄罢杂草荷锄而归，村中牧童骑牛吹笛雨中放牧。如此静谧的所在，诗人怡情其间。更有坐落于村东临水高地上主人家的茅舍一座，时或看到主人在茅舍四周种植劳作。稼，原是种植谷物的意思，后泛指农业劳作。王诗让主人之"稼"

置身于茅舍旁，颇有自给自足、自得自适之意。只是，客居的诗人欣羡主人家禾黍成熟、怡然自乐的同时，秋虫的悲鸣，机杼的摇动，雀鸟的喧嚣，无端地搅起了诗人心中更多的凄清与孤独之感。

诗的最后四句，王维直抒胸臆，凸显诗旨。"明当渡京水，昨晚犹金谷。"渡金水，借指前往郑州。金谷园，为晋代豪富石崇所建花园，石崇死后，遂被荒废。此处借指昔日的繁华之地。诗人说，我昨日还身在繁华的洛阳，今天就要渡过金水前往郑州了。离乡愈远，客愁愈重，这两句用流水对，表达诗人为生计为利禄，奔波路途的情状，与开篇写辞别洛阳句遥相呼应，深化了离情，诗歌结构圆融一体，颇有美感。

"此去欲何言，穷边徇微禄。"诗人在最后说，我抛家别友去那么远，为了什么呢？不过是为了微薄的俸禄罢了。诗人是这样自我安慰，自我嘲讽，实际上表达了一种激愤的情绪，对素有大志的年轻诗人而言，挣钱养家远不是他要考虑的问题，而正是因为将来能够获得实现自己政治抱负的机会，所以现在才委曲求全，到穷僻边远的地方去。诗旨表达含蓄而深沉。

全诗在描写景物上使用简淡自然之笔，在抒发情感上则显得深沉婉转，恬然的乡村景物也不能消解诗人宦海沉浮的失意、苦闷，全诗景与情相互渗透、统一，情景交融，诗画一体，维摩诘之风也。

・宿郑州

和使君五郎西楼望远思归

高楼望所思①,目极情未毕②。
枕上见千里③,窗中窥万室④。
悠悠长路人⑤,暧暧远郊日⑥。
惆怅极浦外⑦,迢递孤烟出⑧。
能赋属上才⑨,思归同下秩⑩。
故乡不可见,云外空如一。

注　释

① 所思:思念的故乡。
② 目:眺望。极:尽头。
③ 枕上:枕头上,指梦中。
④ 窥:看,望。
⑤ 悠悠:漫长的样子。长路:漫长的道路。
⑥ 暧暧:昏暗不清的样子。远郊:离城较远的地方。
⑦ 浦外:浦口,当年与亲友话别之地。
⑧ 迢递:遥远的样子。
⑨ 能赋:擅长吟诗作赋。属:是。上才:上等的才能。
⑩ 思归:思乡欲归。下秩:下等官吏,此处是作者自称。

题　解

诗人被贬为济州司仓参军后，一次忙完公事，与济州刺史（即使君五郎）一起登高望远，各写诗作，抒发思乡欲归之情。这是王维对刺史诗的应和之作。诗歌通过对登楼远望所见景物的描写，表达了作者眷恋绵长的思乡欲归之情，同时包含了怀才不遇、身不由己的命运感叹和仕途悲哀。

赏　析

古人大多是异地为官，所以济州的刺史也和王维一样是外地人，两个外地人在同一地为官，共同的情感当然是思乡。这一天他们一起登上高楼，极目远眺，对家乡的思念之情让他们有了更多的共同语言。诗人说"目极情未毕"，眼能望见尽头，而家又在何方？一个"毕"字，道出了诗人情不能已的心绪，意境悠远，回味无穷。眼前的青山阻挡了诗人寻找家乡的视线，阻挡不了的是诗人内心郁积的对家乡的思念。

"枕上见千里，窗中窥万室。悠悠长路人，暧暧远郊日。惆怅极浦外，迢递孤烟出。"回想多少次，在梦里跋涉，回到久违的故乡。多少次，在窗格上，聆听到万户千家平凡的温馨。楼前码头，几只孤寂的船只兀自横在水里，远远的农家的炊烟升起，忙碌的家人已歇息，享受家的温暖。而今，诗人在昏暗的少人烟的郊外，兀自惆怅，望尽了天涯路，望断了愁肠，故乡依旧不可见一面。登高欲遣乡愁，谁知，反更添一层愁。

"能赋属上才，思归同下秩。故乡不可见，云外空如一。"刺史大人擅长吟诗作赋是上等的才能，而思念家乡却又像我这样的下等官吏一样。身在高楼看不到家乡，只能看到云天一色。

这首诗景物悠然，情感真挚，境界空蒙深远，蕴含无尽风韵。

济州过赵叟家宴

虽与人境接①，闭门成隐居。
道言庄叟事②，儒行鲁人余③。
深巷斜晖静④，闲门高柳疏⑤。
荷锄修药圃，散帙曝农书⑥。
上客摇芳翰⑦，中厨馈野蔬⑧。
夫君第高饮⑨，景晏出林闾⑩。

注　释

① 人境：尘世，人居住的地方。
② 道言：道教的学说、经典。庄叟：指庄子。
③ 儒行：指合乎儒教的言行。唐刘长卿《淮上送梁二，恩命追赴上都》诗："贾生年最少，儒行汉庭闻。"鲁人：指孔子。
④ 斜晖：亦作"斜辉"。指傍晚西斜的阳光。
⑤ 闲门：指进出往来的人不多，显得门庭清闲。
⑥ 散帙：打开书帙。曝：晒。农书：关于农业的书籍。
⑦ 上客：上宾，尊贵的客人。"侯生遂为上客。"（《史记·魏公子列传》）芳翰：对他人翰墨的敬称。
⑧ 中厨：内厨房。馈：进献，进食于人。野蔬：野菜，指自种的各种菜蔬。
⑨ 夫君：友人，此处指主人赵翁。第：宅第。高饮：一直喝酒。
⑩ 晏：鲜艳，美丽。林闾：乡野里门。

题　解

这首诗写于作者贬居济州期间。有一次去一位姓赵的朋友家里做客，友人的闲居生活让诗人生发了无限感慨。通过对主人赵叟的歌颂和家宴的赞美，以一位旁观者冷静客观的态度描写宴饮，达到了忘我无我的空寂境界。叟是对老人的敬称。

赏　析

这首诗描写了这样一幅场景：一位久居城里的官员，得空到乡间去放风游览，吃的是农家菜，住的是农家院，于是由衷地羡慕起田园生活来。

从第一句可以看出，这位赵姓老人的家离城市并不远，可能就在郊区。可是，虽然住的地方不是很偏远，但是把门关上就成为了隐者，过的就是闲静的田园生活。这两句诗颇有点"心远地自偏"的味道。接下来两句，对主人进行了赞美，先把主人比成庄子，说他每天过的都是庄子一样安贫乐道的生活，又拿孔子来比喻主人，虽然隐居于此，可是说话行事都符合儒家的道德规范。这两句诗是称赞主人既有高洁的品行，又有美好的生活情趣。

那么这样一个人，他每天过的是什么生活呢？每天看到的是深巷里的夕阳斜照，透过高高的、稀疏的柳枝，洒在小巷里，营造出静美的氛围。"荷锄修药圃，散帙曝农书。"写的是主人的日常生活，侍弄侍弄田地，整理整理书籍，既有体力劳动，又有脑力劳动，多么悠闲，多么舒适，极富田园情趣。

接下来诗人笔锋一转，回到这次宴饮的场面上来。"上客摇芳翰，中厨馈野蔬。"客人在干什么呢？在欣赏主人的书法作品，指指点点，交流着钦佩之情；主人在干什么呢？在厨房里准备饮食。吃的都是田野里采摘来的新鲜的菜蔬，可不是如今从店里买来的有毒食品。

最后一句是一个长镜头，先看到的是主人与朋友们在客厅里痛饮，然后镜头拉远，柴门出现了，柴门外的景色出现了，人物活动在优美的自然景色之中，呈现给我们一幅和谐闲适的田园生活的画面。

诗人在字里行间表现出的，都是对隐居生活的向往和对主人生活情趣的赞美。

齐州送祖三

相逢方一笑,相送还成泣。
祖帐已伤离①,荒城复愁入②。
天寒远山净,日暮长河急。
解缆君已遥③,望君犹伫立。

注 释

① 祖帐:即饯别。
② 荒城,边城的意思,指济州。
③ 解缆:解去系船的缆绳,指开船。

题　解

祖三即祖咏，是王维诗友，王维另有《赠祖三咏》一诗，称彼此"结交二十载"，可见交谊之深。此诗作于贬谪济州时，表达了谪居生活的遥远之感。齐州即济州。

赏　析

祖三是王维的好友，两人有过几次短暂的相逢，别离之时诗人都写诗相送，而且每首都传唱至今，可见两人感情之深。

我们看第一、二句："相逢方一笑，相送还成泣。"平白如话的句子，因为用词之锤炼，含意十分丰富。一个"方"字，写出了相逢时间之短，一"笑"一"泣"，写出了相聚的欢欣和离别的痛楚。这两句既交代了送别的原因，又写出了送别的场景。看似信手拈来，其实功力很深。

下两句亦是叙别：为你置酒饯别时，我已经悲伤得无法自已，你真的离开之后，我独自回城，将有什么样的愁绪相伴呢。"荒城"即边城的意思，这里指济州。济州位于黄河下游，谪居于此，自然更生遥远之感了。诗人说"愁入荒城"，也含有对这种境遇的忧思和慨叹。

"天寒远山净，日暮长河急。"这两句忽然写到环境，令人不免奇怪，正在与友人叙别，怎么又关注起周围的环境了？看下面两句就知道，这里其实省略了一个分别的过程。两个人再依依不舍，也有分开的时候，祖三坐的船解缆起航了，诗人的视线一直关注在友人身上，现在他坐着船渐渐远去，那么友人所处的这个环境这时才进入诗人的眼睛，这是非常符合送别的情境的。"天寒"与"日暮"对照，既写出送别的时间之长，表达两人依依不舍之情之深，也表现出友人离去造成自己的空虚感、落寞感。

在这种情况下望着友人离去，真是"黯然销魂"至极了。所以下两句写"解缆君已遥，望君犹伫立"，似乎刚刚解开船缆，怎么就已离去那么远了呢？写船快，实则表达了怨船快的心情；一个"犹"字，让我们似乎看见了作者久久站在岸边不愿离去的身影。我们都有过送别的经历，当我们的亲友离开的时候，谁不是这样久久地伫立原地,目送亲友离开,仍然舍不得回转呢?诗人写出的,正是我们平时的感情体验。

  这首诗在表现技巧上最大的特点是虚词的运用。"方""还""已""复""犹"等词把全诗串联起来,让诗人的感情表达得更加浓烈和厚重。

寒食汜上作[①]

广武城边逢暮春[②],
汶阳归客泪沾巾[③]。
落花寂寂啼山鸟,
杨柳青青渡水人。

注 释

① 寒食：指寒食节。汜(sì)：指汜水，流经广武城。
② 广武：古城名，原址在今河南荥阳东北广武山上，有东西二座，楚汉战争的最后阶段，项羽占东城，刘邦占西城。
③ 汶：指汶水，即今大汶河。阳：水的北面。汶阳：汶水的北面，诗人被贬的济州在汶阳北面，所以此处指济州。归客：诗人自指。

题 解

本诗作于唐玄宗开元十四年（726），王维离开济州司仓参军任，到长安或洛阳等待朝廷新的任命，途中路过广武城，写下了这首诗，抒写了暮春寒食节之际，思念长安、归心似箭的心境，为即将回到长安而洒下了悲喜交集的泪水。

赏 析

我们都有过这样的人生体验：经历了漫长而寒冷的冬季之后，温暖宜人、百花绽放的春天，给人的感觉总是很美好，可是美好的时光又总是很短暂。正因如此，到了暮春时节，百花凋零，古人常因此而发一些伤春惜时的感慨。王维这首诗同样也是伤春，但却饱含着复杂的思想感情。

头两句交代行程。这个时候的诗人，刚刚结束四年的地方官任期，马上要回到长安去。京城里等待他的到底是什么呢？升迁？恐怕是诗人不敢奢望的。继续外放做官？不知道又将寄身何处。正是在四年前，诗人刚刚入仕不久，正要大展宏图之际，却被小人陷害，贬到这个偏远的济州府一待就是四年。朝廷中的政局以及复杂的人事关系，已经使得诗人对自己的命运失去了把握。正因为这种对前途命运不确定性的担忧，行至广武城边时，对着落花时节的暮春景象，不由得悲从中来，情不自禁地流下眼泪。

后两句描写了诗人所见。"落花寂寂啼山鸟，杨柳青青渡水人。"作者看见了寂静的落花、啼鸣的山鸟，也看见了青青杨柳下正在渡水的人们。一个"寂"字，写出了诗人内心的落寞；一个"啼"字，渲染出悲切的思想感情。落花和山鸟是作者所见，自不免沾染上作者的情绪；而那些正在渡水的人们呢？你不痛快，并不意味着别人也不痛快。在他人的眼里，正是杨柳青青、生机盎然之时，所以，"青青"一词写出了"渡水人"的爽朗明快，这个时候，就难免产生那种"快乐是你们的，我却什么也没有"的感慨。

这首诗，妙处即在将对前途命运的担忧，用一个完全对立的意象渲染出来。我们看前三句，"暮春""归客""啼鸟"，这三种意象，原本最能体现诗人的心情，可是仅仅用这些意象来体情达意，别人用得太多，再用也未见高明。但是末句忽然用了一个明朗爽快的意象"杨柳青青",那些正在渡水的人们,在这样明媚的春天渡水远行,是要去做什么呢?不论他们要做什么,都是充满希望、充满朝气的,不像自己,虽然奉命还京,前途命运却完全不可把握。双方不同的情绪形成了鲜明的对比,这种对比,更加重了诗人的郁闷。

· 寒食汜上作

观 别 者

青青杨柳陌①,陌上别离人。
爱子游燕赵,高堂有老亲②。
不行无可养,行去百忧新。
切切委兄弟③,依依向四邻。
都门帐饮毕④,从此谢亲宾。
挥涕逐前侣⑤,含凄动征轮。
车徒望不见,时见起行尘。
吾亦辞家久,看之泪满巾。

注　释

① 杨柳陌:长满杨柳树的田间小路。陌:田间小路。
② 高堂:在古代的家庭里,父母的居室一般被称为堂屋,是处于一家正中的位置,而堂屋的地面和屋顶相对比其他房间要高一些,所以古代的子辈为尊重父母,在外人面前不直说父母而叫"高堂"。故用高堂指父母居处,或代称父母。李白《将进酒》诗:"君不见高堂明镜悲白发,朝如青丝暮成雪。"
③ 切切:恳挚、深切之意。
④ 都:都城。门:城门。
⑤ 前侣:前面的同伴。

题　解

这首诗描绘的是诗人所看见的一个离别的场景，远游人为了父母不忍远行，为了生计又不得不远行，行者和送行者都悲伤难耐，依依不舍，抒发了诗人漂泊异乡的苦闷与无奈之情。

赏　析

在积极向上的盛唐王朝，建功立业是绝大多数有志男儿的选择，为了实现自己的志向，盛唐人从来不把出行当一回事，少年人一到能够自立门户的时候，往往为了做官、经商、从军而辞别亲人，四处奔波。我们看盛唐时期的诗歌，送别诗占了很大的篇幅，这些送别诗大多慷慨激昂，充满了鼓励与壮别之意，反映出盛唐人进取向上的精神面貌。但是，王维这首小诗，却让我们体会到了离别的真正感觉：黯然销魂。

"青青杨柳陌，陌上别离人。爱子游燕赵，高堂有老亲。不行无可养，行去百忧新。"在那一片绿意的杨柳小道，朝夕相处的亲人就要别离了。游子就要出行，家里却还有高龄的父母。不出行无法维持整个家庭的生计，而要出去则是满满的担忧。游子担心远行后家人谁来照看，于是只好"切切委兄弟，依依向四邻"。只能将父母嘱托给兄弟照看，向邻人诉说自己的忧思。

"都门帐饮毕，从此谢亲宾。挥涕逐前侣，含凄动征轮。车徒望不见，时见起行尘。"在城门喝完送行酒，不知道何时才能回来见到亲友。眼含热泪攥上前面的同伴，心情悲切地驱动车轮，再看的时候已经看不见人影，只有车轮扬起的灰尘。"逐"字形象地展现了游子的心情：内心依依不舍，多想再和亲人待一会，但一回头同伴已经走了很远，于是只得赶紧追上去。而那高龄的父母亦是万分不舍，看不到人影了还在那里看车轮扬起的尘土。

看到这里，纵是铁石心肠的人，心中也不能不被感动，而旁观者不但不是铁石心肠的人，反而也正是一个辞家别亲的远游之人，"吾亦辞家久，看之泪满巾"。此情此景，与诗人当年离别亲人的场景何其相似，简直是情景重现，所以诗人的眼泪早已抑制不住，"泪满巾"，一个"满"字，说明作者内心的触动之深。

这首诗描写的场景并不少见，不论是在古代，还是现在，离别都是人类生活常见的主题。描写离别场面的诗篇也很多，但王维这首小诗，虽然只是对一个普通离别场面的情景白描，给我们的感触却是那般情深。至亲别离，肝肠寸断，然生活所迫，又无可奈何。历史画卷中，这样的场景重复上演了多少幕。不同的朝代，不同的主角，不变的却都是那份难以割舍的情致，亲情、友情、爱情，一幕幕，一出出，在时空的帷幕里掀起层层浪花。

偶然作（其六）

老来懒赋诗，惟有老相随。
宿世谬词客①，前身应画师。
不能舍余习，偶被世人知②。
名字本皆是，此心还不知③。

注 释

① 宿世：佛教指过去的一世，即前生。《唐诗纪事》作"当代"。谬词客：妄为诗人，即本来不配当诗人却当了诗人之意。
② "不能"二句：意谓自己不能舍弃前生遗留之习，继续写诗作画，遂意外地为世人所知。
③ "名字"二句：意谓自己的名字与本身的习性相离，而自己的心里却不明白。指自己既用佛教居士维摩诘之名作为名字（王维字摩诘），本不应去追求诗人、画家的浮名。是：这样。

题　解

王维《偶然作》共存六首，这是第六首，当作于诗人后期。这首诗摹写诗人的"老态"与"懒态"，委婉表达自己人生顿悟之后，既无大悲亦无大喜的淡泊之心。

赏　析

"老来懒赋诗"，诗的第一句就可以让我们看出，这首诗是诗人晚年所写。时年趋老，平素喜于作诗的热情渐渐消弭，自己怠于提笔再写诗文。"惟有老相随"，唯有日渐衰朽的感觉时时伴随着自己。而实际上，诗人年纪虽老，写诗的热情虽然有所减少，但是诗歌的技法却随着年龄的增长日见高超，诗歌的语言随着岁月的淘洗日见精妙。

初入仕途的王维胸怀济世报国之大志，积极用世，力图在政界有所为，然而自己的伯乐张九龄遭贬，奸臣李林甫当道，王维面对如此现实无力反抗，受母亲向佛思想的影响，开始向佛教寻找人生的价值和意义。他结庐辋川，与僧人、道友往来，弹琴赋诗，过着半隐半官的生活。但是，在安史之乱后，他曾被迫做了伪职，虽然乱平之后并没有受到朝廷太大的惩罚，诗人自己却不能原谅自己，由此带上了一种深深的负罪感，那种逍遥自在的心境从此不见了，枯寂、无奈、悲凉之情常常伴随着他，这才是诗人"懒"的主要原因。故而诗人所言"惟有"一词中，饱含内心不得已的苦闷与纠结，深沉叹惋，却以淡语出之，貌似从容，实则婉曲。

"宿世谬词客，前身应画师。"以诗歌赢得平生盛名的王维，竟断然否定了自己"天下文宗""当代诗匠"的称誉，说前世的自己原本只是个画师而已，断断做不了诗人，可自己偏偏忝列诗人行列，这分明是人生的大谬误。

"余习"，前世累积而来的习惯；"不能舍"，作诗、画画的冲动时不时地会流露出来；"偶被世人知"，偶然的机会竟被世人知晓，甚至流传出去。

诗人郑重其事地表达诗画非其本业，那么诗人看重的究竟是什么呢？当然是入世，是济世，是治国平天下，把自己一身所学用到治理国家、安抚百姓身上。可是作者一生也没有实现这样的政治抱负，虽然皈依佛教，出世与入世的内心矛盾却终生伴随着他。

　　这样一位热爱生活、热爱艺术的诗人，一生郁郁不得志，又因为担任伪职身染污点，他内心的痛苦有谁能知呢？他的名字虽然是出世的，他的内心却是入世的，然而，人到暮年，入世出世又有什么区别，又有什么意思呢？他终不过是一个马上离世的老人罢了，纵有再多不甘、再多不愿，也有心无力了。

　　写诗而有禅意，历来是王维的风格，这首诗，以"宿世"入禅，以"余习""名字"悟禅，以禅入诗，表现诗人探索世界、感悟世界，心灵再获从容与坦然的人生态度，用语朴素，却耐人寻味。

不 遇 咏

北阙献书寝不报①,
南山种田时不登②。
百人会中身不预③,
五侯门前心不能④。
身投河朔饮君酒⑤,
家在茂陵平安否⑥?
且共登山复临水,
莫问春风动杨柳。
今人作人多自私,
我心不说君应知⑦。
济人然后拂衣去⑧,
肯作徒尔一男儿⑨!

注　释

① 北阙：宫殿北边的门楼，是大臣等候朝见和上书言事的地方。后通称帝王宫禁为北阙，亦作朝廷的别称。寝：搁置。报：答复。
② 南山种田：汉代杨恽《拊缶歌》："田彼南山，芜秽不治。种一顷豆，落而为萁。"时：到了时令。登：五谷收成。
③ 百人会：朝廷的盛大集会。预：参加。典出《世说新语·宠礼》，汉代晋伏滔参加孝武帝召集的百人高会，受到孝武帝垂青，这里反其意而用之。
④ 五侯：汉成帝时，外戚王凤之五弟，同日封侯，称为"五侯"。此处泛指权贵。心不能：心里不愿。
⑤ 投：投靠。河朔：黄河的北岸。饮君酒：投靠朋友，喝朋友的酒，借酒消愁，此处借指自己寄人篱下的境遇。
⑥ 茂陵：汉武帝刘彻的陵墓所在地。司马相如免官后曾居于此。此处诗人以司马相如自比，寄托不遇的情怀。
⑦ 说：同"悦"，高兴。
⑧ 济人：济民，有兼济天下之意。拂衣去：辞官隐退，指功成身退。
⑨ 肯作：岂肯作。徒尔：徒然，枉然。

题　解

　　此诗大约作于诗人被贬济州到唐玄宗开元二十二年（734）拜右拾遗期间，比较真实地反映了他这一时期的生活情况和人生追求。这是一首难得的直叙胸臆的作品，王维诗歌带着典型的初唐诗歌风格，每四句一转韵，诗意亦随之而转换，是七古体裁中典型的"初唐体"。诗歌表现了诗人遭贬之后的失意落魄，同时也表现了诗人不遇之际，不甘沦落的人生志趣，颇有盛唐士人的风貌。

赏　析

　　诗人被贬之后，济世理想暂时得不到实现，心情低落，颇有怀才不遇的愤慨。这首诗以第一人称的口吻，诉说了自己的不幸遭遇。难能可贵的是，诗人并没有被打垮，仍然怀着美好的理想，并且时刻准备为实现自己的理想而奋斗。

　　"北阙献书寝不报，南山种田时不登。百人会中身不预，五侯门前心不能。"这四句诗，前三句，王维开宗明义，紧扣诗题怀才"不遇"而行文，铺叙自己仕途的失意与生活的困顿。首句说自己真诚地向朝廷上书献计献策，然而所上书册久被搁置，得不到答复；次句写心灰意冷的自己选择退隐躬耕，却因为天时不顺，五谷不登；第三句化用典故，汉人晋伏滔参加孝武帝召集的百人高会，受到孝武帝垂青，王维这里反其意而用之，借以表现自己被朝廷弃用的遭遇。第四句中，"五侯门前"喻指权贵门前，诗人在这句中直言自己生性狷介不阿，心里断不愿通过阿谀奉承来从权贵那里获得高官厚禄。别有况味的是，"不报""不登""不预"，这三个"不"字连用，叙写诗人无论在朝在野，无一例外地遭遇"不遇"，语意贯通，语势急迫；然而，最后一句中的"不能"却依然让读者看到诗人心中固守自洁的一方净土。

　　"身投河朔饮君酒，家在茂陵平安否？且共登山复临水，莫问春风动杨柳。"这四句，王维着力描写诗人投奔友人，客居异乡的困窘凄楚。被贬官之后，诗人远走河朔，即今天黄河以北一带，投奔友人，赖以为生。客居他乡，满怀落魄，满腹思乡，无以寄托，唯有借酒消愁，在半醉半醒之间，徒劳地问一句风尘阻隔、久无音信的京居家人，现在是否安好？既然乡居不可归，亲人不能见，那么索性暂居此地，和友人登山临水，忘情山水吧，莫管那春风吹动依依杨柳枝，带来浓浓春意，也带来浓浓春愁。失意落魄的诗人思乡心切，却寄望于在异乡山水中移情，表示宁愿在他乡漂泊中过日。这样有悖常情的心理描写，恰恰是诗人不得已的悲愤之言。

"今人作人多自私，我心不说君应知。济人然后拂衣去，肯作徒尔一男儿！"最后这四句，王维笔锋一转，直抒胸臆，借与友人对话，表达自己对世俗社会的批判，表达自己的人生志趣。王维一改之前的郁闷悲愤之情，转为慷慨激昂的态度。诗人尖锐地指出：现世社会，多功利世俗之人，遇事只为自己着想，不顾大局；诗人为之心怀忧戚，这一点诗人以为想必友人是了解的。诗人希望有那么一天，自己能够有一个施展才华的舞台，把自己的所学用到治理国家、安抚百姓上，等功成之后，自己退隐田园，躬耕陇亩。结句，诗人用反问句式作结：此生岂肯庸碌无为，枉自担着男子汉大丈夫的英名？人生失意之时，仍然慨然作声，表达士人达则兼济天下，穷亦心怀天下的入世之心，难能可贵。

这首七言古诗，融叙事、描写、抒情为一体，叙事简约，描写点睛，抒情真挚，诗歌意境优美清新而不失慨然之气。诗中多处化用典故而不着痕迹，诗歌容量大，却不影响诗歌文脉的清晰流畅，体现王维一以贯之的简约自然的诗风。

青　溪①

言入黄花川，每逐青溪水②。
随山将万转，趣途无百里③。
声喧乱石中，色静深松里④。
漾漾泛菱荇，澄澄映葭苇⑤。
我心素已闲，清川澹如此⑥。
请留磐石上，垂钓将已矣⑦。

注　释

① 青溪：在今陕西勉县之东。
② 言：发语词，无义。黄花川：在今陕西凤翔县东北。逐：顺，循。
③ 万转：形容山路千回万转。趣途：趣同"趋"，指走过的路途。
④ 声：溪水声。色：山色。
⑤ 漾漾：水波动荡。菱荇（líng xìng）：泛指水草。澄澄：清澈透明。葭（jiā）苇：芦苇。
⑥ 素：洁白。心素：指高洁的心怀。闲：悠闲淡泊。澹（dàn）：恬静安然。
⑦ 磐石：又大又平的石头。将已矣：将以此终其身，从此算了。又有写作"盘石"。

题　解

　　这是一首写于归隐之后的山水诗。诗题一曰《过青溪水作》，大约是王维初隐蓝田南山时所作。写了一条不甚知名的溪水，却很能体现王维山水诗的特色。诗的每一句都可以独立成为一幅优美的画面，溪流随山势蜿蜒，在乱石中奔腾咆哮，在松林里静静流淌，水面微波荡漾，各种水生植物随波浮动，溪边的巨石上，垂钓老翁消闲自在。诗句自然清淡，绘声绘色，静中有动，托物寄情，韵味无穷。

赏　析

　　诗的开头四句，是对青溪做总的介绍。
　　"言入黄花川，每逐青溪水。随山将万转，趣途无百里。"每次进入黄花川都是顺着青溪流动的方向而行。那溪水随着山川变化回转，路途不足百里却沿途充满情趣。
　　接下来诗人开始描绘沿途的景色，采用"移步换形"的写法，一步一景，一句一景，给我们呈现出一幅幅各具特色的画面。
　　"声喧乱石中，色静深松里。"那溪水穿过乱石时激起阵阵声响，而水流平坦时又非常静谧，那青松就倒映在水中。"声喧"二字写出了溪水的阵势，读者仿佛能看到水流四溅的画面。"色静"又写出了溪水的安静，像是一幅优美的图画。这一动一静也出色地展现了溪水的多变，以及沿途风光的多姿。
　　"漾漾泛菱荇，澄澄映葭苇。"那些溪水里的菱角和荇菜随着水波而动，而芦苇则倒映在清澈的水面。"漾漾"是水动起来的样子，而"澄澄"则是水静止时的形态。这两句延续前两句使用的动静结合的手法，将青溪的安详与活泼表现得淋漓尽致。
　　"我心素已闲，清川澹如此。请留磐石上，垂钓将已矣。"青溪素淡的天然景致，跟我长久以来的闲适心情是多么的般配。不如就让我留在这里悠闲地垂钓，一直到老去离开这个世界。
　　这首诗动静结合，刻画了青溪动人的美景。全诗清新淡雅，韵味悠长。

戏题盘石①

可怜盘石临泉水②,
复有垂杨拂酒杯。
若道春风不解意,
何因吹送落花来③?

注 释

① 盘石：即磐石。
② 可怜：可爱。
③ "若道"二句：意谓若说春风不理解人意,为什么它又吹送落花来助兴?

题 解

这是一首颇有哲理意味的情趣小诗。写春日野行途中坐在巨石上独酌的情景,透露出享受生命、怡然自得的欣悦之情。题目说"戏",有开玩笑的意味。

赏 析

王维的母亲崔氏一生信佛,取《维摩诘经》"维摩诘"的趋避灾难之意,为王维取字为"摩诘",希望自己的孩子一生之中无灾无难。生长在佛学气氛浓厚家庭的王维,就此种下了佛"因",使得他笔下的禅境成为多彩的世界,也使他的禅意诗平添了几多生机、生气。王维也因此被后世称为"诗佛"。这首《戏题盘石》即是一首直接阐述禅理的小诗。

杨花飘落的季节,诗人坐在水边的大石上饮酒。磐石如席,春风习习,花片飞舞在岸边垂杨巨石之畔,这就是一幅美丽的春归图。绿杨飘拂,高举酒杯,临泉吟诗,反映出诗人高雅的情趣。

"若道春风不解意,何因吹送落花来?"结尾两语,以问答和猜测的语气抒情遣意,似浮泛,实空临,耐人咀嚼回味,泉水激石、垂杨拂杯、春风送花,都在无意之间,使人徐徐得到一种清新秀丽的艺术享受。

这首诗流淌着诗人陶醉于山间磐石的独得意趣。尤其是诗中的磐石、泉水、垂杨、春风、落花,似通人意,杨柳拂杯,春风送花,各尽其能,纷纷为诗人的逸乐助兴。自然景物的灵动和谐,使诗意变得活跃跳动,闪现着智性的光辉。

归嵩山作

清川带长薄①，车马去闲闲②。
流水如有意，暮禽相与还。
荒城临古渡，落日满秋山。
迢递嵩高下③，归来且闭关④。

注 释

① 长薄：绵延的草木丛。薄：草木交错曰薄。
② 去：行走。闲闲：悠闲，从容貌。
③ 迢递：远貌。递：形容遥远。
④ 且闭关：佛家闭门静修。有闭门谢客意。

题　解

唐玄宗开元二十二年（734）秋，王维到嵩山隐居。次年，他即在张九龄的荐举下出任右拾遗，结束了这次短暂的隐居生活，离开嵩山，到洛阳赴任。嵩山，古称"中岳"，在今河南登封县北。这首诗就是这段归隐生活的写照。

赏　析

在《送张五归山》中，诗人表达了"当亦谢官去"的思想，不久之后即梦想成真，这首诗即是写作者辞官归隐途中所见的景色和心情。

"清川带长薄，车马去闲闲。"首联描写归途中的情景，紧扣题目中的"归"字。诗人坐着马车，顺着河边的道路缓缓前进，清澈的河水顺流而下，岸边是长长的丰茂的草木。"闲闲"，一个"闲"字重复运用，显示出马车的从容不迫，反映出诗人归山时的一种安详闲适的心境。

"流水如有意，暮禽相与还。"那流水好像懂得我心意，也在慢慢地流淌，晚归的鸟儿伴我前行。诗人将流水和暮禽拟人化，展现了诗人的从容姿态。当然从另一个角度讲，"流水"也代表着勇敢前行，说明诗人辞官归隐没有什么顾虑；而"暮禽"则带有倦鸟归林的含义，隐晦地表达了对政治和官场的失望。

"荒城临古渡，落日满秋山。"荒凉的城池靠近古渡，落日的余晖洒满整个秋天的山林。诗人的情感起了一点儿变化，因而在景物描写中体现出来：城是荒的，渡口是古旧的，太阳在落山了，山林呈现出秋色。荒城、古渡、落日、秋山，这四个意象营造出了一种弥漫天地的寒山秋意。这些景物在诗人的眼中，不免有一些凄清悲凉的色彩，这是为什么呢？诗人不是一心要归隐吗？为什么真的归隐之后，心情并不如想象中那样美好，反而随着时间的流逝，从刚开始的悠然自得，渐渐笼上一层悲凉的情绪呢？其实王维内心最渴求的东西，并不是退隐山林，而是实现政治上的抱负，只是因为抱负无法施展，才心灰意懒要退隐的。田园生活虽然对他很有吸引力，但是他更渴望建功立业，治国平天下。所以真的退隐之后，心理上难免还是有点失落的。

"迢递嵩高下，归来且闭关。"隐居在高高的嵩山下，过一种闭门谢客的生活。"迢递"是形容山高远的样子，对山势做了简练而又形象的描写。"归来且闭关"展现诗人内心的萧瑟心态。

　　这首诗用笔凝练，意境开阔，通过景物的描写，展现了诗人内心的波动。

山中寄诸弟妹

山中多法侣①,
禅诵自为群②。
城郭遥相望③,
惟应见白云。

注　释

① 法侣：一起参禅修道的朋友。南朝梁武帝《金刚般若忏文》："恒沙众生，皆为法侣。"
② 禅诵：佛教语，谓坐禅诵经。北魏杨衒之《洛阳伽蓝记·崇真寺》："沙门之体，必须摄心守道，志在禅诵。"
③ 城郭：城是内城的墙，郭是外城的墙，泛指"城邑"。

题 解

这首诗是诗人从山中寄给城内弟妹的。诗人以山中参禅诵经为雅事,遥想弟妹从城中远望,恐怕只能见到白云而已,怎知我在山上悠然自得呢?张谦宜《絸斋诗谈》中曰:"身在山中,却从山外人眼中想出,妙语绝伦。"

赏 析

本诗的题目虽然说是写给弟弟妹妹的,其实内容却与亲情关系不大,而是描述自己在山中的修行生活。对于潜心向佛的王维来说,他日常生活的重要部分,就是去拜访那些方外高人,并且与意气相投的道友们共同修行,这些情形也都反映在他的诗作中。这首《山中寄诸弟妹》就表现了这样一种生活场景,表达了在山中与一班道友结缘共修时的欣悦之情。

"山中多法侣,禅诵自为群。"这两句是说,山里居住着很多参禅修道的人,因为共同的志趣爱好,自然而然地聚集在一起了。这两句是实写,点出了山中隐居生活友人相伴、共同生活的场景,一方面表达出诗人悠然自得的情趣,另一方面也是在告诉弟弟妹妹们,自己在山中生活得很好,并不孤单,自然而然地透出让亲人放心、不必牵挂自己的意思。

后两句是虚写,诗人的思绪回到了故乡的家中,想来亲人们也一定在惦念着,会经常向他隐居的方向遥望吧?然而看来看去,恐怕只能看到天上的白云了。他们是无法体会自己这种悠然自得的生活的。明里写亲人们惦念自己,实际上也表明了自己一直也在想念亲人。这种写法与诗人的名篇《九月九日忆山东兄弟》有异曲同工之妙。

这首小诗清丽绝俗,明白如话,如同白描一般,可以称之为"水墨不着色画","淡"是最突出的特征。这种"淡",不仅是语言色泽上的"淡",更多的是创作主体心境的"淡",虽然也抒发了淡淡的思念之情,但更多的是悠然自得的情绪。

试想一下,诗人住在清静而又僻远的大山之中,远离了尘世的喧闹,周围是美丽脱俗的山水,置身于这样的环境之中,自己也是环境的一部分了,那种天人合一的感觉，就分外浓厚。从山外的城里远远地向山中眺望，别说只能看到一片云雾迷茫，就算是看到了修行的诗人，诗人也是这大自然的一部分了。

"云"在这首诗中有特别的意涵。行到水穷处，坐看云起时。云的姿态变化多端，颜色洁白如雪，又高处于天边，其安详闲适、高洁清秀之处，正是诗人自己品格的写照。

• 山中寄诸弟妹

献始兴公①

宁栖野树林②,宁饮涧水流。
不用坐梁肉,崎岖见王侯③。
鄙哉匹夫节,布褐将白头④。
任智诚则短,守仁固其优⑤。
侧闻大君子⑥,安问党与仇⑦。
所不卖公器⑧,动为苍生谋⑨。
贱子跪自陈⑩,可为帐下不⑪?
感激有公议,曲私非所求⑫。

注　释

① 始兴公：即唐玄宗开元时期的名臣张九龄，字子寿，韶州曲江（今广东韶关）人。唐玄宗开元二十一年（733）十二月任中书侍郎、同中书门下平章事，二十二年五月二十七日加中书令，二十三年三月九日进封始兴伯。张九龄很赏识王维，在任中书令的当年，提拔王维为右拾遗。
② 宁：宁愿。栖：栖身，住。
③ 坐：因为。梁肉：谓美食佳肴。崎岖：困厄，历经险阻。陶渊明《归去来兮辞》："亦崎岖而经丘。"
④ 匹夫：平民。布褐：粗布衣服，平民所服，借指平民。
⑤ 诚：确实。固：原本，本来。其：自己。
⑥ 侧闻：从旁听说。大君子：指张九龄。
⑦ "安问"句：语本刘琨《重赠卢谌》："重耳（晋文公）任五贤（指赵衰等），小白（齐桓公）相射钩（射钩者，指管仲）。苟能隆二伯（指齐桓、晋文），安问党（指五贤）与仇（指管仲）？"此言张九龄用人公正无私，任人唯贤，哪管所任之人是同党还是仇人。党：同党。
⑧ 所：指张九龄所处的官位。公器：公有之物，此处代指国家官爵。《旧唐书·张九龄传》载，开元十三年（725），"九龄言于（张）说曰：'官爵者，天下之公器，德望为先，劳旧次焉。'"句谓九龄不出卖国家的官爵。
⑨ 动：举动，行动。苍生：老百姓。
⑩ "贱子"句：语本应璩《百一诗》其一："避席跪自陈，贱子实空虚。"贱子：王维自谦之称。
⑪ 帐下：谓下属，部下。不：通"否"。
⑫ 感激：感动奋发。曲私：偏私。

题　解

张九龄为唐玄宗开元时期的名臣，于开元二十三年（735）受封始兴伯。始兴县，今广东省北部，是粤北一带最大的小平原。王维深得张九龄的赏识，在张九龄官拜中书令时，为张九龄擢右拾遗。这首诗，写于王维出仕右拾遗、张九龄官封始兴伯后。王维在诗中表达了对张九龄赏识自己的感激，同时表达了希望张九龄能对自己继续信任，委以重任的愿望。从这首诗里，可以了解王维早年的心态志趣和政治态度。

赏　析

说到底，这是一首干谒诗，但是却写得不卑不亢，是王维风格的干谒诗。身为下属，王维写诗给上司，既表达了愿意有一番作为的求进之意，又表明自己不愿为了追求富贵而阿谀巴结王侯，写得既谦卑，又刚直。

诗人的中心意思，还是想得到张九龄的重用，但是如果张嘴要官，那就不是王维的性格了。诗人采取的是欲扬先抑之法，本来要求官，"宁栖野树林，宁饮涧水流。不用坐粱肉，崎岖见王侯。"开头四句先说，宁愿栖隐山林，宁愿过清贫淡泊的生活，也不愿靠出卖人格、巴结权贵来实现自己的愿望。诗人以栖身林间、渴饮涧水暗指隐士的清苦生活，粱肉借指富贵生活，取譬形象，对比鲜明，"宁"与"不"一组词的对句，颇有力度，透露出诗人鲜明的生活态度。

虽然已经表明心迹，但是诗人仍然不放心，怕张九龄还会误会自己，所以接下来四句，更进一步表明自己这种态度，"鄙哉匹夫节，布褐将白头。任智诚则短，守仁固其优。"如果谋得仕途需要我卑躬屈膝，那么我宁可一生布衣不为官。谋用心机，只为仕进之一得，这个确乎不是我的优势所在，在道德操守方面，固守仁义，矢志不渝，而这是我所擅长的。虽然写的是干谒诗，王维却始终不失底线，固守清洁操守。

"抑"的部分终于结束，诗人笔锋一转，"侧闻大君子，安问党与仇。"大君子，指张九龄，此词暗含敬意。诗人向所敬之人表达敬佩之意，听民间传颂，您身为一朝宰相，为官公正，任人唯贤，绝不结党营私，哪管所任之人是与你志同道合者还是与你政见有分歧者。"所不卖公器，动为苍生谋"：身为朝中贤臣，位高不倨，绝不以权谋私，卖官鬻爵。您的一言一行，无不是为天下苍生着想。行文至此，王维水到渠成地向张九龄恭敬发问："贱子跪自陈，可为帐下不？"像我这样的人，是否可以忝列你的麾下？明确表达了希望张九龄任用自己的意思。诗人先以第三者从旁听说的口吻赞扬始兴公，很自然地转入向张九龄陈情的本意，回扣诗旨。

  王维在表达了自己用世的思想志趣之后，又补写两句诗"感激有公议，曲私非所求"，表达尽管自己胸怀用世的强烈意愿，但绝不是借此谋求利禄的内心所思，故而坦然表示：若是出于公正而任用我，我自为此感奋不已，对您感激异常；但若出于偏私而任用我，则不是我所希望的。这样的结句显得刻意而不失真诚。

  这首五言古诗，言辞坦然而不失真诚，高调高亢而不失坦率，是一首率性之作。

寄荆州张丞相

所思竟何在①,怅望深荆门②。
举世无相识,终身思旧恩③。
方将与农圃④,艺植老邱园⑤。
目尽南飞雁,何由寄一言。

注 释

① 竟:到底。何在:在哪里。
② 怅:惆怅。深:远。荆门:在今位于湖北省中部。
③ 旧恩:指张九龄对王维的知遇之恩。
④ 圃:种植菜蔬、花草、瓜果的园子。
⑤ 艺植:耕种,栽植。邱园:乡村。

题　解

　　唐玄宗开元二十二年（734），张九龄为中书令，提拔王维为右拾遗，是年王维三十四岁。在此之前，王维只做过一些非常小的官职，在政坛上没有什么地位，所以王维视张九龄为伯乐、恩人。开元二十五年（737），张九龄被贬为荆州长史，王维写了这首诗表达对张九龄的思念之情。当时张九龄被贬荆州之后，举朝之士但求自保，无人敢说张九龄的好话，但王维却不避权贵，特意写作此诗表达对张九龄知遇之恩的感念。

赏　析

　　这是一首很能表现王维风骨的诗作。一个人不被皇帝喜欢了，满朝大臣谁还敢再跟他亲近呢？更何况迫害张九龄的还有一个权贵集团。在这个时候能够公开表达对张九龄的感念，充分体现出王维是一个非常具有侠义情怀、知恩图报的人。

　　"所思竟何在，怅望深荆门。"我所思念的人在哪里？哦，在那隔着千山万水的荆州，我只能怅然遥望了。"怅"字，表达对张九龄被贬的不满、遗憾和忧伤；"深"字，表明荆州离京城之远，使诗人遥望故人的神情贴切展现出来，也加深了"怅"的程度。

　　"举世无相识，终身思旧恩。"我虽然满腹才华，可始终没有人赏识，如果没有您张丞相的擢升，哪里有我的今天呢？您的知遇之恩，我终生难忘。"举世"一词，表达了一种怀才不遇的愤懑，"终身"一语，强化了感谢之情。"举世无相识"，好像有点夸张，但细想一下也在情理之中，人这一生能有几个相识呢？又有几个人能赏识自己的才华，并且给自己提供施展才华的舞台呢？有一个是多么的不容易！所以王维这种感恩心理还是非常真实的。

　　"方将与农圃，艺植老邱园。"您遭到不幸，被贬荆州，我也将追随您，退出这污浊的官场，归隐田园。这个时候王维才三十多岁，正是建功立业思想浓烈的时候，他当然也并没有真的辞官归隐，但是能够在诗中这样表达好恶之情，已是相当率真大胆了。相信张九龄读到这样的句子之后，一定感到非常欣慰。

"目尽南飞雁，何由寄一言。"南飞的大雁呀，你们振翅高飞，可是却不能将我的思念带给荆州的故人。

能够知恩图报本来就不是件容易做到的事，在对方被贬出朝廷，没有一个人敢替他说话的时候，王维这样的表态，无疑说明了诗人至情至性的天性。事实上，正是因为具有这样的性格特征，诗人始终无法适应黑暗的官场，此后便一直处于仕与隐的矛盾中，痛苦地挣扎了几十年。

这首诗平淡自然，语言流畅而不事雕琢。全诗化用乐府神韵，抒写绵绵情思，给人独特的回味体验。

使至塞上①

单车欲问边②,属国过居延③。
征蓬出汉塞④,归雁入胡天⑤。
大漠孤烟直⑥,长河落日圆⑦。
萧关逢候骑⑧,都护在燕然⑨。

注释

① 使:出使。塞上:边塞之上。
② 单车:一辆车,指轻车简从。问边:慰问边塞将士。
③ 属国:汉代称那些仍旧保留其原有国号的附属国为"属国"。居延:《后汉书·郡国志》说,凉州有张掖,居延属国。汉末将居延置为县,在今甘肃张掖县北。
④ 征蓬:远飞的蓬草。蓬:蓬草,多年生草本植物,秋枯,遇风而飞。
⑤ 胡天:这里指西北地区。
⑥ 大漠:广阔无边的沙漠。孤烟:用狼粪燃起的燧烟,其烟浓聚直上,是古时边塞告警或报平安的信号。
⑦ 长河:黄河。
⑧ 萧关:在今宁夏固原县东南。候骑:侦察的骑兵。
⑨ 都护:都护府的最高长官。燕然:山名,即杭爱山,在今蒙古国境内。东汉窦宪击匈奴,大破北单于,登燕然山刻石记功而还。以上两句说,在萧关遇到侦察兵,得知都护正在前线。

题　解

唐玄宗开元二十五年(737)，河西节度使崔希逸战胜吐蕃。王维奉命赴凉州（今河西走廊中部，州治在甘肃武威）慰问将士，并在河西节度使幕府兼任判官。在西行的途中写下了这首著名的《使至塞上》。

赏　析

王维之所以会到河西节度使幕府担任监察御史兼节度判官，是因为赏识他、提拔他的宰相张九龄被贬到荆州去了。历史上著名的奸相，口蜜腹剑的李林甫当上了宰相，作为张九龄提拔的人，王维当然不受李林甫的欢迎，这年秋天，他被赶到了边塞。虽然受到排挤，但是能够到边塞上做点实事，他还是抱有一定的建功立业思想的。这首诗就表达了这种复杂的思想感情。

诗的首句"单车欲问边"，很有意思，是车想到边塞去，言下之意，人是不想去的。这次出塞王维当然是不情愿的，可纵然不情愿，又有什么办法呢？他不能违抗朝廷的命令，所以车子还是向塞外驶去。而用"单"来形容车，说明他这次出使，没多大职位和权力，只有一辆车就送他上路了。第二句"属国过居延"，说明出使的路程很远，居延这个地方就够偏远了，但这远远不是目的地。

颔联中，作者写了路途中所见的景色。"征蓬出汉塞"，蓬草被凛冽的北风吹断了，身不由己地随风而去；那归来的大雁直向胡地的天空飞去。这两个意象，既是实指，又是作者的自喻。本来，无论是征蓬还是归雁，都是北方常见的景物，心情兴奋的人见了它们，会感觉到苍劲有力；心情郁闷的人见了它们，自然会生出无力、无助、无奈的飘零之感。诗人本来就不情不愿，自然心情不好，所以看到这些，会觉得自己就像这无根的蓬草一样，不由自主、身不由己，也像这孤独的大雁一样，只能往更偏远的地方飞去。在这一联中可以看出作者的自怜、自伤、自嘲，将首句表达出来的忧愁苦闷之情又强化了一层。

接下来是千古传唱的"大漠孤烟直，长河落日圆"。孤烟为什么直，落日为什么圆？只能说明诗人的视野非常的开阔，所以一个"直"、一个"圆"，便把大漠的那种辽阔、空旷刻画出来。清人徐增在《而庵说唐诗》里评价这两句"独绝千古"。

　　虽然诗人在前两联中渲染了失落失意的情绪,但是这个时候他才三十多岁,正处于人生的黄金年龄,而他生活的盛唐时代,总体上仍然是一个积极奋发的时局,建功立业思想此时仍然是他思想的主流,虽有小小的挫折,但并未抵消他的政治愿望,他不可能一直消沉失意下去。在边塞上看到这样雄奇瑰丽的景象,他的内心想必是深受触动的。我们看末联就更能体会这一变化。

　　"萧关逢候骑",诗人独行多日,终于见到了将要共事的同事,两个人自然会亲热交谈,王维也肯定会问到他此行将要辅助的主官都护。都护在哪里呢?"候骑"答:"都护在前面的燕然山呢!"诗写到这里便戛然而止。但是我们却能从中体会到诗人的惊喜与渴盼:啊,走了这么长的时间,终于要到达目的地了。

　　这首诗描绘出了大漠的辽阔与壮美,没有凄婉的情绪,展现了诗人开阔的心灵。

・使至塞上

出　塞　作

居延城外猎天骄①，白草连天野火烧②。
暮云空碛时驱马③，秋日平原好射雕。
护羌校尉朝乘障，破虏将军夜渡辽④。
玉靶角弓珠勒马，汉家将赐霍嫖姚⑤。

注　释

① 居延城：居延，地名。汉有居延泽，唐称居延海，在今内蒙古自治区额济纳旗北境。天骄：指匈奴。
② 白草：西域所产牧草。《汉书·西域传》颜注："白草似莠而细，无芒，其干熟时正白色，牛马所嗜也。"
③ 碛（qì）：沙漠。
④ 护羌校尉：武官名。应劭《汉官仪》(孙星衍辑本)卷上："护羌校尉，武帝置，秩比二千石，持节以护西羌。"乘障：登上城堡御敌。参见《汉书·张汤传》颜注。破虏将军：汉代三国时的将军名号之一。孙坚曾任破虏将军，见《三国志·吴书·孙坚传》。渡辽：汉昭帝时辽东乌桓反，以范明友为度辽将军率兵击之。《汉书·昭帝纪》颜注：应劭曰："当度辽水往击之。故以度辽为官号。"此处为借用，非实指。
⑤ 玉靶：镶玉的剑柄。此处指代宝剑。角弓：饰以兽角的良弓。珠勒马：配有珠勒（用珍珠做装饰的带嚼子笼头）的骏马。霍嫖姚：西汉名将霍去病，曾任嫖姚校尉。见《汉书·霍去病传》。

题 解

这首诗作于诗人出使塞上时期。本诗原注："时为御史监察塞上作。"唐玄宗开元二十五年（737），河西节度副使崔希逸在青海战败吐蕃，王维以监察御史的身份，奉使出塞宣慰。这首诗通过敌我双方的对比描写，鲜明有力地表现了唐军将士不畏强敌的英雄气概和昂扬斗志。

赏 析

"居延城外猎天骄，白草连天野火烧。"吐蕃在居延城外打猎，那些茂密的野草被点着，火势很大。"天骄"本是匈奴自称，此处指代吐蕃。看似是在写吐蕃打猎，实际上也是在渲染边境的紧张气氛。

"暮云空碛时驱马，秋日平原好射雕。"吐蕃的猎手们在空旷的大漠里策马而行，因为秋天的到来那些动物没有遮蔽更容易被射猎。这两句写出了吐蕃猎手的粗犷与豪放，也暗示了边情的紧急。

"护羌校尉朝乘障，破虏将军夜渡辽。"将士们早上登上城堡御敌，晚上已经渡过辽河进行追击。"护羌校尉"和"破虏将军"在这里泛指唐代将士。"乘障"在说防御，而"渡辽"则是主动出击。"朝"与"夜"相对，更能说明战争之形势，以及大唐将士行军之快，反应之敏捷。

"玉靶角弓珠勒马，汉家将赐霍嫖姚。"朝廷将这些宝剑、良弓和骏马，赐给得胜的边帅崔希逸。诗人没有去写如何战斗，而是直接写胜利后赏赐的物品，更能说明唐军的神勇。

这首诗是王维边塞诗的代表作之一，在写法上很有特色。前半部分极力渲染来犯者的勇武，没有一丝贬低和丑化，后半部分四两拨千斤，显示出唐军更为强大的实力。金圣叹在《贯华堂选批唐才子诗》里称赞说"前解，写'天骄'是真正天骄；后解，写'边镇'是真正边镇。……前解不写得如此，便不足以发我之怒；后解不写得如此，便不足以制彼之骄"，这个点评相当中肯。

陇　西　行①

十里一走马，五里一扬鞭。
都护军书至②，匈奴围酒泉③。
关山正飞雪④，烽火断无烟⑤。

注　释

① 陇西行：乐府古题名之一。陇西：陇山之西，在今甘肃省陇西县以东。
② 都护：官名，汉代设置西域都护，唐代设置六大都护府以统辖西域诸国。
③ 匈奴：这里泛指我国北部和西部的少数民族。酒泉：郡名，在今甘肃省酒泉县东北。
④ 关山：泛指边关的山岳原野。
⑤ 烽火：烽火台和守边营垒。古代边疆告警，以烽燧为号，白天举烟为"燧"，夜晚举火为"烽"。断：中断联系。

题 解

从体裁上看，这首诗属于古体诗；从题材上看，这首诗属于边塞诗。全诗表现了匈奴入侵、边防告急的情景。作者没有正面描写战争，而是截取军使送书这一片断，通过描绘出一幅迷茫、壮阔的关山飞雪远戍图，侧面渲染边关的紧急与紧张，展现出诗篇"意余象外"的深邃与凝重。

赏 析

这首诗描绘的是外敌入侵、边关告急的情形，全诗着力突出了两个字："快"与"急"。

中国古代传递信息的方式，主要由飞鸽、烽火、快马等几种方式。飞鸽存在有不确定性，所以传递军情主要是靠烽火和驿马，烽火传讯是在边境每隔一段距离建造烽火台，台上放置干柴，遇有敌情时则燃火以报警——通过山峰之间的烽火迅速传达讯息；驿马是每隔一定的路程设一个驿站，士兵骑着快马从边关出发，每到一个驿站，就再换一匹快马，如此换马不换人，一直送到京城。这首就是驿马报信的生动注释。我们知道，送信这个过程，最明显的要求当然就是要快，所以诗一开头，就是一匹快马飞驰而来，快到什么程度呢？"十里""五里"的路程在骑者一扬鞭的光景，就风驰电掣般地一闪而过。"十里一走马，五里一扬鞭"，是两个倒装句，按一般的写法是：一走马十里，一扬鞭五里。但是这样写不符合诗歌语言的正常节奏，读起来拗口。将"十里""五里"提前，加以强调，不但上口，而且突出了马的速度之快。这两句诗是以夸张的语言渲染了十万火急的紧张气氛，给人以极其鲜明而飞动的形象感受。

头两句是说"快"，接下来两句，点明"快"的原因："急"。军使跃马扬鞭，千里告急，传递的是都护求援的情报，因为边关重镇酒泉被匈奴包围了。一个"至"字，则交代了军使经过"走马""扬鞭"的飞驰疾驱，终于将军书及时送到。一个"围"字，可见形势的严重，突出了"急"的原因。

我们开头说，古代传递军情的方式还有烽火。那么读者不免疑问，怎么只见快马，不见烽火呢？最后两句解答了这种疑惑："关山正飞雪，烽火断无烟。"

原来是边关正在下雪,烽火无法点燃。写到这里,全诗便戛然而止了,给读者留下了广阔的想象空间。

　　这首诗角度新颖奇特,诗人选取了飞马告急这一个片断,极力渲染飞马之"快"、传讯之"急",虽未正面描写战争,却将边关被围、将士坚守、突围告急等情节一一展现在读者脑海里。这种写法,节奏短促,一气呵成,篇幅集中而内蕴丰富,在艺术构思上别具一格。

陇头吟

长安少年游侠客，夜上戍楼看太白①。
陇头明月迥临关，陇上行人夜吹笛②。
关西老将不胜愁，驻马听之双泪流。
身经大小百余战，麾下偏裨万户侯。
苏武才为典属国③，节旄空尽海西头。

注释

① 戍楼：边防驻军的瞭望楼。太白：即金星。古人认为它主兵象，可据之以预测战事。
② 陇头：陇山，借指边塞。
③ 典属国：汉代掌藩属国事务的官职。品位不高。表面看来，这似乎是安慰关西老将的话，但实际上，引苏武与关西老将类比，恰恰说明了关西老将的遭遇不是偶然的、个别的。功大赏小，功小赏大，朝廷不公，古来如此。深化了诗的主题，赋予了它更广泛的社会意义。

题 解

"陇头吟",汉代乐府曲辞名。陇头,指陇山一带,大致在今陕西陇县到甘肃清水县一带。唐玄宗开元二十五年(737),河西节度使崔希逸战胜吐蕃,唐玄宗命王维以监察御史的身份到边疆察访军情。长期生活在繁华都市的王维见到了奇异的边疆风光,感受到了艰苦的军中生活,诗情勃发,留下许多优秀的边塞诗。本诗即是其中一首。诗题一作《边情》。

赏 析

这首边塞诗篇幅不长,却提到了四个人物,分别代表了四种不同的形象,四个人物形象之间又有着紧密的内在关联,他们的形象共同构成了这首诗要表达的意象。

第一个人物是"长安游侠",这是一个意气风发、义字当头的少年人形象。"长安少年游侠客,夜上戍楼看太白。"京城少年,不是纨绔,却是游侠,古称豪爽好结交,轻生重义,勇于排难解纷的人为游侠。王维《少年行》之一:"新丰美酒斗十千,咸阳游侠多少年。"好义之士心怀国事,夜半时分未能入眠,还登上瞭望楼观测敌情。少年游侠,胸有奇志,渴望建功立业。

第二个人物是"陇上行人",这是一个羁旅游人的形象,根据诗的内容,很可能是一位现役军人。"陇头明月迥临关,陇上行人夜吹笛。"诗的三、四句情景交融,一弯朗月远远照在陇山,徒然惹得驻守荒凉边塞的战士一腔乡愁,吹奏起凄怨的羌笛曲,让凄清的月亮把自己的乡思带给家乡的人儿。

第三个人物是"关西老将",这是一个老将军的形象。然而王维不写他身经百战、屡建奇功的勇武,而写他正骑马在军营中巡视,闻听羌笛哀声忍不住泪湿衣襟,愁情满怀。

这三个人物,同时出现在同一时空,笛声把他们连在一起。吹笛者,是现在进行时,听笛的两个人,一个是正抱着从军理想意气风发的少年,一个是"身经大小百余战"的老将,这三个形象,恰恰是一个从军者的过去、现在和将来。如果说,长安少年头脑里装的是幻想;那么,陇上行人亲自经受的便是现实，而关西老将呢？曾经功勋卓著的老将何以闻笛落泪呢？"身经大小百余战"，屡建奇功之后，"麾下偏裨"，手下大大小小的副将们，有的已获万户侯的封赏，而他自己却不获封赏沉沦边塞。王维着力描绘关西人的形象，用笔沉郁悲愤，暗扣诗题。

读诗至此，我们难免要问：这位关西老将为什么会有如此悲剧的遭遇呢？诗中虽未明言，但却又写了第四个人物：苏武。"苏武才为典属国，节旄空尽海西头。"苏武是个什么人呢？他是汉朝人，因为出使匈奴，面对利诱威逼，誓死不降，被流放到北海牧羊十九年，这十九年中苏武谨记自己的汉使身份，坚持持符节牧羊以至于符节上装饰的牦牛尾脱落殆尽。尽管苏武忠君为国，但回到大汉朝廷后却只被封做品位不高的典属官。王维借苏武其人的故事，与关西老将的经历予以类比，进而深化这首诗的主题，暗示统治者赏功不公，自古有之，关西老将之遇并非是个别案例。

在十句诗中，王维把长安少年游侠、陇上羁旅行人、关西沉沦老将这三种类型的人物借一首笛曲串接起来，这三种人物，既各自独立，又奇妙地统一为一体，这样的构思，极易引发读者联想：今日的长安少年，安知不是明日的陇上行人，后日的关西老将？而今日的关西老将，又安知不是昨日的陇上行人，前日的长安少年？这首边塞诗的主旨是发人深省的。

老 将 行

少年十五二十时，步行夺得胡马骑①。
射杀山中白额虎②，肯数邺下黄须儿③。
一身转战三千里，一剑曾当百万师。
汉兵奋迅如霹雳，虏骑崩腾畏蒺藜④。
卫青不败由天幸⑤，李广无功缘数奇⑥。
自从弃置便衰朽，世事蹉跎成白首。
昔时飞箭无全目⑦，今日垂杨生左肘⑧。
路旁时卖故侯瓜⑨，门前学种先生柳⑩。
苍茫古木连穷巷，寥落寒山对虚牖。
誓令疏勒出飞泉⑪，不似颍川空使酒⑫。
贺兰山下阵如云，羽檄交驰日夕闻⑬。
节使三河募年少⑭，诏书五道出将军。
试拂铁衣如雪色，聊持宝剑动星文⑮。
愿得燕弓射大将，耻令越甲鸣吾君⑯。
莫嫌旧日云中守⑰，犹堪一战取功勋。

注　释

① "步行"句：据《史记·李将军列传》载，汉代名将李广，在与匈奴交战中负伤被擒后装死，后来在半途中看到一名胡人坐下乃一匹良马，遂一跃而上，将胡人推下马匹，自己骑马疾驰而归汉。

② "射杀"句：李广为右北平太守时，多次射杀山中猛虎。白额虎：典出《晋书·周处传》，乡人以"南山白额猛兽，长桥下蛟，并子（周处）为（乡中）三（害）矣"，据说白额虎是非常凶猛的兽。

③ 肯数：岂可只算。邺下黄须儿：指曹操第二子曹彰，绰号"黄须儿"，曾大破代郡乌丸，颇为曹操爱重，曹操曾持彰须曰："黄须儿竟大奇也。"邺下：曹操封魏王时，建都于邺（今河北临漳）。

④ 蒺藜：古代打仗，铺在路上类似蒺藜子形状的铁质障碍物，以阻敌人进攻。

⑤ 卫青：汉代名将，汉武帝皇后卫子夫之弟，因为征伐匈奴数建战功而官至大将军。所谓"由天幸"是相对李广功高而未获封而言。

⑥ 数：命运，气数。奇（jī）：命运不好，诡异不正。

⑦ 飞箭无全目：东汉皇甫谧《帝王世纪》载：吴贺使羿射雀，贺要羿射雀左目，却误中右目。这里王维引用此典意在强调羿之善射，能使雀双目不全，而老将像羿一样射术精进。

⑧ 垂杨生左肘："杨"应作"柳"，通"瘤"，肿瘤。"俄而，柳生其左肘。"（《庄子·至乐》）王诗的意思是说，老将年老之后久不习武，双臂如同生了肿瘤，颇不利落了。

⑨ 故侯瓜：秦东陵侯召平所种的瓜。秦时东陵侯在秦亡后沦为平民，生活贫窘，种瓜于长安城东，所种瓜其味甘美。

⑩ 先生柳：借指晋代隐士陶渊明。陶渊明弃官归隐后，因门前种有五株杨柳，遂自号"五柳先生"，并写有《五柳先生传》。

⑪ "誓令"句：据《后汉书·耿恭传》载，东汉永平十八年耿恭与匈奴作战，据守城旁有涧水流过的疏勒城（在今新疆

境内），匈奴来袭于城下绝其涧水，耿恭亲率士卒于城中穿井至十五丈犹不得水，他仰叹道："闻昔贰师将军（李广利）拔佩刀刺山，飞泉涌出，今汉德神明，岂有穷哉。"转身对井祈祷，终而得水。王诗的意思是，老将虽被弃置却仍在关键时刻誓将报国。

⑫ 颍川空使酒：汉人灌夫，颍阴人，为人刚直，好饮酒骂人，失势后颇牢骚不平，横暴颍川，与丞相田蚡不和，因在蚡处使酒骂座，戏侮田蚡，为田蚡所劾，以不敬罪族诛。使酒：恃酒逞意气。

⑬ 羽檄：古代军事文书，插鸟羽以示紧急，必须迅速传递。

⑭ 节使：持符节的使者。三河：古代地区名（汉代政区），指河东、河内、河南三郡，后代泛指这一地区。

⑮ 聊持：且持。星文：借指剑。唐刘长川《宝剑篇》："匣里星文动，环边月影残。"

⑯ "耻令"句：意思是说老将以敌人甲兵惊动国君为可耻，有以身报君之恩。典出汉刘向《说苑·立节》，越国军队攻进齐国国都，烈士雍门子狄认为越国军队惊动了齐君，自己应当以身殉君，遂自刎死。越军知之，曰："齐王有臣钧如雍门子狄，拟使越社稷不血食。"遂引军而退。齐王葬雍门以上卿之礼。后用为忠君的典实。

⑰ 云中守：《史记》和《汉书》均记载冯唐救魏尚的事，冯唐开始说："魏尚做云中郡郡守，和匈奴打仗，向幕府报告战功，有一句话说错了，执政官吏便根据法律条文处分他，对他的奖赏也未得以施行。臣认为陛下奖赏太轻、处罚太重。"并且又重新申述这件事，说："云中郡守魏尚，犯了呈报战功时斩首俘虏的人数中差六个人的首级的罪过，陛下就把他交由法吏审理，取消了他的官爵，罚他去做苦工。"李广当年也曾为云中郡郡守。

题 解

王维这首《老将行》是一首叙事诗，叙述了一位老将坎坷的生平，他身经百战，屡建奇功，最终却被朝廷弃置不用，以躬耕叫卖为业，然而当国家边急再起时，他却不计前嫌，立志报国，表示即使殒身也不恤之。虽是叙事诗，诗歌字里行间却充溢着强烈情感，王维高度礼赞老将的功勋卓著、高尚节操与爱国热忱。同时，诗人也暗讽了当朝统治者赏罚昏谬的现象。

赏 析

这首诗，题目为"老将行"，论及内容，似乎亦可以拟题为"李广行"。

这首诗十句一段，全诗共三十句，分为三部分。

开头十句是第一部分，叙写青壮年时代的老将，老将智勇超凡、功绩卓越，然而却遭遇不平。王维引用诸多典故，丰满人物形象。

"少年十五二十时，步行夺得胡马骑，射杀山中白额虎，肯数邺下黄须儿。"十五二十的年纪，老将正是年少英雄时，步行徒手夺下敌人胯下的战马，弯弓射中凶猛的白额吊睛大虎，若是推论起谁人算是英雄第一人，岂能只论曹操二子黄须儿曹彰。当年曹操在曹彰大破代郡乌丸时，曾叹赞曰："黄须儿竟大奇也。"王维此处以曹彰之勇衬托出老将少年英雄时的奇勇之处。"一身转战三千里，一剑曾当百万师。汉兵奋迅如霹雳，虏骑崩腾畏蒺藜。"这四句王维铺陈老将英雄当年身经百战，转战千里，所向披靡的征战生涯，尤其是"一剑曾当百万师"之举，令人不由想起垓下之围中一声怒喝吓退八百汉军的项羽，汉军出兵迅如闪电，那是将军用兵神速，虏军受阻溃退千里更是衬托出将军的神勇威慑。四句之内，既有正面铺叙，也有侧面衬托，王维用笔多端，刻画将军形象神勇超人。经过前八句铺垫，第九、十句笔锋陡转，"卫青不败由天幸"，据司马光所编纂《资治通鉴》所载：（卫）青虽出于奴虏，然善骑射，材力绝人。遇士大夫以礼，与士卒有恩，众乐为用，有将帅材，故每出辄有功。所谓卫青之天幸，并不在于他因外戚身份而成为朝廷重臣，而恰恰是在于他虽然有卑微的骑奴身份，但是却被不拘一格用人的汉武帝慧眼识英，凭借着卓越的军事才能和高尚品质，成为彪炳青史的一代名将。王维此处之言并非是有意曲解历史，而是意在突出下句"李广无功缘数奇"，点明老将命运多舛，虽然建功无数，却因为被统治者认定命数诡异而未获封，甚而被弃用。元狩四年，卫青与霍去病率军与匈奴在漠北大战，李广坚决请求随军前往，可是武帝认为李广年老又命数不好，出征时总是遇到各种状况，暗地里嘱咐卫青不要让李广与单于正面对阵。王维此处既为老将的遭遇鸣不平，也在暗中讽喻统治者的赏罚昏谬，任人唯亲。

这首诗中间十句为第二部分，写老将被朝廷弃之不用后的清苦生活。

突然从叱咤风云的将军一变而为无人能识的一介平民，老将不能忍受这种英雄无用武之地的难堪，身形衰朽，心情落寞，岁月蹉跎，世事沧桑，英姿再无，徒余一头白发留与世人诉说被遗弃的无奈。"昔时飞箭无全目，今日垂杨生左肘。"王维借后羿的典故盛赞老将当年射术超凡，同时又借《庄子》之典慨叹老将久不习武以致而今引弓射箭手都不利索了。今昔对比中，老将在蹉跎岁月中的无奈、无力可见一斑。"路旁时卖故侯瓜，门前学种先生柳。"落寞失意之时，为生计，老将舞弄干戈之手用来种瓜、植柳，清苦困顿之象，就隐在那片瓜田和门前柳树中了。"苍茫古木连穷巷，寥落寒山对虚牖。"这两句写意之笔，勾勒老将孤寂寥落、无人与交的穷寒际遇，用笔虽简，却颇见力度。这八句仍是蓄势之笔，末二句"誓令疏勒出飞泉，不似颍川空使酒"，紧承前八句，语势陡变，尽管穷困潦倒，尽管英雄失意，却浇不灭老将心中一心报国的热忱，他发誓绝不像汉人灌夫一样以仇报怨，而要不计前嫌，像东汉耿恭一般忠君报国。

最后十句为诗歌的第三部分，写边急又起，老将摩拳擦掌，随时准备赴国请缨，甚至不惜以死报国。

"贺兰山下阵如云，羽檄交驰日夕闻。节使三河募年少，诏书五道出将军。"这四句看似叙事，实则侧面表现老将时时牵挂着国家战事：边关战事又急，告急文书不断传进京师， 朝廷已经派遣持符节的使者抵达三河，招募壮丁入伍，并且诸路将军已先后领命分兵出击。一俟闻听国家战事又紧，老将"试拂铁衣如雪色，聊持宝剑动星文"，披挂持戈，随时准备奔赴战场，一腔热血，为报国而沸腾。"愿得燕弓射大将，耻令越甲鸣吾君。"老将恨不能手得燕地名弓射杀虏军寇首，"耻"字之用，很见力度，典出有故，此处尤能表现老将以身殉国的大无畏精神。"莫嫌旧日云中守，犹堪一战取功勋。"云中守，典出魏尚。魏尚任云中郡郡守期间，深得军心，威慑匈奴远离不敢犯边，后因一点小失误被重罚，经过冯唐谏言终获官复原职。王维借用魏尚的典故，表达老将虽遭弃置，但自己仍愿不计个人得失，决战沙场，以报效祖国。全诗以老将包容天下的胸怀，勇赴沙场报效祖国的慷慨之声结篇，颇有荡气回肠之势，读来令人心潮为之起伏。

　　这首诗文脉清晰，结构整饬，对偶工整，句式整齐，音节铿然。三个部分均是前八句蓄势铺垫，后两句文势急转，宕出一个新的诗境，文势跌宕起伏，顿生波澜。同时，王维在诗中大量用典，大大丰富这首诗的容量，将"老将"的形象刻画得丰满而立体。故而这首诗，主题鲜明，行文奇谲，耐人品味。

哭孟浩然[1]

故人不可见[2],
汉水日东流。
借问襄阳老[3],
江山空蔡洲[4]。

注释

① 孟浩然：盛唐著名诗人，王维的好友，襄州襄阳人，与王维同是盛唐山水田园派的代表，并称"王孟"。
② 故人：老朋友，指孟浩然。
③ 襄阳老：指孟浩然。
④ 空：空寂无人。蔡洲：这里泛指孟浩然故乡一带。

题 解

诗题下王维自注曰："时为殿中侍御史,知南选,至襄阳有作。"说明王维当时任殿中侍御史,朝廷委派他做南选的刺史,走到襄阳时听说孟浩然去世的消息,于是写了这首诗以作祭奠。

赏 析

孟浩然是唐代襄州襄阳（今湖北襄阳）人,世称孟襄阳。前半生主要居家侍亲读书,曾隐居鹿门山附近。隐居一段时间后,四十岁时孟浩然进京参加科考以求进仕途径。那时,小他十几岁的王维,正值二十几岁风华正茂,且已名满长安。世人眼中,二人相差悬殊,但二人性情相似,才华并比,一见如故。二人的田园诗作,在文学史上并称"王孟"。

孟浩然赴长安应举,落第后一直滞留在长安,在准备返回襄阳的时候非常失意。离别时,孟浩然赠给王维一首诗《留别王维》："寂寂竟何待,朝朝空自归。欲寻芳草去,惜与故人违。当路谁相假,知音世所稀。只应守寂寞,还掩故园扉。"

两人互称知音,齐名文学史,就此分开之后,却再没见面。

唐玄宗开元二十八年（740）,王维公务途经襄阳,这里正是孟浩然隐居之地。未及去拜见孟浩然,却传来孟浩然病死的消息。原来,不久前孟浩然的另一好友王昌龄来到襄阳,当时孟浩然背上生疽,本来已经快痊愈了,医生叮咛不可吃鱼虾等食物,可是老朋友相聚,饮酒聊天,无比欢乐,孟浩然竟忘了忌讳,吃了鲜鱼,结果病毒发作死亡。

王维黯然神伤,作了这首《哭孟浩然》,又追忆孟浩然容貌,画了一幅孟浩然像,挂在刺史亭中,而这个亭子也由此而改名"浩然亭"。

"故人不可见,汉水日东流。"故人已经看不见,如同那日夜不停的汉江一样从人世间流走。古人用流水比喻时光流逝,流水还是思念的象征。朋友的离去已经不可挽回,而此时,诗人对孟浩然的思念也是如同那连绵不尽的江水奔涌而出。

"借问襄阳老，江山空蔡洲。"快到襄阳了，眼前江山依旧，我忍不住问那个当年自称襄阳老的孟浩然哪里去了。物是人非，最是催人伤感。大悲至静，令人心中空空落落，却是声泪俱下，情意回荡不已。千百年下，当我们读到这里时，也不禁为这两位诗人之间的深情厚谊而感动不已。

这首诗的动人之处还在于，诗人不仅写对孟浩然的思念，更是从侧面烘托出了孟浩然的隐士风采。孟浩然已经与襄阳的山水融为一体，所以诗人才能看到江山而想起故人。诗人将故人的形象寄托在江山里，一方面笔力开阔，另一方面也是对孟浩然的最好写照。

汉 江 临 泛①

楚塞三湘接②,荆门九派通③。
江流天地外,山色有无中。
郡邑浮前浦④,波澜动远空。
襄阳好风日⑤,留醉与山翁⑥。

注 释

① 汉江:即汉水,流经陕西汉中、安康,湖北襄阳、汉川,在武汉市流入长江。诗题在元代方回的《瀛奎律髓》中题名为《汉江临眺》。临眺,登高远望。汉江从襄阳城中流过,把襄阳与樊城一分为二(合称"襄樊"),以及襄樊周围大大小小的无数城郭(包括襄阳城门外的许多瓮城),一个个都像在眼前的水道两旁漂浮。临泛江上,随着小舟在波澜中摇晃,感觉远处的天空都在摇动,非常恰当地扣题,写出"临泛"的独特观感。假如是《汉江临眺》,就不会有这样的感觉。所以此诗还是应题为《汉江临泛》为是。
② 楚塞:楚地疆界。三湘:蒸湘、漓湘、潇湘的总称。
③ 荆门:山名,荆门山,在今湖北宜都县西北的长江南岸,战国时为楚之西塞。九派:九条支流,长江至浔阳分为九支。这里指江西九江。
④ 浦:水边。
⑤ 好风日:风景天气好。
⑥ 山翁:指山简,晋代"竹林七贤"之一山涛的幼子,西晋将领,镇守襄阳,有政绩,好酒,每饮必醉。这里借指襄阳地方官。

江流天地外

题 解

是诗人于唐玄宗开元二十八年（740）创作的一首五律。诗人泛舟汉江，以淡雅的笔墨描绘了汉江周围壮丽的景色。全诗犹如一巨幅水墨山水。首联写众水交流，密不间发；颔联开阔空白，疏可走马；颈联由远而近，远近相映，笔墨酣畅；尾联直抒胸臆，可比作画上题字。

赏 析

都说王维的诗歌创作有"诗中有画"的特点，这首《汉江临泛》就是王维用绘画的技法来创作诗歌的力作。

"楚塞三湘接，荆门九派通。"开篇用大写意的手法，一笔勾勒出汉江雄浑壮阔的景色，作为画幅的背景。读者可以想象，当我们泛舟江上、纵目远望的时候，这片莽莽苍苍的古楚大地上，从湖南方面奔涌而来的"三湘"之水，与长江的九条支流连接、汇聚、合流，其汹涌澎湃、水天相接的壮观气势，震撼人心。诗人将这宏大辽阔的景致，以概写总述的方式，用"三""九"这样的数字表达出来，为整个画面渲染了气氛。

"江流天地外，山色有无中。"汉水浩渺，仿佛流到了天地之外，而山色朦朦胧胧，一片虚无缥缈。诗人着墨极淡，却颇为准确地写出了汉水的壮丽奇伟。宋朝大文豪欧阳修曾经写过一首《朝中措》的词，轰动一时，词中便有"平山阑槛倚晴空，山色有无中"的句子。后来苏东坡也作了一首《快哉亭》的词，内说："认取醉翁语，山色有无中。"欧阳修自号醉翁，王维此诗的末句是"留醉与山翁"，不知是否受了这诗的影响呢？不论我们的猜想是否属实，都说明欧阳修很喜欢这首诗，更喜欢诗中这一经典的句子。

"郡邑浮前浦，波澜动远空。"沿江的城市就像浮在水面上一样，而水天相交之处，波澜起伏。"浮"说明水势之浩渺，而"动"则表现波涛的汹涌澎湃，仿佛连天空都撼动了。诗人行舟水上，体会到了汉江的雄伟姿态。

"襄阳好风日，留醉与山翁。"襄阳的风景确实让人流连沉醉，我愿意留下来陪伴山简一同喝醉。诗人直抒胸臆，表达了对襄阳美景的喜好。

这首诗用笔简单，色彩素雅，就像一幅出色的水墨画，给人以美的享受。

送宇文太守赴宣城①

寥落云外山，迢递舟中赏②。
铙吹发西江，秋空多清响③。
地迥古城芜，月明寒潮广④。
时赛敬亭神，复解罟师网⑤。
何处寄想思，南风吹五两⑥。

注　释

① 宇文：复姓，以皇室姓宇文。

② 寥落：冷落；冷清。唐元稹《行宫》诗："寥落古行宫，宫花寂寞红。"迢遥：远貌。南朝宋颜延之《秋胡诗》："迢遥行人远，婉转年运徂。"元宫天挺《范张鸡黍》第二折："阻隔着路迢遥，山远近，水重叠。"亦作"迢逇""迢遥""迢递"。

③ 铙：即铙歌，军中乐歌，为鼓吹乐的一部。铙吹：指演奏铙歌。南朝梁简文帝《旦出兴业寺讲诗》："羽旗承去影，铙吹杂还风。"西江：指长江的西边。长江在安徽境内向东北方向斜流，而以此段江为标准确定东西和左右。襄阳在其西，故称西江。清响：清脆的响声。唐孟浩然《夏日南亭怀辛大》诗："荷风送香气，竹露滴清响。"

④ 迥：远也。地迥：地是不同的。清洪亮吉《治平篇》："天高地迥。"芜：田地荒芜长满乱草。寒潮：寒流。

⑤ 敬亭神：敬亭祠中所供奉的神灵，非常灵验。《太平广记》曰："敬亭神实州人所严奉，每岁无贵贱，必一祠焉。其他祈祷报谢无虚日。以故廉使辄备礼祠谒。龟从时病，至秋乃愈，因谒庙。"罟师：渔夫。

⑥ 南风：《王维年谱》也说，开元二十八年（740），王维41岁，迁殿中侍御史。是冬，知南选，自长安经襄阳、鄂州、夏口至岭南。故有"南风"之说。五两：亦作"五䌷"。古代的测风器。鸡毛五两或八两系于高竿顶上，借以观测风向、风力。《文选·郭璞〈江赋〉》："觇五两之动静。"李善注："《兵书》曰：'凡候风法，以鸡羽重八两，建五丈旗，取羽系其巅，立军营中。'许慎《淮南子注》曰：'綄，候风也，楚人谓之五两也。'"唐独孤及《下弋阳江舟中代书寄裴侍御》诗："东风满帆来，五两如弓弦。"宋贺铸《木兰花》词："朝来著眼沙头认，五两竿摇风色顺。"明张四维《双烈记·房遁》："被他火箭飞来紧。我船五䌷见火就着。"

题　解

唐玄宗开元二十八年（740）十月初，王维任殿中侍御史，奉命由长安出发"知南选"，即赴岭南监督当地官吏选拔使用。这首诗便是南进经夏口（湖北武昌）时创作的。

赏　析

唐朝时期，岭南地区的郡县官员，不是由吏部直接选拔使用，而是由朝廷派官员前往当地考察选用，王维就是朝廷派去监督官吏选拔使用情况的官员。这个时候的王维，身怀重任，诗歌也跳出了个人的小情绪，呈现出忧国忧民的大情怀。

诗的前两句像是一个长镜头，就像电影开始的时候，先呈现在观众面前的是一幅舟中观景的画面。镜头里先是山川起伏，云雾相连，然后逐渐拉近，镜头的中心投向水面的小舟上，主人公坐在船里，正欣赏外面的云山。

描写完这个情景，诗人用倒叙的方式交代了他泛舟而下的原因。原来，诗人的船刚刚从西江出发，为他送行的乐声似乎还在耳边，在秋天的天空里发出清脆的响声。

那么，是谁刚刚以奏乐的方式送别诗人呢？当然是宇文太守。因为这首诗就是写给他的。宇文太守又是谁呢？联想起作者的使命就会想到，是刚刚选拔上任的宣城太守。为朝廷选了这样一位官员，王维的心情是很不平静的。一方面，他知道"地迥古城芜，月明寒潮广"，宣城这个地方，地处边疆，很荒凉。另一方面，他相信自己的眼光，认为宇文太守一定能治理好这个地方："时赛敬亭神，复解罟师网。"宇文太守治理地方一定会像渔夫解开乱网一样娴熟。

最后两句"何处寄想思，南风吹五两"，写诗人对宇文太守的思念，表现他与宇文太守的友情。与宇文太守分别后，诗人前往岭南，一路上南风习习，诗人还想着这段时间与宇文太守相处的情况，他自问自答："何处寄想思，南风吹五两。"这里的"想思"作"想念"讲。五两，谓两只配成一双。《诗经·齐风·南山》："葛屦五两，冠緌双止。"作者借用此典，表达对朋友的思念。

据历史记载，宇文太守到宣城以后，果然把宣城治理得井井有条，得到人民的爱戴，社会秩序很快安定。这也充分证明了王维选人用人的眼光。

纵观王维一生，能够像这样正常施展自己的才华，为国为民做出自己贡献的时期，非常之少。而王维能够充分利用朝廷的信任和赋予自己的权力，做出一些实事好事，也证明了自己最终没有被重用，确实属于怀才不遇。

· 送宇文太守赴宣城

送丘为落第归江东

怜君不得意，况复柳条春。
为客黄金尽①，还家白发新。
五湖三亩宅②，万里一归人。
知祢不能荐③，羞为献纳臣④。

注　释

① 黄金尽：《战国策·秦策一》："(苏秦)说秦王，书十上而说不行，黑貂之裘弊，黄金百斤尽。"
② 五湖：有多种不同说法。由《国语·越语》及《史记·河渠书》的记载看来，五湖的原意当系泛指太湖流域一带的湖泊。丘为的故乡苏州属太湖流域地区。三亩宅：语本《淮南子·原道训》："故任一人之能，不足以治三亩之宅也。"此指丘为之家。
③ 祢(mí)：指祢衡。《后汉书·祢衡传》："祢衡，字正平，平原般人也。少有才辩，而气尚刚傲，……唯善鲁国孔融与弘农杨修。……融亦深爱其才。衡始弱冠，而融年四十，遂与为交友。上疏荐之。"此句以祢衡喻丘为，说自己深知丘为的才智，却不能像孔融那样加以推荐。
④ 为：《唐诗纪事》《全唐诗》等作"称"。献纳臣：指谏官。献纳：谓进言以供采纳。谏官也有荐贤之职责，故称"羞为献纳臣"。按，作者正于天宝元年转左补阙(参见《王维年谱》)。

题 解

丘为，盛唐诗人，苏州嘉兴（今属浙江）人。初屡试不第，归山读书数年。唐玄宗天宝二载（743）进士及第。历任主客郎中、司勋郎中，迁太子右庶子。年逾八十以左散骑常侍致仕。唐德宗贞元四年（788），又复官。年九十六卒。丘为既于天宝二年登第，则本诗当作于天宝元年（742）以前。这是一首送友人落第还乡的诗，写出了友人的潦倒失意和自己的深切同情。末二句自责，更见出两人的交情之笃。

赏 析

这首诗与一般的送别之作不同，因为送别的对象是一位落第的朋友，所以送别的同时，还有更深切的安慰之意。

诗的开头由一"怜"字引出，因为王维比丘为年长，也因为王维已在朝为官，所以用一"怜"字，并不会让对方觉得居高临下。"不得意"指"落第"，"况复"二字递进一层，丘为落第正值柳枝又绿的新春，伤心人对满目春光不免倍觉伤神。"柳条青"三字暗隐送别的场景，灞水岸边，杨柳依依，送别之际，诗人对丘为的怜惜之情也格外强烈。

第二联用典。当年苏秦游说秦王，连续上了十次书都未奏效，"黑貂之裘弊，黄金百斤尽"，以至于身上穿的皮衣都掉毛了，所带的盘缠也用光了。但是后来苏秦成了六国之相，飞黄腾达。以苏秦作比，既描写丘为只身困于长安、盘资耗尽的窘况，又暗喻他将来终有显达之时。一"尽"、一"新"，两相映照，丘为的凄苦之状与诗人的哀怜之情如在眼前。

京都既难以安顿，回家又将如何呢？第三联做了形象的回答："五湖三亩宅，万里一归人。""五湖"，这里特指太湖，代指丘为的家乡。此联是虚写，你马上就要孤独一人长途返乡了，虽然家里也有微薄的房产，但是仍然不免生计窘迫。诗人说这句话的意思，仍然是照应开头的"怜"字，表达了对朋友身世处境的深切同情。

朋友这个样子，自己又能帮上什么呢？接下来诗人写："知祢不能荐，羞为献纳臣。"据《后汉书·文苑传》记载，祢衡恃才傲物，但是与孔融和杨修关系很好，孔融也十分欣赏他的才华，向曹操推荐了他，祢衡因此被任用。"献纳臣"是诗人的自指。所谓"献纳"，是将意见或人才献给皇帝以备采纳的意思。唐代武后垂拱二年，设理匦使，以御史中丞与侍御史一人充任，玄宗时改称献纳使。王维曾任右拾遗、殿中侍御使等官职，因此自称"献纳臣"。诗人认为自己明知丘为有才华而不能将他推荐给朝廷，自愧不如孔融。

　　既然知道一个人有才，而这个人又愿意为朝廷效力，王维又有推荐贤才的资格，怎么还会出现落第的情形呢？非不为也，实不能也。通过一个"羞"字，表达了诗人对于贤才遭弃的黑暗政治的愤慨。

　　诗写送别，抒发的却不是一般的离情别绪，着重抒发的是对人才的爱惜以及由此引出的对黑暗政治的激愤。其实，诗人自己虽然也有了一定的官职，却始终不能施展自己的政治抱负，在痛愤丘为落第的同时，又何尝不是在痛愤自己的遭遇。

送邢桂州

铙吹喧京口①,风波下洞庭。
赭圻将赤岸②,击汰复扬舲③。
日落江湖白,潮来天地青。
明珠归合浦④,应逐使臣星⑤。

注释

① 铙吹:即铙歌,军中乐歌,为鼓吹乐的一部,所用乐器有笛、觱篥、箫、笳、铙、鼓等。
② 赭圻:地名,在今安徽南陵县。将:与。赤岸:地名,在今江苏省六合县东南四十里。
③ 击汰:以船桨拨水。汰:水波。扬舲:扬帆。
④ 合浦:地名,在今广东合浦县。东汉时,地处海边的合浦郡,是一个盛产珍珠、经济富裕的好地方,由于官吏们残暴凶狠,贪得无厌,人民生活极为艰苦。因此,很多人逃往他乡,珍珠也流失到交阯郡去了。后来,孟尝到合浦做太守,他决心恢复这里原来的繁荣景象,于是大刀阔斧地革除过去的弊端,使合浦又开始繁荣起来。远走他乡的百姓,见到形势有所好转,都迁回合浦来,各安其居,各乐其业,不到一年,合浦的珍珠又发展起来了。当时人们高兴地说:"珍珠又回到合浦了。"
⑤ 使臣星:喻指朝廷使者。据《后汉书·李郃传》记载:"和帝即位,分遣使者,皆微服单行,各至州县,观采风谣。使者二人当到益部,投郃候舍。时夏夕露坐,郃因仰观,问曰:'二君发京师时,宁知朝廷遣二使邪?'二人默然,惊相视曰:'不闻也。'问何以知之,郃指星示云:'有二使星向益州分野,故知之耳。'"

题 解

《送邢桂州》是一首送友人邢济就任的诗。诗人借助想象此行一路击水扬帆所见风光，描写从镇江经洞庭到桂州沿途所见的景物。"日落江湖白，潮来天地青"一句尤为精彩。诗人通过变幻的色彩表现湖海的浩渺和潮水的涌动，衬托出一幅宏阔壮美的天地背景，成为脍炙人口的名句。结尾连用两典，饱含对朋友的殷切期望和清明政治的执着追求。

赏 析

这是一首送别诗，与《送赵都督赴代州得青字》有异曲同工之妙，上一首送别的对象要前往边关征战，所以格调高昂、充满祝愿；这一首，也因为送别的对象即将赴任，所以也是意气昂扬，饱含了对友人充分施展政治才能的殷切希望。

首句写送别场景。"铙吹喧京口"，京口即今日镇江，送别的场面大都比较凄凉，因为即将到来的离别总是使人忧伤，但是这次送别显然宾主双方都很高兴，所以钟鼓齐鸣，一个"喧"字表现了送别场面之热烈壮观。下一句说明邢济走的是水路，"风波下洞庭"，一个"下"字勾画出了由江入湖、扬帆直济之气势。首联写得很有气势，表明邢济即将赴任，一副意气风发的模样。

颔联紧承上联，写邢济即将踏上的路途。"赭圻将赤岸，击汰复扬舲。""赭圻"为地名，在今安徽繁昌县西，"赤岸"亦为地名，可能在桂州境内。"击汰"意谓击水，"扬舲"即开船。这两句意谓船行很快，经过这两个地方之后，很快就能到达目的地。这两句诗看似平铺直叙，实则颇具匠心。"赭""赤"都是浓烈的色调，与诗歌昂扬奋发的风格和谐统一。

接下来写沿途景色，"日落江湖白，潮来天地青。"日落时湖光与落日余晖融成一片耀眼的白色，碧波滚滚而来，整个天地又仿佛都染成了青色。颈联依然用浓烈的色彩铺陈，显得更加气势壮阔。

这样意气风发、壮怀激烈的行程，预示着什么结果呢？"明珠归合浦，应逐使臣星。"尾联化用二典，表达企盼、祝愿之情。"珠归合浦"化用后汉孟尝故事,"使臣星"之典亦出《后汉书》。这两句意思是:邢济的赴任,将会使桂州出现安居乐业的局面。这两句既是点题,也是对前面反复铺陈气势的交代,更是对友人热切的祝愿:但愿你这一去,能够施仁政、爱百姓,充分施展你的政治才能,把当地治理得秩序井然、富民安邦。

纵观全诗,虽言送别,却毫无凄凉之意,始终意气昂扬。王维自己始终没有治理一方的机会,这首诗也是借送别之机,表达了诗人为官清廉、造福百姓的良好愿望。

送赵都督赴代州得青字

天官动将星①,汉地柳条青。
万里鸣刁斗②,三军出井陉③。
忘身辞凤阙④,报国取龙庭⑤。
岂学书生辈,窗间老一经。

注 释

① 天官:即天上的星官。古人认为,天上的星星与人间的官员一样,有大有小,因此称天官。将星:《隋书·天文志》说,天上有十二个天将军星,主兵象,中央的大星是天的大将,外边的小星是吏士。大将星摇晃是战争的预兆,大将星出而小星不同出,是出兵的预兆。
② 刁斗:军中用具,白天用来烧饭,夜间用于打更报警。
③ 井陉:即井陉口,又名井陉关,唐时要塞,在今河北井陉县境内。
④ 凤阙:汉代宫阙名,在建章宫东,因为其上有铜凤凰而得名,此处借汉说唐,用以泛指宫廷。
⑤ 龙庭:原指匈奴单于祭天的地方。取龙庭:借指誓歼敌房。

题 解

这首诗是诗人在送一位赵姓都督赴代州任的宴会上写的。古人和朋友一起作诗时，常常是分韵而作，这首就是王维以"青"字为韵写的诗。

赏 析

这是一首送别诗，因为送别的是一位即将出征的将军，所以全诗从出征写起，描写诗人想象中的战斗情景。

首联写启程："天官动将星，汉地柳条青。"以天上的将星比喻赵都督的出发，凸显赵都督的威武。柳条一词有双关之意，"柳""留"同意，古人送别的时候常折柳枝以表惜别之情，但用在这里，还有点明时间的作用，交代了出征时节是柳条发青的春天。

颔联写行程："万里鸣刁斗，三军出井陉。"因为赵都督是带兵出征，所以这两句描写了军队行进中的气势。"鸣"字用"万里"二字修饰，更显得声势浩大，军威显赫。

"忘身辞凤阙，报国取龙庭。"辞别都城的繁华，舍身报国直取贼军。这两句在褒扬赵都督的同时，也展现了诗人报国的志向。

"岂学书生辈，窗间老一经。""岂学"表示不应该学、不想学乃至决不学的意思。读书人读书再多、知识再丰富，除了吟诗赋句，还能有什么作用呢？与建功立业、保家卫边的武将相比，实在太不中用了。王维自己就是一个满腹经纶的读书人，之所以这样说，除了有称扬赵都督的意思，也是对自己始终不能为世所用而发的感慨。

这首送别诗没有常见送别诗的凄婉与愁绪，反倒写得激昂别致，读来有种意气风发的感觉。

终 南 别 业

中岁颇好道①，晚家南山陲②。
兴来每独往，胜事空自知③。
行到水穷处，坐看云起时。
偶然值林叟④，谈笑无还期⑤。

注 释

① 中岁：中年。道：这里指佛理。
② 家：安家。南山：即终南山。陲（chuí）：边缘，旁边，边境。南山陲：指辋川别墅所在地。
③ 胜事：美好的事。
④ 值：遇见。叟（sǒu）：老翁。
⑤ 无还期：没有回还的准确时间。

题　解

这首诗是王维初居终南山而作。本诗没有具体描绘山川的景物，而是重在表现诗人隐居山间时悠闲自得的心境。

赏　析

这是一首展现退隐生活、表达闲适情趣的诗作。与其他同类诗作不同的是，这首诗没有着力描绘田园风景和山野风光，而是刻画了一位不食人间烟火的世外高人形象，他不问世事，视山间为乐土，不刻意探幽寻胜，而能随时随处领略到大自然的美好。

"中岁颇好道，晚家南山陲。"中年以后喜好佛教，到了晚年便住到了终南山上的别墅里。"南山陲"指辋川别墅所在地，原为宋之问别墅，风景秀丽，闲适安静，王维买下这个地方，把家安在这里。

接下来，作者没有正面描写居住地周围的美丽风景，而是点明了自己住在这里的日常活动："兴来每独往，胜事空自知。"兴致上来独自出行，其中的快意只有自己体会得到。"独往"说明没人陪伴照样游玩，"自知"则是自我沉醉的一种体现。但是诗人又用到了一个"空"字，表明在这随性而游自得其乐的过程中，还是有一丝丝没有朋友陪同分享的遗憾。

"行到水穷处，坐看云起时。"随意地行走，一直走到流水的尽头，此时既然无路可走，索性坐在那里看云卷云舒。流水与云彩本来就有一种闲适的感觉，此时诗人将两种意象融为一体，更能体现诗人的自在与从容。

"偶然值林叟，谈笑无还期。"偶尔遇见那山间老人，说说笑笑的交谈常常忘记了回家的时间。用"偶然"二字，更显出心中的悠闲，也点明这些山野中人生活在无拘无束的大自然中，没有特定的目的和机心，所以诗人与他们谈谈笑笑，把回家的时间也忘了。这是何等的自由和惬意。

这首诗，如行云自由翱翔，如流水自由流淌，形迹毫无拘束，写出了诗人那种天性淡逸、超然物外的风采。"行到水穷处，坐看云起时"现在已成为人们经常使用的警句。很多人都把它单单理解成闲适的心境，殊不知里面也包含着豁达的人生观。在我们生命过程中，会经历学习、爱情、友情、事业等等人生阶段和人生问题，即使勇往直前，也总有遇到挫折和失败的时候。当你发现你所走的是一条没法走的绝路的时候，不必有山穷水尽的悲哀，不妨往旁边或回头看看，也许有别的路通往别处；即使根本没路可走，也可以往天空看看。虽然身体在绝境中，但是心灵还可以畅游太空，自在、愉快地欣赏大自然，体会宽广深远的人生境界，这样你就不会觉得自己穷途末路，会增添生命的勇气。

终南山[1]

太乙近天都[2],连山接海隅[3]。
白云回望合,青霭入看无[4]。
分野中峰变,阴晴众壑殊[5]。
欲投人处宿[6],隔水问樵夫。

注 释

[1] 终南山:在长安南五十里,秦岭主峰之一。古人又称秦岭山脉为终南山。秦岭绵延八百余里,是渭水和汉水的分水岭。
[2] 太乙:又名太一,秦岭之一峰。唐人每称终南山一名太一,如《元和郡县志》:"终南山在县(京兆万年县)南五十里。按经传所说,终南山一名太一,亦名中南。"天都:天帝所居,这里指帝都长安。
[3] 海隅(yú):海边。终南山并不到海,此为夸张之词。
[4] 青霭(ǎi):山中的岚气。霭:云气。
[5] 壑(hè):山谷。
[6] 人处:有人烟处。

题 解

王维于唐玄宗开元二十九年（741）曾隐于终南山，本篇大约作于此时。作者以游踪为线索，以时空变化为顺序，描绘了终南山的巍峨壮丽、白云青霭的万千气象。王维是一个思想矛盾十分尖锐的诗人。他本身很聪慧也很早就入仕，但是他在唐代宗永泰元年（765）曾被攻陷长安的安禄山叛军所俘，并被迫接受伪职，此事件对他影响很大，情绪也很消沉。他一直都是很矛盾的。简而言之，就是他想真正归隐，但又无法做到，于是很茫然。出世、入世都两难。所以他只好"欲投人处宿，隔水问樵夫"了。

赏 析

诗的题目是《终南山》，显然意在描绘这座王维心目中的灵山。王维的很多诗中都提到过终南山，因为他曾在此山居住过很长时间，对这座象征着脱凡出世的灵山有很深的感情。但是在其他诗作中对终南山的描写只是一鳞半爪，或者详细描写的只是终南山中的某一处、某一景，那么，对这样一座连绵起伏数百里的大山，他要怎样下笔来画出它的全景呢？

我们先看首联。"太乙近天都，连山接海隅"，勾画了终南山的总轮廓。先言其高，太乙峰直插云霄，几乎接近了天宫；再言其广，西接大山，东到海滨。"太乙"是终南山的主峰，也是终南山的别称。其实这是夸张手法，太乙峰没有那么高，终南山也没有连绵到大海，作者用这样的夸张手法，先表达出终南山既高又大的气势。

首联写的是远景，次联开始写近景："白云回望合，青霭入看无。"白云缭绕，回望合成一片，原本青雾迷茫，走进去却看不见了。山中的岚烟雾霭远看飘于山际，等走进却消失看不见。这种景象，只有在幽深的山谷才能体会得到，从侧面烘托出了终南山的宏伟峻峭。

"分野中峰变，阴晴众壑殊。"终南山的中峰将山南山北分开，两边阴晴不同，气象万千。这两句把终南山充塞天地的那种宏伟气势淋漓尽致地表现了出来。《唐诗别裁集》评价这两句说："'近天都'言其高，'至海隅'言其远，'分野'

二句言其大，四十字中，无所不包，手笔不在杜陵下。"

"欲投人处宿，隔水问樵夫。"想在山中找个人家投宿，隔着水问那樵夫方不方便。这两句看似与全诗无关，但却是神来之笔，写出了高山大壑带给人心的荒远幽深之意。此时诗人已登临绝顶，首句曾说此处"近天都"，现在忽然要"投人处"，到底是仙宫还是人居呢？住在这么高的地方，即使是普通的人，过的也是神仙的生活吧？要留宿山中，说明登临的时间之长，此时已晚，难以下山，也说明山景赏心悦目，诗人还没有游够，所以要住上一夜，明日继续游览。《唐诗评选》认为，"结语亦以形其阔大，妙在脱卸，勿但作诗中画观也，此正是画中有诗"。

总的来看，诗人由远及近、由外入内、由低到高，从不同的视角，抓住不同的特征，用极富表现力的语言，渲染出这座灵山的神韵，使我们读到这首诗，就好像见到了终南山灵秀奇绝的真面目。

戏赠张五弟三首

【其一】

吾弟东山时，心尚一何远。
日高犹自卧，钟动始能饭。
领上发未梳，床头书不卷。
清川兴悠悠，空林对偃蹇①。
青苔石上净，细草松下软。
窗外鸟声闲，阶前虎心善。
徒然万象多，澹尔太虚缅②。
一知与物平，自顾为人浅。
对君忽自得，浮念不烦遣。

【其二】

张弟五车书，读书仍隐居。
染翰过草圣③，赋诗轻子虚④。
闭门二室下，隐居十年余。
宛是野人野，时从渔父渔。
秋风自萧索，五柳高且疏。
望此去人世，渡水向吾庐。
岁晏同携手⑤，只应君与予。

【其三】

设置守毚兔⑥,垂钓伺游鳞。

此是安口腹,非关慕隐沦。

吾生好清净,蔬食去情尘。

今子方豪荡,思为鼎食人⑦。

我家南山下,动息自遗身。

入鸟不相乱,见兽皆相亲。

云霞成伴侣,虚白侍衣巾。

何事须夫子,邀予谷口真。

注 释

① 偃:仰卧。蹇:屈曲的样子。偃蹇:犹安卧。宋司马光《辞知制诰第六状》:"岂偃蹇山林,不求闻达之人邪!"元萨都剌《山中怀友》诗之三:"高林容偃蹇,众翼避扶抟。"

② 徒然:仅仅,仅仅如此。万象:万事万物,宇宙间的一切景象。澹尔:恬静安然的样子。太虚:天空,宇宙。缅:遥远。

③ 染翰:指作诗文、绘画等。翰:笔。南朝宋谢惠连《秋怀》诗:"宾至可命觞,朋来当染翰。"草圣:即唐代吴(今江苏苏州)人张旭,字伯高,一字季明,汉族。尤善于草书,世称"草圣"。

④ 子虚:即汉代司马相如所著的《子虚赋》,此处借指司马相如。

⑤ 岁晏(yàn):指人的暮年。晏:迟,晚。唐王维《秋夜独坐怀内弟崔兴宗》诗:"吾生将白首,岁晏思沧洲。"

⑥ 毚兔(chán tù):狡兔,大兔。

⑦ 鼎食:列鼎而食,吃饭时排列很多鼎,形容富贵人家豪华奢侈的生活。唐王勃《滕王阁序》:"钟鸣鼎食之家。"

题 解

张諲(yīn)，在家里排行第五，又称张五，永嘉人。青年时期离家出游，和王维居于河南登封的嵩山少室山，历时十余年。王维作了这三首诗送给张諲。题目称"戏"，说明诗中有些夸大其词的玩笑之语，但是也给我们刻画出一个放浪形骸、不拘小节而又学富五车，特别追求精神自由的人物形象。

赏 析

自古才子多倜傥，他们恃才而傲物，洒脱而不拘小节。张諲的才子风度尤为突出，和他长年同处的王维也敏锐地发现了这一点，所以用三首诗分别从三个侧面再现了张諲的生活场景，并以此为背景表现张諲的性格特征。

第一首诗，王维描写张諲隐居生活的日常状态，借以表现他不拘形容、自适自安、淡泊自处的个性。

"吾弟东山时，心尚一何远。日高犹自卧，钟动始能饭。领上发未梳，床头书不卷。"这六句诗，王维集中刻画兄弟张諲隐居东山时"懒散"的生活状态，突出一个"懒"字。张諲首先懒于应对俗世之人，偏居东山，清心淡欲。日常起居，先是晚起，睡到自然醒，日上三竿了依旧怡然自得地躺着，直到正午的钟声鸣起，方才开始起床；其次是不梳洗，起床后就直接吃饭，发髻不梳，脸手不洗，头天晚上翻看的书籍还散乱着摊在床上，完全是一个放荡不羁的懒人形象。诗人对兄弟张諲的这般形象是褒是贬，读者揣此悬想，期待后文。

"清川兴悠悠，空林对偃蹇。青苔石上净，细草松下软。窗外鸟声闲，阶前虎心善。徒然万象多，澹尔太虚缅。"这八句诗，王维借助于描写自然之景表现隐士张諲的心灵世界。屋前清溪潺潺，悠悠逸兴对溪水远流，空寂幽然的林子里觅得一片空地安卧，任思绪随清溪流水的声音流向远方。原来外形的放荡不羁只不过是个形式，张諲的内心世界如此悠远静谧：青翠油亮的苔藓簇生于石上，轻细柔嫩的小草遍生于松树下；松间苔草，似乎暗示的是张諲的清洁精神；窗外鸟鸣声轻淡悠然，就连阶前倚卧的石虎也隐去了王者的霸气，面呈慈善之色。鸟声"闲"、虎心"善"，意象奇诡，似乎暗示张諲的仁善内心。置身此境的张諲，持一颗宁静淡泊之心，哪怕世间万象纷繁复杂，终究也奈何不了他，他依旧能够在这清洁宁静的世界里自适自安。朴素而细腻的勾勒，将张諲闲适自在的生活清晰而生动地描绘出来。

"一知与物平，自顾为人浅。对君忽自得，浮念不烦遣。"结篇这四句诗，诗人通过自我与张諲对比，表达对张諲悟道之深的感慨。王维说五弟已经达到物我一体的境界，反观自己，认识肤浅，远比不上张五弟。王维又进一步慨叹：面对张諲，他也顿悟出一些道理，所谓浮世杂念，经由一颗淡泊自适之心，或许就可以自行消解了。诗人通过写张諲对自身的影响，侧面表现张諲的道行非同一般，用笔虽淡，着意却深。

第二首诗，王维集中笔墨描写张諲非凡的才情。

"张弟五车书，读书仍隐居。"在王维看来，张諲学富五车，却仍然读书不辍，不为外面的世界所动，清心隐居于山。"染翰过草圣，赋诗轻子虚。"潜心研习书法，一手草书形迹洒脱，不输草圣张旭真迹，赋诗为文文采斐然，不逊才子司马相如。李颀称赞张諲："诗堪记室妒风流，画与将军作勍敌。"染翰赋文，皆是高人，恬静安适的隐居生活中充溢着文墨的清新素雅之味。"闭门二室下，隐居十年余。"二室，即少室山和太室山，中岳嵩山东西长达60千米，共有七十二峰，东为太室山，西为少室山。青年时期的张諲就隐居河南登封嵩山的少室山下，闭门读书，不及声利达十余年。才高八斗，却仍与世无争，这样的境界，令诗人深为叹惋。张五弟的洒脱、淡定深深地影响了王维。"宛是野人野，时从渔父渔。"这只是张五弟生活的一个片段，却更显五弟闲云野鹤的气质。一切自然如流水，一切平淡，万虑尽除，生活自在闲适。"秋风自萧索，五柳高且疏。"即使是秋风日见萧索，柳枝衰飒，似乎没有了清新触动心弦之美，然而"望此去人世，渡水向吾庐。岁晏同携手，只应君与予"，张五弟却依旧愿与诗人携手隐居。原因是，他对诗人的承诺。可仅仅如此吗？承诺只是个表面的说辞罢，真正的是诗人与五弟内心的共同向往，在精神自由的世界中，能得与自己相投的好友，对山煮酒赋诗，临水奏乐高歌，恰如《兰亭集序》所描述的那番和乐之景。更何况，在现实黑暗、报国无门之时，能享受到如此美妙的人生，何尝不是件乐事。

第三首诗，王维侧重描写张諲书画之外的饮食起居生活，文笔生动，塑造人物形象个性尤为突出。

"设置守毚兔，垂钓伺游鳞。"设置陷阱猎兔，人兔比谁更狡猾；水边钓鱼，人鱼比谁更机灵，张諲乐在其中。"此是安口腹，非关慕隐沦。"相传越国大夫范蠡在协助越王勾践报仇雪耻以后，因惧怕勾践以后对自己不利，便放弃到手的荣华富贵、高官厚禄，归隐五湖。王维借用此典，表达张諲猎兔、垂钓仅为口腹之欲，非关隐居之事，恰恰是正话反说。王维接着说："吾生好清净，蔬食去情尘。"王维自称生平喜好清净，饭食嗜素，对比张五弟"今子方豪荡，思为鼎食人"。饭食荤腥不忌，颇有钟鸣鼎食之家的豪荡之风。王维接下来继续拿自己与张諲对比——"我家南山下，动息自遗身"。王维化用陶渊明"采菊东篱下，悠然见南山"的成意，表现自己栖身世外南山自给自足的简单生活，而张五弟"入鸟不相乱，见兽皆相亲。云霞成伴侣，虚白侍衣巾"。与鸟兽相亲，与云霞结伴的生活方式更加让诗人心生羡慕之意。故而王维在结尾两句说"何事须夫子，邀予谷口真"。谷口真，典出《法言义疏》卷八《问神》，指隐居躬耕、修身自保的隐士。王维戏言张五弟，因何邀请自己到这隐居之地，回扣诗题中的"戏赠"二字。

清代赵殿成评论这三首诗曰："前二篇，美张能隐居乐道，物我两忘，与己合志。后一篇，嗤张之钓弋山中，只图口腹，与己异操。譬如李家娘子，才出墨池，便登雪岭，何一日之间，黑白不均乎？题曰'戏赠'，良有以也。"此论言简意赅，颇得三首诗的精髓所在。

答张五弟

终南有茅屋,前对终南山。
终年无客长闭关①,终日无心长自闲。
不妨饮酒复垂钓,君但能来相往还②。

注　释

① 闭关:闭门。
② "君但"句:意谓君只能来相往还,而不能与己同隐。

不妨饮酒复垂钓

题 解

这是诗人中年以后隐居终南山期间写的一首赠答友人的小诗。张五弟，即张諲，唐代书画家，官至刑部员外郎，与王维友好。因排行第五，故称张五弟。此时，诗人仍在朝廷任职，但由于对李林甫把持下的黑暗政治不满，不愿同流合污，又不能与他们决裂，因而采取了半官半隐的方式，时常住在终南山中，在清寂的林泉中寻求精神寄托。这首小诗表现了诗人在隐居中寂静安闲的生活情趣，又表达了对志趣相投的友人的真挚感情。

赏 析

这是一首明白如话、意境浅显却又充满情趣的诗作。

诗的题目是答张五弟，应该是张五弟有诗相赠，诗人为了回赠而写了此诗。诗的主旨是邀请对方来玩，所以诗人极力描写自己日常生活的情趣，以便引起友人的兴致，招致他来相聚共乐。

"终南有茅屋，前对终南山。"这两句用日常对话式的语言娓娓道来，既没用华丽的辞藻，也不加丝毫修饰，说明自己的隐居之所地处终南山，虽然只是几间茅屋草舍，但面山而居，开门即可观赏山色。这是第一层"引诱"，以山居的特色吸引对方，因为诗人明白，这样的环境和居住地，最能吸引张五弟这样的人。

"终年无客长闭关，终日无心长自闲。"三、四句同样用白描手法，写自己隐居生活的情趣。从早到晚，无拘无束，无忧无虑，无人打扰，更无机心杂念，煞是悠闲。终年无客，门虽设而长关，人虽寂寞却十分清闲。这是第二层"引诱"，这样终日无所事事、想怎么过就怎么过的率性生活，最符合张五弟的性格，所以对后者是极大的诱惑。

接下来诗人用了一句想象中的画面，继续"引诱"对方："不妨饮酒复垂钓，君但能来相往还。"饮酒、垂钓，都是赏心乐事，如果您能常来，这些情趣就可以随便享受了。一个"但"字，语意一转，使得散淡、安闲、缓慢的节奏，忽然高昂起来，就像一道缓缓流过的小溪，忽然有了落差，一跃而下，发出了哗哗的声响，给人以特别美丽的艺术享受。

全篇以诗代书，写得朴实、自然、亲切。为使友人从字里行间就能体会出自己孤寂而清幽的心境，诗中有意采用重复的字眼和相同的句式，最明显的就是"终"字的连续运用。

送张五归山

送君尽惆怅①,复送何人归②。
几日同携手③,一朝先拂衣④。
东山有茅屋⑤,幸为扫荆扉⑥。
当亦谢官去⑦,岂令心事违。

注 释

① 尽:十分,到了极点。惆怅:伤感的样子。
② 复:又。
③ 几日:才有几天。同携手:手拉手,这里表示友好相处。
④ 一朝:一天。拂衣:振衣而去,比喻归隐。
⑤ 东山:比喻隐居之所。《晋书·谢安传》:"卿累违朝旨,高卧东山。"
⑥ 幸:希望。扫荆扉:扫柴门,比喻归隐。
⑦ 谢:辞去。

题　解

　　张五是王维的朋友，辞官归隐之际，王维作了这首诗送别。诗歌前后相互照应，作者"尽惆怅"的伤感不仅在于依依惜别、难舍难分的情谊，更在于现在所作所为与自己的"心事违"。作者身在污浊不堪的名利官场，心却向着澄澈宁静的山林。羡慕友人"先拂衣"，实际上归隐也正是他的心愿所在。因此结尾发出喟叹："当亦谢官去，岂令心事违。"将自己的志向明了表露。诗歌情真词新，余味无穷。

赏　析

　　开篇就是一个愁字了得，伤感到了极点，仿佛给读者一个设问：这是为什么呢？接下来的两联给予了回答：与好友相知相交的日子极为短暂，原还是自己在这昏暗时节难得的安慰。而如今，好友利索地抛却一切烦恼，即将奔赴向往已久的生活，只留一份潇洒在诗人心头煎熬。之所以别人的潇洒成为自己的煎熬，恰恰是因为朋友选择的道路，正是自己一直想走却又迟迟下不了决心去走的道路。诗人恨的是自己无能，无力摆脱世俗的物质羁绊；愁的是时光匆匆，难以实现心中的夙愿；难排遣的，还有往日同窗共进的生活不复返的愁绪。知音半零落，这时节，还有哪些同窗和我一样在人生的泥沼中挣扎？

　　这样的感情，怎不让人无限的惆怅，无限的失落？就像李清照后来描写的那样：才下眉头，却上心头。

　　东山茅屋，是比喻友人归隐所在。一个"幸"字，淡化了些诗人内心迷茫的雾霭，可喜可庆的是，友人的茅草屋还为我敞开着，让我得以有机会去做客，扫扫地什么的。荆扉，即柴门，这里另有一重意思，即虚指的心门。人生一大乐事，就是与知己倾心畅谈，诗人期盼着，也努力着，希望有朝一日也能与朋友一同归隐，共同享受田园生活的宁静与安逸。所以，结尾两句他下决心似的表态说："当亦谢官去，岂令心事违。"总有一天我也要和你一样，辞去这世俗的职位，满足自己的精神追求。

然而，或是命运不济，晚年的诗人，在孤独中沉寂着，写出一篇篇看似清淡实则惆怅的诗歌。好友的离去，永远是他心灵上的创伤。他压抑着，在自然契合中逃避着，在与渔夫、林叟的谈话中对抗着。内心佛与儒的斗争，他又何尝不是这样无力地对抗着。然而，一次次忘记却又一次次回忆起，一次次离别却又一次次想起。诗人遭受着生命难以承受之重，虽然在无声地反抗着，心情却一直是难以平静。

然而这一"幸"字，似乎给了诗人一份希望。

• 送张五归山

待储光羲不至

重门朝已启①,起坐听车声。
要欲闻清佩②,方将出户迎。
晓钟鸣上苑,疏雨过春城。
了自不相顾③,临堂空复情④。

注　释

① 重门：层层的屋门。
② 要欲：好像。
③ 了自：已经明了。
④ 空复情：自多情。

题　解

储光羲（约706—763），唐代官员，田园山水诗派代表诗人之一，也是王维的好友。这首诗写的是与储光羲约好聚会而储失约未至的情形，通过对诗人急切心理的刻画，表现出两人深厚的情谊。

赏　析

这是一首非常别致的诗，描写了等待友人来访而友人始终没来的过程，通过这个过程中自己行动、心情的变化，表现了诗人重情谊的一面。

诗人显然很渴望和友人见面，所以一大早就打开了重重门户，静坐堂前，等待友人的到来。"起坐听车声"，意谓虽然坐在家里，耳朵却一直关注着外边的车马声，这个细节表达出渴盼见到友人的急切心情。

接下来诗人进一步刻画这种心情。我们都有这样的心理感受，在希望听到什么的时候，因为太过热切，经常会出现幻听。诗人这时候就是如此，几次好像都听到了友人身上的玉佩声，以为他已穿过厅堂，迈步而来，而正想出来迎接的时候，发现自己的耳朵欺骗了自己。

如此这般，三番五次，诗人期待的心情渐渐失望下来。上苑的钟声已经传来，原来已是黄昏时分，向外边看去，不知何时下起了细雨，看来友人今天是不会来了。

我们看，这首诗的首联写动作，表达期待会见的激动；颔联写心情，表现即将见面的急切。待到终于明白友人不会来之后，诗人的注意力转移到别处。所以颈联写景物，展现百无聊赖后的所见，其实都是写渴望和渴望中些微的焦急。诗人在漫长的等待中已经积蓄了一腔的愁情。所以尾联是一声长叹："了自不相顾，临堂空复情。"我已经知道你顾不上来我这里了，我还这么苦苦等待，真有点自作多情了。这句带着点赌气式的嗔怪，更表达出与友人的深厚感情。

王维与储光羲都是盛唐著名诗人，都是山水田园诗歌的大家，且风格相近，都因怀才不遇隐居过终南山，二人经常诗酒唱和，储光羲与王维在终南山中相见时所写的《同王十三维偶然作十首》组诗《答王十三维》《同王十三维哭殷遥》和《蓝上茅茨期王维补阙》就是明证，史有"储王"并称之美誉。这种不同寻常的深厚友情，在这首诗更得到了充分的证明。

奉寄韦太守陟

荒城自萧索①，万里山河空。
天高秋日迥，嘹唳闻归鸿②。
寒塘映衰草③，高馆落疏桐④。
临此岁方晏⑤，顾景咏悲翁。
故人不可见，寂寞平陵东。

注　释

① 萧索：缺乏生机；不热闹。
② 嘹唳：形容声音响亮凄清。南朝齐谢朓《从戎曲》："嘹唳清笳转，萧条边马烦。"唐陈子昂《西还至散关答乔补阙知之》诗："葳蕤苍梧凤，嘹唳白露蝉。"
③ 衰草：枯草。宋陆游《秋晚思梁益旧游》诗："沧波极目江乡恨，衰草连天塞路愁。"
④ 疏桐：梧桐树间因为稀疏而落下的斑驳的影子。
⑤ 岁方晏：一年将尽的时候。唐白居易《观刈麦》诗："吏禄三百石，岁晏有余粮。"

题 解

韦陟,王维在长安时经常作诗酬和的诗友,曾任襄阳、河东及吴郡等地的太守,所以此处称他为韦太守。奉寄,托人带信。奉是敬辞。王维写这首诗时身在边关,所以诗中描绘了边塞孤城衰败、萧条的景象,抒发了诗人无限的惆怅、悲凉之感,同时也表达了诗人对好友的思念之情。

赏 析

"荒城自萧索,万里山河空。"那孤城非常荒凉萧条,一眼望去全是空落落的土地。按理说,边关城防重地,应该有无数英雄为戍守家园叱咤风云,旌旗、士兵、战马、军营,但是现在,这些本该威武雄壮的存在似乎都消失了。一个"空"字,表现了当年那雄伟壮阔的景象已消失殆尽,只剩下杂草丛生、荒凉无人的悲凉。这两句诗,传达给我们的,是戍守边疆、保家卫国事业付诸东流的沉重事实。

首联渲染的空旷寂寥之景,在接下来的一联里得到持续深入的渲染。

"天高秋日迥,嘹唳闻归鸿。"一个"迥"字,写出了太阳的与众不同,连全天下都一样的太阳,在这里也显得那么孤单奇异,这样的苍凉让读者有了更深刻的体会。而就在这样的静寂中,忽然几声雁鸣传入耳际,又是什么样的感觉?我们知道大雁的叫声是十分凄厉的,尤其是孤雁的鸣叫,撕心裂肺,揪人心肠。这样的荒凉,又听到这样悲苦的呼叫,情何以堪啊。

更深一步想,身处边关的诗人,不正像这失去伙伴的孤雁吗?雁还在跋涉着、飞翔着去寻找伴侣,而自己呢,陷身此荒凉之地,何时能够归乡呢?这样一想,内心的愁绪与阴影不禁又增添了一层。

接下来,诗人的镜头开始聚焦到身边的细节之处。

"寒塘映衰草,高馆落疏桐。"寒冷的池水映照着池边衰败的草木,驿馆外那些梧桐也落了一地的叶子。"寒塘""衰草""疏桐"三个意象加重了作者的愁绪。

"临此岁方晏,顾景咏悲翁。故人不可见,寂寞平陵东。"这个时候,除了高咏一曲《思悲翁》,还能做些什么呢?诗人咏歌,意在遣怀。可是吟诵的内

133

容，恰恰与眼前的景色一致，当然更令人悲从中来。自己在这偏远的边塞荒城上，竟无一好友相伴，一时所有的情感如开闸之水奔涌而来，再也难以控制了。那不可见的"故人"，一时间塞满胸臆，忧从中来，不可断绝。

全诗以层层递进之法，精练简洁地描绘出边塞荒凉之景，借悲景诉悲情，把荒城之忧、故乡之思、怀人之戚、悲秋之愁，夹杂缠绕在一起，表达得荡气回肠、久久不息。

与卢员外象过崔处士兴宗林亭

绿树重阴盖四邻,
青苔日厚自无尘。
科头箕踞长松下①,
白眼看他世上人②。

注　释

① 科头：不戴帽子。箕踞（jī jù）：两腿分开而坐。古人席地而坐，坐如跪形，伸足而坐是不守礼法的行为。科头箕踞：不戴帽子，席地而坐，比喻舒适的隐居生活。

② 白眼：眼珠向上翻出或向旁边转出眼白部分，表示看不起人或不满意。与"青眼"相对。魏晋时的著名诗人阮籍能作"青白眼"：两眼正视，露出虹膜，则为"青眼"，以看他尊敬的人；两眼斜视，露出眼白，则为"白眼"，以看他不喜欢的人。据说，阮籍母亲死时，其好友嵇康来慰问，阮籍给的就是"青眼"；而阮籍看不顺眼的嵇康的哥哥嵇喜来吊唁时，阮籍就是给的"白眼"。"白眼"一语便出于此。

题　解

崔兴宗是王维的内弟。此人品格高洁，是位超凡脱俗的隐士。王维一次与一位朋友卢象一块去拜访他，看到他的住处绿荫浓郁、纤尘不染，很有感慨，遂作此诗。

赏　析

这首诗的特点是塑造了一个栩栩如生的人物形象。通过描写人物所在的清幽洁净的环境，然后抓住人物"科头箕踞"的动作和"白眼看人"的神态，寥寥两笔，便栩栩传神地塑造出一位寂居林下、孤高傲世的隐士形象。

"绿树重阴盖四邻"，这位隐士住的地方绿树成荫，古木参天。院里的树很大，大到什么程度呢？树冠都伸到周围的邻居家里去了，既言风景秀美，又隐约点出主人在此隐居的时间之长。

"青苔日厚白无尘。"地上的青苔很厚，绿油油的，自然没有什么尘土。这句话是说主人隐居于此，少人往来，又因为树荫浓密，所以院子里长满青苔。

首句写空中，次句写地面。这两句环境描写铺垫之后，主人公开始闪亮登场。

"科头箕踞长松下，白眼看他世上人。"院里青松下坐着一个人，什么样的人呢？没戴帽子，头发散披着。怎么坐的呢？伸开两腿，分开而坐。古人讲究礼法，坐要有坐姿，仪态要端正，伸足而坐是不守礼法的行为。但是对于这位隐士来说，那些把世俗礼法奉为处事宝典的人，一律会被他白眼相待。

作者没有描写崔兴宗的日常生活，没有写他如何待人接物，也没写他如何在山野里享受山水，只是从一个拜访者的角度，写了一个从远处看到的概貌，就像画了一幅静态写生一样。在一个浓荫如盖的院子里，透过篱笆可以看到地面上厚厚的青苔，一棵青松之下，一个散披头发、一脸孤傲之态的人，正伸开两腿，以最舒服却最不合礼法的姿势坐在那里。就这么远远望去，一个远离尘世喧嚣的世外桃源，一个率性逍遥的隐士形象就跃然纸上。

值得注意的还有一个诗人特意点出的一个景物：松。我们知道在中国古代文化符号里，松树不畏暴风骤雨，不畏酷暑严寒，是坚强、挺拔、高傲的象征，一向用来比喻君子的品格。崔兴宗坐在松树之下，这个意象说明，诗人虽然没有在诗句里有明确的褒贬，对崔兴宗的认可与赞赏却明明白白地体现了出来。

· 与卢员外象过崔处士兴宗林亭

西 施 咏

艳色天下重,西施宁久微①。
朝为越溪女,暮作吴宫妃。
贱日岂殊众,贵来方悟稀。
邀人傅脂粉②,不自着罗衣。
君宠益娇态③,君怜无是非。
当时浣纱伴,莫得同车归。
持谢邻家子④,效颦安可希⑤。

注　释

① 微:低微、平凡。
② 傅:通"敷",搽的意思。
③ 益:更加。
④ 持谢:奉告。
⑤ 安可希:意思是怎能希望别人的赏识。

题 解

本诗载《河岳英灵集》，当作于唐玄宗天宝十二载（753）前。西施，春秋时越国美女。越王勾践为吴王夫差所败，为迷惑夫差，把西施作为礼物献给吴国，后来夫差因宠爱西施不理朝政，越国终于打败了吴国。这首诗采用比兴寄托的方式，借西施从平民到宫廷宠妃的历史典故，来揭示人生浮沉全凭际遇的炎凉世态，抒发怀才不遇的下层士人的不平与感慨，具有深婉含蓄的特点。

赏 析

诗人所处的盛唐时代，虽然繁华昌盛，实际上已隐藏着很大政治危机。因为国家昌平，君王贵族开始耽于享乐，不再励精图治，所以奸邪小人把持朝政，真正的才俊之士却没有出头的机会，屈居下层，无人赏识。王维对此有着极为深刻的体会，所以这首诗虽然名叫《西施咏》，咏的却不是西施故事的本意，而是借咏西施以喻为人，抒发怀才不遇的感慨。

"艳色天下重，西施宁久微。朝为越溪女，暮作吴宫妃。"西施美绝天下，但身份低微，得到君王宠幸后，便马上一步登天。"朝""暮"两字相对，突出身份变化之快。王维生活的环境中，各种各样凭借各自关系和能力的人，都会因为君王或某一高官的赏识而一夜之间飞黄腾达，让诗人分外感慨。

"贱日岂殊众，贵来方悟稀。邀人傅脂粉，不自着罗衣。君宠益娇态，君怜无是非。"平常的时候也并不觉得她比别人强多少，可是一旦受宠，马上就与众不同。穿衣着装、打扮梳洗都有专人照顾，君王越来越宠爱，四周的人也都逢迎拍马，无人敢说一句不是。这样的境遇不免让作者感慨，人与人之间的差别、地位如此悬殊，并不取决于实力、志向，而只是掌权者的好恶。

"当时浣纱伴，莫得同车归。持谢邻家子，效颦安可希。"昔日一同浣纱的女伴已经不能和她一同乘车出入了。在这里奉劝那些东施效颦的人，不是你会皱眉就能得到恩宠的。

这首诗虽然名为"咏"，实际上既不是简单的歌颂，也不是简单的批判，而是用一种冷眼旁观式的客观描写，表达出一个人身份地位变化的原因、变化的过程和变化的结果，作者的心情很复杂，既对这样的突然幸进有意见，内心深处又不免盼望自己也有这样的机会。语虽浅显，寓意深刻。

送秘书晁监还日本国

积水不可极①,安知沧海东。
九州何处远②,万里若乘空。
向国唯看日③,归帆但信风④。
鳌身映天黑⑤,鱼眼射波红。
乡树扶桑外⑥,主人孤岛中⑦。
别离方异域,音信若为通⑧。

注 释

① 积水:指大海。极:引申为达到极点、最大限度。
② 九州:指中国。
③ 向:朝着。
④ 信:听任。
⑤ 鳌(áo):传说中海中能负山的大鳌或大龟。
⑥ 乡树:乡野间的树木。清朝朱彝尊《送金侍郎鋐填抚七闽》诗之一:"玉节官桥河畔柳,锦帆乡树越中山。" 扶桑:神话中的树名。《山海经·海外东经》:"汤谷上有扶桑,十日所浴,在黑齿北。"郭璞注:"扶桑,木也。"《海内十洲记·带洲》:"多生林木,叶如桑。又有椹,树长者二千丈,大二千余围。树两两同根偶生,更相依倚,是以名为扶桑也。"
⑦ 主人:指晁衡。孤岛:指日本。
⑧ 若为:如何能,怎么能。

题 解

晁衡，原名仲满、阿倍仲麻吕，日本人。唐玄宗开元五年（717）随日本遣唐使来中国留学，改姓名为晁衡。历仕玄宗、肃宗、代宗三朝，任秘书监兼卫尉卿等职。唐代宗大历五年（770）卒于长安。晁衡与王维曾同朝为官，唐玄宗天宝十二载（753），晁衡乘船回国探亲时王维写了这首诗相送。

赏 析

"积水不可极，安知沧海东。"茫茫沧海无法到达尽头，更不知道沧海的东面会是什么。"不可极"说明路途之遥远，而"安知"则极致地体现了诗人的惦念之情。

"九州何处远，万里若乘空。"中国的九州虽然幅员广阔，但相互连接算不上遥远。只有那日本，需要东渡才能到达，这才是真的遥远。"若乘空"传神地体现了晁衡东渡日本的景象。

"向国唯看日，归帆但信风。"日本的位置在太阳升起的方向，来去的路上只能靠风帆远航了。一个"但"字，写出了路途的艰辛。

"鳌身映天黑，鱼眼射波红。"那庞大的海龟会把天空也映衬成黑色，而一些怪鱼眼睛发出的光芒也会让海水变成红色。一黑一红，通过色彩的描写，体现了东渡途中的艰险，更表现了诗人对友人的担忧。

"乡树扶桑外，主人孤岛中。"晁衡回到日本后，会与家人团聚，但是却与我相隔甚远。朋友返乡，原本是值得高兴的事情，但是此时诗人却是惆怅的，因为朋友情深。

"别离方异域，音信若为通。"历尽千辛万苦回到家乡，不知道还能不能再有书信的往来。诗人对朋友的眷恋此时达到了极致。

这首诗想象丰富，情感真挚，颇能动人。

赠从弟司库员外

少年识事浅，强学干名利①。
徒闻跃马年，苦无出人智②。
即事岂徒言③，累官非不试。
既寡遂性欢，恐招负时累。
清冬见远山，积雪凝苍翠。
浩然出东林，发我遗世意④。
惠连素清赏，夙语尘外事。
欲缓携手期，流年一何驶。

注 释

① 干：追求，追逐。
② 跃马年：指做官。《史记·范睢蔡泽列传》："蔡泽者，燕人也。游学干诸侯小大甚众，不遇，而从唐举相，……唐举曰：'先生之寿，从今以往者四十三岁。'蔡泽笑谢而去，谓其御者曰：'悟持粱刺齿肥，跃马疾驱，怀黄金之印，结紫绶于要，揖让人主之前，食肉富贵，四十三年足矣。'"出人智：超出常人的智慧。
③ 徒言：空话；说空话。《孔丛子·抗志》："欲报君以善言，恐未合君志，而徒言不听也。"
④ 遗世：遗弃人世之事。常说明人的离世隐居，修仙学道，有时也用作死亡的婉辞。这里作离世隐居讲。孙绰《游天台山赋》："非夫遗世玩道，绝粒茹芝者，乌能轻举而宅之。"

题 解

这是诗人写给自己的堂弟的赠言诗，内容大部分都是夫子自道，借着对自己人生经历的深刻总结，希望给走上仕途的堂弟一点借鉴和帮助。

赏 析

诗人的人生都有什么经历呢？开篇八句交代得非常清楚。

"少年识事浅，强学干名利。徒闻跃马年，苦无出人智。"诗人从小苦读诗书，因为那时候没有经历过什么事，对人生没有自己的判断，只是听从父辈的告诫，尽力苦学只为求取功名利禄。虽然入仕做官能够享受荣华富贵，可是那需要超人的心智才能做到，而事实证明，自己是不具备这种超人的心智的。诗人所指的"超人的心智"，并非真的是聪明才智，而只是做官的智慧。正因为自己没有这种智慧，尽管很有才华，却一直得不到施展的机会。

"即事岂徒言，累官非不试。既寡遂性欢，恐招负时累。"做事不是说空话，我也不是没有试过积功升官。处在这样的仕途旋涡里，欲进不能，欲退不得。不是不想进，而是时势如此，无法施展抱负。真想随着性子辞官不做，又怕招来其他麻烦事情。由此可见，社会上的评价、亲友的厚望，都让诗人无法任性。这一泻而下的倾诉，将诗人那种纠结矛盾、欲罢不能的内心世界展现得淋漓尽致。

接着诗人笔锋一转，开始写景。

"清冬见远山，积雪凝苍翠。浩然出东林，发我遗世意。惠连素清赏，夙语尘外事。"在这个明澈的冬天里，远山的积雪都能清晰地看到，那林木的翠绿仿佛也被凝固了。经历仕途不顺的苦闷之后，退居林下、安享天年应该是最佳选择了。

最后两句是劝诫堂弟之语：弟弟啊，你素来追求高雅之趣，早年极言追求"尘外"之意，却仍陷世俗之中，为兄想与你携手共同隐退，却怎奈世俗纷扰，至今还在红尘中挣扎。可是我们等得起，时光却等不起，它转瞬即逝，匆匆而过啊！末句看似对堂弟的规劝，实则也是对自己进退两难境地的慨叹。

全诗干净利落，一气呵成。整首诗像一幅谈心图，诗人与堂弟对面而坐，品着清茶，把自己前半生抑郁不得志的心情尽数道出，又勾勒出一个清新自然的愿景。

春日与裴迪过新昌里访吕逸人不遇

桃源一向绝风尘,柳市南头访隐沦①。
到门不敢题凡鸟②,看竹何须问主人。
城外青山如屋里③,东家流水入西邻。
闭户著书多岁月,种松皆老作龙鳞④。

注 释

① 隐沦:隐者。
② 凡鸟:"凤"的拆字,借指庸才。《说文》:"凤,神鸟也……从鸟,凡声。"拆开来就是"凡鸟"。
③ 屋里:室内。唐朝杜甫《见萤火》诗:"忽惊屋里琴书冷,复乱檐前星宿稀。"唐朝姚合《咏破屏风》:"残雪飞屋里,片水落床头。"
④ 龙鳞:松树年数久了树皮才会成龙鳞状,老龙鳞更代表了年龄大,寓意健康长寿。

题 解

这首诗描写诗人与裴迪一同拜访吕逸人,却因故未见到其本人的情景。吕逸人即吕姓隐士,事迹不详。王维晚年吃斋奉佛,经常与道友裴迪一同游玩赋诗,这首诗便为其中一首。

赏 析

"桃源一向绝风尘",开头就给人惊艳的感觉。借陶渊明《桃花源记》中的桃花源,比作吕逸人的住处,说明听说这位隐士的大名已经很久,所以会有"柳市南头访隐沦"的行动。开篇就把吕逸士与陶渊明并列,写出了吕逸人的超凡脱俗,展现了对隐士的仰慕之情,也为整诗的"不遇"做了铺垫。

没遇见隐士本来是一件不愉快的事情,但是诗人却继续用了两个典故来表达对吕姓隐士的仰慕之情:"到门不敢题凡鸟,看竹何须问主人。"据《世说新语·简傲》记载,三国魏时吕安访嵇康未遇,嵇康的哥哥嵇喜出迎,吕安于门上题"凤"字而去。而"凤"字的繁体字分开就是"凡鸟",吕安这么写,分明是在嘲笑嵇喜。诗人没有遇见吕姓隐士,不敢去写"凡鸟"二字,也是展现对吕逸人的尊敬。"看竹"则是出自《晋书·王羲之传》。据记载,王羲之之子王徽之听说吴中某家有好竹,坐车去其门前观竹。诗人在这里用这个典故,展现了拜见吕逸人的诚心诚意。

"城外青山如屋里,东家流水入西邻。"从这里望去,那青山就跟在屋里一样,东家的流水淙淙地流进了西家的院落。这两句写吕逸人隐居处所的独到之处:依山傍水,环境优雅。在这样的环境里居住,更能展现吕逸人的隐逸情趣。

"闭户著书多岁月,种松皆老作龙鳞。"吕逸人闭门著书很多年,门口种下的松树都已经有了龙鳞状的树皮。"多岁月"与"老龙鳞"相对,说明吕逸人隐居时间之长,不是假隐士,而是真正的坚贞隐士。

这首诗虚实结合,笔姿灵活,全诗未见吕逸人,但吕逸人的形象已经鲜活地展现了出来。

酬 郭 给 事

洞门高阁霭余晖①，桃李阴阴柳絮飞。
禁里疏钟官舍晚②，省中啼鸟吏人稀③。
晨摇玉佩趋金殿，夕奉天书拜琐闱④。
强欲从君无那老⑤，将因卧病解朝衣。

注 释

① 洞门高阁：指门庭楼阁。
② "禁里"句：意谓禁宫中官舍的晚钟稀稀落落。
③ 省：门下省。
④ 奉："捧"的本字。琐闱：镂刻连琐图案的宫中旁门。常指代宫廷。
⑤ 无那：无奈。

题　解

这是一首酬和诗。郭给（jǐ）事，即郭姓给事中。给事中为门下重职，地位显赫，分判本省日常事务，具体负责审议封驳诏敕奏章，有异议可直接批改驳还诏敕。王维是当时公认的文坛领袖，所以在官场上很受附庸风雅的贵族势力欢迎，因此少不了各种应酬唱和，本诗即为其中一首。

赏　析

这类应酬性的诗作，一般来说，其意总在恭维对方，很难有什么艺术价值。但是王维此诗在称赞对方的同时，也发了一些自身的感慨，颇有点"诗言志"的意思。

"洞门高阁霭余晖，桃李阴阴柳絮飞。"门庭楼阁沐浴着夕阳的余晖，桃李树木繁茂多姿，柳絮随风飞舞。首联实际上是在写郭给事的显达。"余晖"象征皇帝的恩宠，展现皇恩普照，郭给事地位很高；第二句说明郭给事桃李满天下，门生故旧也都有很好的地位和官职。这两句形象地描绘出郭给事上受恩宠，下受拥戴，突出了他在朝中的地位。

"禁里疏钟官舍晚，省中啼鸟吏人稀。"禁宫中晚钟稀稀落落，门下省里吏人稀少只能听见鸟的鸣叫。"疏"与"稀"对应，说明门下省的闲静。而这种闲静实际上也是从侧面展现郭给事的出色能力，正因为他的尽忠职守，才有了如此清闲的景象。

"晨摇玉佩趋金殿，夕奉天书拜琐闱。"凌晨带着玉佩进金銮殿朝拜天子，傍晚拿着诏书从宫中旁门退出。郭给事本人不辞辛劳，每天早晨都坚持盛装朝拜，写出了他的勤勉。

"强欲从君无那老，将因卧病解朝衣。"我也想像郭给事一样为朝廷效劳，但是自己是老病之身，已经无法做到像郭给事一样。

这首诗有两个突出特点。一个是在称赞方法上别具机杼。恭维话最容易给人假大空的感觉，但是王维并不是简单地恭维对方，而是捕捉自然景象，状物以达意，把颂扬之情完全寓于对景物的描绘中，从而达到了避俗从雅的艺术效果，虽是谀词，却不着一点痕迹。另一个在表达主旨上先扬后抑。像郭给事这样地位显赫、工作勤勉，本该是大家学习的榜样和羡慕的对象，可是作者在末两句做了一个急转，从谦恭的语气中写出了诗人自己的意向：我虽想勉力追随你，无奈年老多病，还是让我辞官归隐吧。这是全诗的主旨，集中地反映了诗人的出世思想。

　　唐人的很多酬赠诗中，往往在陈述了对酬者的仰慕之后，立即表达希冀引荐提拔的用意。然而王维此诗，却一反陈套，使人感到别开生面，这也是本诗在应酬之作中独具地位的重要原因。

奉和圣制从蓬莱向兴庆阁道中留春雨中春望之作应制

渭水自萦秦塞曲①,黄山旧绕汉宫斜②。
銮舆迥出千门柳③,阁道回看上苑花④。
云里帝城双凤阙⑤,雨中春树万人家。
为乘阳气行时令⑥,不是宸游玩物华⑦。

注 释

① 渭水:即渭河,黄河最大支流,在陕西中部。秦塞:犹秦野。这一带古时本为秦地。塞:一作"甸"。
② 黄山:黄麓山,在今陕西兴平县北。汉宫:也指唐宫。
③ 銮舆:皇帝的乘舆。迥出:远出。千门:指宫内的重重门户。意谓銮舆穿过垂柳夹道的重重宫门而出。
④ 上苑:泛指皇家的园林。
⑤ 双凤阙:汉代建章宫有凤阙,这里泛指皇宫中的楼观。阙:宫门前的望楼。
⑥ 阳气:指春气。
⑦ 宸游:指皇帝出游。宸:北辰所居,借指皇帝居处,后又引申为帝王的代称。物华:美好的景物。两句意谓,皇帝本为顺应时令,随阳气而宣导万物,并非只为赏玩美景。

题 解

这是天宝年间王维作的一首应和唐玄宗的诗。蓬莱即大明宫。唐玄宗开元二十三年（735），唐王朝从大明宫经兴庆宫，一直到城东南的风景区曲江，筑阁道相通。帝王后妃，可由阁道直达曲江。阁道修成后，唐玄宗游览阁道，曾在雨中望春赋诗一首，王维奉旨唱和。

赏 析

应制诗要歌颂皇帝和圣德，要表现皇家的威严与富贵。如果是奉和，还要应和皇帝的诗意。王维写的应制诗不多，但这首诗兼顾各个方面，显示了极高的才华，在应制诗里算得上佳作。

"渭水自萦秦塞曲，黄山旧绕汉宫斜。"渭水萦绕着秦关曲折地流淌，那黄麓山则长年累月地环抱着黄山宫。"渭水"与"黄山"陪衬出长安的壮阔，而"秦塞"与"汉宫"则写出了一种时空感。

"銮舆迥出千门柳，阁道回看上苑花。云里帝城双凤阙，雨中春树万人家。"皇帝出行，只见那一重一重的宫门次第打开，前呼后拥的銮驾沿着柳树成行的道路一路行来，经过一道道楼宇、一所所宫殿，终于出了宫门、城门，来到寻常百姓居住的地方。这样的气势、这样的排场，怎能不令人惊叹呢！皇帝出行一次非同小可，不但宫中紧张起来，城中夹道护卫，城外也要安排禁止通行。作者对此其实很有不以为然之意，但这是他身为朝廷官员，为适应宫廷生活和当时环境，不得不进行赞美。诗人用词秀雅，把帝都气象描绘得庄严雄伟、气象壮丽，更能让读者领略到皇家的富贵繁华。

"为乘阳气行时令，不是宸游玩物华。"这次天子出游，本是因为阳气畅达，顺天道而行时令，并非为了赏玩景物。这样结尾，很符合应制的口气。清人赵殿成在《王右丞集笺注》评价这首诗的结尾："结句言天子之出，本为阳气畅达，顺天道而巡游，以行时令，非为赏玩物华，因事进规，深得诗人温厚之旨，可为应制体之式。"

从这首诗也可以看出，王维不但具有平和的、超然物外的人生态度，一直有归隐之心,但是因为"身在江湖",也做过一些随波逐流、违反本意的事情,这才是真实的人性。清人焦袁熹在《此木轩论诗汇编》里称赞此诗"字字冠冕,字字轻隽,此应制中第一乘也"。

送刘司直赴安西①

绝域阳关道②,胡烟与塞尘。
三春时有雁③,万里少行人。
苜蓿随天马④,蒲桃逐汉臣⑤。
当令外国惧,不敢觅和亲。

注释

① 司直:官名,大理寺(掌管刑狱)有司直六人,从六品上。安西:指安西都护府。
② 绝域:指极远的地域。阳关:关名,故址在今甘肃敦煌西南。
③ 三春:指春天。
④ 苜蓿:一种多年生开花植物,马的主要食物之一。天马:骏马名,《史记·大宛列传》说:"得乌孙马好,名曰'天马'。及得大宛汗血马,益壮,更名乌孙马曰'西极',名大宛马曰'天马'。"
⑤ 蒲桃:即葡萄,原产西域,西域人以葡萄为酒,富人藏酒至万余石。

题 解

这是一首送别诗，为好友刘司直赴安西都护府而作。诗的内容主要是鼓励刘司直赴边立功。诗中也流露出诗人希冀自己有所作为以使国家强盛的壮志豪情。

赏 析

王维的送别诗基本上可以分为两类，一类是惜别，表达与友人的深厚感情；一类是壮别，表现对友人的激励和勉励。后一类诗送别的对象，常常是即将戍边的将军和到地方赴任的官员。这首诗就属于这一类。

"绝域阳关道，胡烟与塞尘。"诗人预想友人在赴边的过程中所走的道路情况，指出路途遥远，环境恶劣。"绝域"，指极远的地域；"阳关"，关名。

"三春时有雁，万里少行人。"这一联描述空中与地上的景象，进一步表现路途的寂寞荒凉。虽然正值三春季节，南国正是"江南草长，群莺乱飞"时节，无奈春风不度玉门关，这一路上您恐怕只能偶尔见到飞过的大雁，因为这条漫漫长路上极少有行人往来。

送人赴边，本来不是什么高兴事，而诗人这四句诗，又一再铺陈前路的艰辛，其用意何在呢？

"苜蓿随天马，蒲桃逐汉臣。""天马"即骏马，"蒲桃"即葡萄。当年汉武帝派李广利伐大宛取名马，马喜食苜蓿，苜蓿与葡萄也就随汉使传入中原。诗人用这两个典故，意在勉励友人远赴安西建功立业，促进中原与西域的交流，也是了不起的功业。那么，如何才能达到促进交流的目的呢？后一联说："当令外国惧，不敢觅和亲。"一定要使异邦慑服，不敢提和亲之事。这句话说来简单，含意很深。当时唐朝边疆的少数民族比较强悍，多次以武力威胁，逼迫唐王朝嫁女、赐物。和亲在历史上虽然促进了民族间的交流，但是对中原的王朝来说，是比较耻辱的举动，一般都是在武力征伐不下的时候，才用嫁女赐物的方式安抚对方。诗人希望刘司直出塞干出一番事业，弘扬国威，这也正是诗人自己的意愿与壮志，什么样的意愿与壮志呢？效命疆场、安边定国，这就是他的理想与抱负。只是他没有机会实现，所以把这一愿望寄托在友人身上。

这首诗融写景、论史、抒情于一体，始终扣住并突出送别友人的情感。尤其难能可贵的是，字里行间流淌不绝的始终是一种激越雄健的气息，表现出积极上进的盛唐气象。

・送刘司直赴安西

送元二使安西①

渭城朝雨浥轻尘②，
客舍青青柳色新③。
劝君更尽一杯酒④，
　西出阳关无故人⑤。

注　释

① 使：到某地；出使。安西：指唐代为统辖西域地区而设的安西都护府的简称，在今新疆维吾尔自治区库车县附近。
② 渭城：故址秦时咸阳城，汉代改称渭城（《汉书·地理志》），位于渭水北岸，唐时属京兆府咸阳县辖区，在今陕西咸阳市东北。浥（yì）：湿润，沾湿。
③ 客舍：旅店，本是羁旅者的伴侣。柳色：即指初春嫩柳的颜色。杨柳是离别的象征。
④ 更：再。
⑤ 阳关：汉朝设置的边关名，故址在今甘肃省敦煌市西南，古代跟玉门关同是出塞必经的关口。《元和郡县志》云，因在玉门之南，故称阳关。故人：老朋友，旧友。

题 解

这是一首送别诗,从诗的内容上,又属于边塞诗。安西,是唐中央政府为统辖西域地区而设的安西都护府的简称,治所在龟兹城(今新疆库车)。这位姓元的友人是奉朝廷的使命前往安西的。唐代从长安往西去的,多在渭城送别。《送元二使安西》是一首极负盛名的送别诗。它曾被谱入乐曲,称为《渭城曲》《阳关曲》或《阳关三叠》,从盛唐时期开始广为流传。

赏 析

王维这首《送元二使安西》大约作于天宝年间,当时就被谱成乐曲,在送别场合歌唱。之后千古传诵,脍炙人口。可以说,凡有中国人的地方,都有人会歌咏这首诗。它之所以能够如此广为流传,千年之下仍有着不同寻常的艺术感染力,因为它不同于一般的送别诗。它巧妙地借助于时空的转换,营造了耐人寻味的惜别氛围,具有极高的意境。

"渭城朝雨浥轻尘,客舍青青柳色新。"早晨的细雨打湿渭城的尘土,青砖绿瓦的客栈和柳条都显得色彩明亮。前两句写送别的时间、地点、环境气氛。在渭城的客舍里,两位好朋友对面而坐,一大早的蒙蒙小雨,打湿了路面的尘土,也让路边的柳树显得更加清新透亮。门外就是自东向西一直延伸望不见尽头的驿道,而自己的朋友,一会儿就将踏上这条道路,奔赴万里之外的边疆。这一切,仿佛是极平常的眼前景,作者剪取入诗,读来却风光如画,营造了一种浓郁的抒情气氛。

"劝君更尽一杯酒,西出阳关无故人。"朋友啊,赶紧再喝上一杯,出了阳关就再没有熟人了。诗人并没有浓墨去写离别的情形,而是另辟蹊径,从出了阳关再无故人这一视角入手表现惜别之情,颇为巧妙。当然我们也不能简单地把诗意固定在阳关上,诗人这样说的用意是在表示,离别之后,再也没有自己这个老朋友与友人相伴,而不是单单说朋友不会再遇到故人。

《唐诗解》评价这首诗说"唐人别诗,此为绝唱"。

孟城坳

新家孟城口,
古木余衰柳①。
来者复为谁②,
空悲昔人有③。

注　释

① 新家：新住到。这两句的意思是，新迁到孟城口居住，可叹只见衰柳而不见昔日种柳之人。
② 来者：后来的人。复：又。
③ 空：徒然地。昔人：过去的人。这两句的意思是，以后来到这里居住而追念我们现在的又是何人？那么我又何必徒然地悲叹这里昔日的主人呢？

题 解

　　这是王维的诗集《辋川集》的第一首。王维中年以后，在长安附近的蓝田辋川，即现在的陕西蓝田买了一份产业，称为辋川别业。王维在此居住时，常与好友裴迪在附近山中游玩，二人都写了咏辋川、孟城坳等二十景，各成五言诗二十首，由王维辑成《辋川集》。孟城坳本为初唐诗人宋之问的别墅。宋曾以文才出众和媚附权贵而显赫一时，后两度贬谪，客死异乡，这所辋川别墅也就随之荒芜了。如今王维搬入此处，触景伤情，透露出他难言的心曲。此时，李林甫擅权，张九龄罢相，这使王维带着深深的失望和隐忧退隐辋川，故当他看到目前这一衰败景象时，心绪再也不能平静，很自然地想到别墅的旧主人，自己"今日"为"昔人"宋之问而悲，以后的"来者"又会为自己而悲。这正是诗人不愿去思考而又难以摆脱的思绪。诗人言"空悲"，实际上是一种更深沉的悲，是一种潜隐在心底的痛苦，是徒然无益、于事无补的悲愁。

赏 析

　　这是一首精练含蓄、耐人寻味的哲理小诗。
　　"新家孟城口"，首先是叙事，交代自己新近搬到了孟城口居住。按常理来说，既然是新家，应该有一番新气象。可是不然，下一句就说"古木余衰柳"，这里的环境是什么呢？除了疏落的古木，就是枯萎的柳树，呈现出的是一幅衰败的景象。一个"古"字，说明这里历史遗迹之长；一个"余"字暗含了兴衰的变迁；一个"衰"字，不仅画出了柳树无精打采、半死不活的形态，更暗示出一片衰败凋零的景象。想象当年宋氏别墅的盛况，对比现在的衰败状态，已经给全诗定下了悲愁落寞的基调。
　　搬到这样的环境里，乔迁新居的欢喜是没有了，带给诗人的，只有深深的思考。"来者复为谁"，是说以前这里有人居住，现在我来这里了，总有一天我也会离开，以后再来这里的，又会是谁呢？"空悲昔人有"，既然会有这样的新旧更替，现在的我也不过是后来人眼中的昔人，我何必再去替前人忧伤呢？
　　这两句诗，粗浅一看，是作者的自我排解：我在这里安家是暂时的，以后来住的人不知又是谁,所以,即使这里的景象不佳,我也没有悲哀的必要。但深入地理解一下,我们会发现,这是诗人一种哲理上的思考。既然现在是这样一幅衰败不堪的景象,那么以前肯定有生机勃勃的时候。现在的古木,那时候还在茁壮成长;现在的衰柳,那时候一定欣欣向荣。

  这首诗在时空交错的叙述中,传达了诗人孤寂萧索的一种心态。

鹿　柴

空山不见人，
但闻人语响①。
返景入深林②，
复照青苔上③。

注　释

① 但：只。闻：听见。
② 返景：夕阳返照的光。景：古时同"影"。
③ 照：照耀（着）。

题 解

《鹿柴》是《辋川集》二十首中的第四首，也是王维山水诗中的代表作之一。鹿柴，是辋川的地名。这首诗简单质朴，但读来却有一种深邃悠远的象征意味，鹿柴是一种景致，更是诗人的一种远离人世的精神世界。

赏 析

这首诗历来都广受好评，很多诗评者都认为它的最大特点是"诗中有画"，也有人认为它胜在意蕴，如清代沈德潜在《唐诗别裁》卷十九说此诗："佳处不在语言，与陶公'采菊东篱下，悠然见南山'同。"王维此诗，确实与陶诗空灵、隐逸的境界相似。

"空山不见人"，诗人一开始便呈现给我们的是一座空灵毓秀的山谷，虽说"不见人"，实际上山中至少有诗人这个观察者。"但闻人语响"，只听到有人的说话声。在一座空山，除了自然之物，没有一点人类活动的迹象，却忽然传来人的说话声，是不是很出乎意料？那么人又在哪里？在诗人的描述里，山无疑是巨大、空旷和神秘的，人当然是渺小的、微不足道的，可是在读者的感觉里，大山之中有了人类的活动，无疑才是亲切、亲近和可爱的，因为"人语响"打破了全局的、长久的空寂，使得原来空寂神秘的大山，有了生机勃勃的活力。"但闻"二字，可谓境界顿出。

"返景入深林，复照青苔上。"夕阳返照的光照入深林，又照在青苔上。对于空山的静寂诗人前两句系从听觉入手去展现，而此时，诗人转入了视觉的描写。"返景""复照"说明光照并不是很强烈，在如此静谧的深山里，夕阳的光照并不能给人带来暖暖的感觉，反倒更能体现鹿柴终日远离阳光的那种幽暗与阴冷。这也是诗人孤寂清幽心情的真实写照。

这首诗虚实结合，通过写声音展现山的空，又通过写夕阳光照去展现山的幽冷，体现出诗人对自然事物细致敏锐的观察。《诗法易简录》评价这首诗"人语响是有声也，返景照是有色也，写空山不从无声无色处写，偏从有声有色处写，而愈见其空"。这个说法颇为中肯。

相　思

红豆生南国①，
春来发几枝。
愿君多采撷②，
此物最相思③。

注　释

① 红豆：又名相思子，一种生在岭南地区的植物，结出的籽像豌豆而稍扁，呈鲜红色。
② 采撷：采摘。
③ 相思：想念。

题　解

这首诗另有一个题目：《江上赠李龟年》，可见是一首怀念友人的诗篇。该诗托物寄情，借助红豆的鲜艳色彩和有关的动人传说，传达了对友人浓烈的思念之情，读来十分感人。据说天宝之乱后，著名歌者李龟年流落江南，经常为人演唱它，听者无不动容。因为所表达的感情是如此的炽烈和深厚，又因为所用语言平实如话，这首诗流传甚广，并且在流传中渐渐被人们理解为是在描述男女间的相思之情。

赏　析

红豆又名"相思子"，这个称呼源于一个动人的传说：古时候有一对夫妻，彼此间感情很深，一次丈夫外出，因病去世，妻子在家里苦等丈夫不至，于是每日痛哭，死在门前的树下。后来，这棵树结出了红色的豆子，人们以为是女子的鲜血浇灌而成，于是称呼它为"相思子"。后人常在诗中用它来表现相思之情。这首诗即是著名一例。

"南国"就是南方，诗人的朋友就在南方，那里又是红豆的产地，所以首句以"红豆生南国"起兴，暗引后文的相思之情。次句"春来发几枝"，紧承上句，是轻声的询问，问谁呢？诗人可能是在遥问远方的朋友，但是朋友自然不会听到，也无法回答，但是诗人用白话入诗，使得询问的口吻显得分外亲切。红豆春来发几枝，与诗人是没有什么关系的，但是诗人偏偏要有此一问，当然是冲着红豆身上那个美丽的故事传说，这是选择富于情味的事物来寄托情思。这样写来，便觉语浅情深，令人神往。一个"发"字，也暗含了一种寓意，相思之情就跟生命的生长一样，只要春天到来便会绿意盎然。

第三句紧接着寄语对方，要"多采撷"红豆，如果对红豆的故事不太了解，读到此处肯定是摸不着头脑的，作者絮絮叨叨净说些不相干的事，到底是什么意思？最后一句豁然开朗："此物最相思。"即使并不了解红豆本身的象征意义，作者说出这么一句话，读者自然也就明白了前边三句看似不相干的话的意思。一个"劝"字更是饱含深情。朋友啊，你那里生长的有红豆吧？

在这万物复苏的春天，它发了几支新枝呢？你要多多采撷它，因为它代表着我深深的思念之情啊。

　　如果仅仅是这么理解，仍然不能体会到诗人的良苦用心。我们想想，明明是自己在思念友人，却嘱咐友人多采红豆，让远方的友人珍重友谊，那自己的思念之情，自然是不言自明。用这种方式透露情怀，婉曲动人，语意高妙。

相思

栾 家 濑[①]

飒飒秋雨中[②],
浅浅石溜泻[③]。
跳波自相溅,
白鹭惊复下。

注 释

① 濑:石沙滩上流水湍急处。
② 飒飒:形容风雨的声音。
③ 石溜:石上急流。

题　解

栾家濑是辋川的一个地名，本诗出自《辋川集》。全诗用白描手法描绘栾家濑的景色，虽无一句直接抒发情感的句子，但是每一句景物描写都弥漫着一种淡雅之气，让人感觉到作者在这与繁华无关的世界里，过着那种诗意的生活，淡淡地品味着人生。这也正是诗人淡泊到了极致的情感的自然流露，让人读来也觉得霎时心灵中呈现出虚静澄明之貌，仿佛滤去了烟火之气，进入闲散自如的状态。

赏　析

这首诗没有华丽的字眼，但读来韵味深长。

王维隐居在辋川的时候，既不用操心朝廷事务，也不用亲自耕种，每日里所做的事情，除了与朋友游山玩水，就是独自漫步，观察这附近的每一处、每一点、每一时、每一刻的景物特点，也因此对周围的景物变化都非常熟悉。也正是因为诗人的闲适，才得以观察出细腻生动的景象。

"飒飒秋雨中，浅浅石溜泻。"诗人一开始营造了一幅闲适的画卷，在风雨交加的秋日里，那浅浅的溪水跳过石头轻快地流动。"飒飒"表现风雨之声，与之对应的叠字"浅浅"（jiān）表现溪水的湍急，极具音乐美。这两句不仅塑造出了可感的画面，也让读者能体会到溪水流动的潺潺之声，画中见声。

"跳波自相溅，白鹭惊复下。"那溪水流动的时候因为急流而相互碰撞，不小心吓到了水中专心觅食的白鹭，等白鹭发现无碍后又下去水里抓鱼。这两句虽然不像前两句使用拟声词去描写声音，但"自相溅"和"惊复下"还是能够让人感受到水声以及白鹭振翅的声音。诗人将视觉和听觉巧妙地融汇在一起，音响和美景融为一体，成就了一幅名副其实的有声画卷。

作者善于以动托静，明明是在写辋川的宁静秀美，但都是通过一些极具动感的画面。以秋雨、溪流之声塑造极具张力的听觉意境，又以急流、白鹭的动来营造视觉画面。而这一切，都展现了辋川之美的出众。

这首诗清雅秀丽，读来有一种澄澈、恬静之美。胡应麟在《诗薮》中评价这首诗"读之身世两忘，万念皆寂"，颇为中肯。

白　石　滩

清浅白石滩,
绿蒲向堪把①。
家住水东西②,
浣纱明月下③。

注　释

① 蒲：蒲草，多生在水边或池沼内。向：临近，差不多。堪：可以，能。把：握，拿起，这里是采摘的意思。
② 水东西：水东或水西。
③ 浣：洗涤。纱：一种布料，也代指衣服。就是洗衣服。

题 解

白石滩，辋水边上由一片白石形成的浅滩，是著名的辋川二十景之一。本诗选自《辋川集》。

赏 析

这首诗刻画了一幅自然闲适的景象。

"清浅白石滩，绿蒲向堪把。"那片铺满白石的浅滩，浅浅的河水非常的清澈，蒲草也长得异常旺盛。根据下两句我们知道，诗人是在写夜景，写月色，在月光下还能看出白石滩的"清浅"以及蒲草的"绿"，这表明月光极亮，也说明白石滩水之清澈。至此，水之清、石之白、蒲之绿、月之明都展现了出来，诗人给读者营造了颇有张力的视觉画面。

"家住水东西，浣纱明月下。"一群女人在滩边洗衣服，她们的家就住在辋水的东西方向。诗人前两句是写月下夜景，而这两句加入了人。我们可以想象，在一轮明月下，浣衣的女人们说笑、打闹着洗衣服，她们的出现打破了夜的宁静，但也便让画面活了起来。也许她们的出现也仅仅是出自于诗人的想象，但是用"浣纱"一词代替村女"浣衣"，便让本诗在意境上深入了一层。绝代美女西施在入宫前曾是浣纱女，诗人不说村女洗衣服，而用"浣纱"这个典故，让普通的意象变得不普通，加上一轮明月的照应，一幅素雅绝尘的画面呼之欲出。

王国维在《人间词话》中将意境按照创作方式分为"造境"和"写境"两种，而王维的诗则善于将这两种艺术手段融为一体，该诗就是典型代表。这首诗营造了清新爽洁的意境，当是诗人精神境界的象征。

竹 里 馆①

独坐幽篁里②,
弹琴复长啸③。
深林人不知④,
明月来相照⑤。

注　释

① 竹里馆：辋川别墅的胜景之一，房屋周围有竹林，故名。
② 幽篁（huáng）：幽是深的意思，篁是竹林。幽深的竹林。
③ 啸（xiào）：噘口发出长而清脆的声音。魏晋名士称吹口哨为啸。
④ 深林：指"幽篁"。
⑤ 相照：与"独坐"对应。

独坐幽篁里

题 解

《竹里馆》是《辋川集》的第十七首。这首诗与其他写景诗稍有不同,主要写了自己的生活情趣,属闲情偶寄。这首诗简朴清新,读来回味无穷。

赏 析

这首诗看似平淡无奇,读来却独具匠心。

先看前两句:"独坐幽篁里,弹琴复长啸。"诗人独自坐在清幽的竹林当中,一边弹琴,一边随着乐声发出不由自主的啸声。抚琴长啸对于古人来说是一种优雅的行为。魏晋名士大多喜欢抚琴,嵇康诗云"目送归鸿,手挥五弦"。陶渊明也曾有无弦琴一张。而长啸则暗用阮籍"苏门之啸"的典故。魏晋之际诗人阮籍到苏门山寻访一隐士与他探讨问题,隐士毫不关心,阮籍对他长啸,隐士也只是一笑了之。但等阮籍告辞下山,走到半路听到了隐士发出的长啸。苏门长啸表达了一种超然于世的隐士风流。"独坐"展现诗人的孤寂,只得"弹琴"去排遣这种情绪;"幽篁"暗指诗人像竹子一般有气节超然于世;"长啸"则是效仿阮籍等名士,表达心中的抑郁与不满。

"深林人不知,明月来相照。"因为竹林很大,与外界隔绝开来,所以诗人独坐于此,没有一个人看到,也不知道他的行为;但是人不知,月却知,天上的一轮明月透过竹林洒下清辉,抚摸着诗人孤寂的灵魂。"明月来相照",本该是无情之物,反倒读来有暖暖的情谊,人世间的冷漠便不言而喻。

虽然诗人给我们营造这样一个清幽寂静的意境,但是从一些句子和意象里,也让我们深深地体会到诗人孤独寂寞的情怀。首先,弹琴一般是抒发心曲,是弹给别人听的,所谓高山流水觅知音,如果自己的琴声无人能懂,弹奏者显然会很失落。但是一个人弹琴给自己听,就更是一种思想境界上的孤独:正因为这世上根本没有知音,所以只好弹给自己听了。其次,明月这个意象,让我们很轻易就想到李白的名句:"举杯邀明月,对影成三人。"为什么要邀明月呢?因为无人可邀,只好自己与自己干杯。王维在这里用无人相知而唯有明月相照,表达的是与李白一样的寂寞情感。

辛　夷　坞①

木末芙蓉花②，
山中发红萼③。
涧户寂无人④，
纷纷开且落⑤。

注　释

① 辛夷坞(wù)：蓝田辋川(今陕西省蓝田县内)风景胜地，王维辋川别业(别墅)附近。坞：四面高、中部低的小块地方。
② 木末芙蓉花：即指辛夷。辛夷，落叶乔木。其花初出时尖如笔锥，故又称木笔，因其初春开花，又名迎春花。花有紫白二色，大如莲花。白色者名玉兰。紫者六瓣，瓣短阔，其色与形似莲花，莲花亦称芙蓉。辛夷花开在枝头，故以"木末芙蓉花"借指。
③ 萼(è)：花萼，花的组成部分之一，由若干片状物组成，包在花瓣外面，花开时托着花瓣。
④ 涧户：涧口，山溪口。
⑤ 纷纷：他本作"丝丝"。

题 解

这是《辋川集》的第十八首。辛夷坞是辋川的地名。这首五绝犹如一幅精美的绘画小品,描绘了辛夷坞一带的风物,并借落花传达了惜时伤时、无人赏识而虚度年华的思想。

赏 析

王维写辋川诗时是在安史之乱以前,这个时候王维虽然在朝为官,但是因为赏识他的宰相张九龄被罢官,李林甫一派势力上台,朝政黑暗,社会矛盾日趋尖锐。他也因为受到权势集团的排挤,而处在半官半隐状态。

"木末芙蓉花,山中发红萼。"辛夷花开在树梢,那些红色的花萼在山中展现。诗人不用树梢而用"木末"一词,展现了辛夷花的疏朗清秋之气。加上那山中绽放的鲜艳的花萼,辛夷花便有一种孤芳高绝的气质流露出来。

"涧户寂无人,纷纷开且落。"在这无人的山谷中,辛夷花就这样自顾自地开放、凋零。辛夷花生生灭灭,无人欣赏,也不希求别人去欣赏,这两句再次表现了辛夷花的孤芳高绝。

短短四句诗,描绘了辛夷花的高贵品质,实质上也是诗人的自喻:既然不能展现抱负,那么就这样远离世俗地隐居下去。空谷辛夷,自开自落,这一奇特的诗歌意象也展现了诗人对佛理的领悟。《王孟诗评》说这首诗"其意不欲着一字,渐可语禅"。

这首诗清新雅致,别有韵味。《诗法易简录》评价这首诗"幽淡已极,却饶远韵",颇为中肯。

漆　　园

古人非傲吏①，
自阙经世务②。
偶寄一微官③，
婆娑数株树④。

注　释

① 傲吏：据《史记·老庄申韩列传》载，庄子曾为漆园吏，楚威王遣使聘他为相，他不干，反而对使者说："子亟去，无污我！"这就是后世所称道的庄子啸傲王侯的故事。
② 阙：同"缺"，缺少。经世务：治理国家事务。经：筹划、治理。世务：政务、政事。
③ 寄：依附，依靠。
④ 婆娑（pó suō）：指树，形容其枝叶纷披，已无生机。用以状人，形容放浪山林，纵情自适。

题 解

这首诗选自《辋川集》。漆园是辋川二十景之一。庄子曾当过漆园吏,这首诗通过这个典故来展现诗人的志向情趣。庄子是一个很有才华的人,但是一生之中只做过漆园吏这样的小官。据史书记载,楚威王听说他的才能后,曾经派人送给他许多财物,想请他到楚国做相。庄子的回答是:请送礼物的人赶快走开,免得弄脏他的地方。这就是此诗歌咏的故事。

赏 析

这首诗主要通过漆园的典故来展现诗人的志向和情趣。

"古人非傲吏,自阙经世务。"庄子拒绝为相并不是因为他是一个孤傲的人,而是因为他觉得自己缺乏治理国家的能力。因为漆园的典故主要是在说庄子,所以这里的"古人"当指的是庄子。后人一般都认为庄子因为孤傲的品格,不愿通过入仕来换取荣华富贵。晋朝诗人郭璞在《游仙诗》中就这样评价:"漆园有傲吏。"郭璞称庄周为"傲吏",就是在赞美他不贪富贵、甘于清贫。

不过,庄周这个时候还是"漆园吏",既然拒绝做官,为什么还担任"漆园吏"这样的职务呢?古代多少隐士,都是无官一身轻,如著名的陶渊明,不肯为五斗米折腰,便毅然辞官归隐,宁肯在家耕种土地,也不愿再做什么官。那么,庄子为什么还要担任这样的小官吏呢?

王维接着这样写道:"偶寄一微官,婆娑数株树。"其实庄子只是想当一个漆园吏这样的小官,与树相伴,隐逸自己,远离俗务的打扰。

全诗看似是在写庄子,实质上诗人是借古人以自喻,用庄子的典故来表露自己的心迹。在王维看来,只要"身心相离,理事俱如"(《与魏居士书》)就行了。做个漆园吏,正好可借漆园隐逸。这实际上也是王维在表白自己的隐居,绝无傲世之意,只是自己缺乏济世的才能,所以才选择退归林下,这体现了诗人甘于淡泊的人生态度。

辋川闲居赠裴秀才迪

寒山转苍翠①，秋水日潺湲②。

倚杖柴门外，临风听暮蝉③。

渡头余落日④，墟里上孤烟⑤。

复值接舆醉，狂歌五柳前⑥。

注 释

① 转苍翠：一作"积苍翠"。转：转为，变为。苍翠：青绿色。
② 潺湲（chán yuán）：水流声。这里指水流缓慢的样子，当作为"缓慢地流淌"解。
③ 听暮蝉：聆听秋后的蝉儿的鸣叫。暮蝉：秋后的蝉，这里是指蝉的叫声。
④ 渡头：渡口。
⑤ 墟里：村落。孤烟：直升的炊烟。
⑥ 值：遇到。接舆：春秋时楚国人，好养性，假装疯狂，不出去做官。在这里以接舆比裴迪。五柳：陶渊明。这里诗人以"五柳先生"自比。

题 解

　　这是一首五言律诗，题目中说得很清楚，是"赠"给朋友的。作者隐居辋川时，过着十分安逸率性的生活，这个时期好友裴迪经常与他相互往来，共同游玩，写诗酬和。这首诗就是答谢裴迪诗作中的名篇，反映了作者当时的隐逸生活，抒写诗人的闲居之乐和对友人的真切情谊。

赏 析

　　这首诗情景交融，不仅描写了辋川附近山水田园的优美景色，还刻画了诗人和裴迪两个隐士的形象，使人物和景物相映成趣，既表现了诗人隐居生活的闲居之乐，又体现出诗人对友人的真挚感情，同时也能让我们感受出，王维在闲居辋川的时候，精神家园是很丰富、充实和惬意的。

　　"寒山转苍翠，秋水日潺湲。"秋天的山野变得寒冷，但更加郁郁葱葱，而流水也每天缓慢地流着。首联写明是秋天山里的景色：寒秋时节，山间泉水不停歇地潺潺作响；随着天色向晚，山色也变得更加苍翠。寒山表明秋意已浓，而用一个"转"字，表明了山林树木的颜色在随着季节的转换而转换。

　　"倚杖柴门外，临风听暮蝉。"我拄着拐杖立在柴门外面，迎着风听秋蝉的叫声。这两句表明了诗人的闲适状态。

　　"渡头余落日，墟里上孤烟。"夕阳的余晖洒落在渡口上，村庄里也稀稀落落地飘起了炊烟。这两句形象地描写了黄昏时分田野的风光。

　　"复值接舆醉，狂歌五柳前。"又碰上裴迪喝醉了酒，在像陶渊明一样的我的面前狂歌。诗人一直渴望和陶渊明一般过上田园生活，在尾联中，诗人以五柳先生自比。接舆是春秋时代的楚国狂士，他曾经做过"凤歌笑孔丘"的事情，公开嘲笑过孔夫子。诗人把好友裴迪比作接舆，其实就是高度评价裴迪的品质，也足以看出诗人是把裴迪引为同类之人的。陶潜与接舆——王维与裴迪，个性虽大不一样，但那超然物外的心迹却是相近相亲的。所以，"复值接舆醉"的"复"字，不表示又一次遇见裴迪，而是表示诗人情感的加倍和进层：既赏佳景，更遇良朋，拥有这种闲居之乐，夫复何求。

这首诗风光、人物，交替行文，相映成趣，形成物我一体、情景交融的艺术意境，末联生动地刻画了裴迪的狂士形象，表明了诗人对他由衷的好感和欢迎。

· 辋川闲居赠裴秀才迪

赠裴十迪

风景日夕佳①，与君赋新诗。
澹然望远空②，如意方支颐③。
春风动百草，兰蕙生我篱④。
暧暧日暖闺⑤，田家来致词⑥。
欣欣春还皋⑦，淡淡水生陂⑧。
桃李虽未开，荑萼满芳枝⑨。
请君理还策⑩，敢告将农时⑪。

注　释

① 佳：美好。
② 澹然：澹通"淡"，恬淡自适。
③ 如意：古之爪杖也。或骨、角、竹、木，刻作手指爪，柄长可三尺许。或脊有痒，手所不到，用以搔抓，如人之意，故曰如意。(清赵殿成注：《释氏要览·指归》云)支颐：就是用手抵着腮帮的意思。
④ 兰蕙：是香草名，植兰蕙以为邻，可见诗人不与流俗合污的高洁品性。篱：篱笆。
⑤ 暧暧：昏暗不明的样子。
⑥ 田家：农家。致词：此处指农人间相互串门。
⑦ 欣欣：草木茂盛的样子。还：回到。皋：水边的高地，指岸边。
⑧ 陂：池塘。
⑨ 荑萼：本义为茅草的嫩芽，引申之为草木嫩芽。
⑩ 理：准备。策：竹杖，手杖。
⑪ 敢告：谦词，冒昧地告诉您。将农时：将要到农忙耕种的时节了。

题　解

　　这是诗人在辋川闲居时与裴迪应和来往的又一首山水田园之作。裴迪在兄弟中排行第十，所以又称为"十迪"。全诗着力描写了山村的初春景象，渲染了山村的恬淡自适、平实朴素的生活，颂扬了农民的淳朴自然、相互关心的美德，表达了诗人舒畅闲适、平淡自愉的心情，从侧面反映了诗人对官场污浊和社会黑暗的厌恶。全诗清新明快，积极向上，富于农家情趣。

赏　析

　　这首诗，用清新欢快、淡然素雅的笔触，描绘了一幅黄昏时刻的田园春景图。
　　首句点明写这首诗的原因，正是夕阳西下的黄昏时节，风景这边独好，置身于如此美景之中，当然是诗兴大发，情不自禁要邀请朋友一起吟诗作乐了。
　　三、四句写诗人欣赏美景的状态。什么样子呢？从心情上说，是"淡然"，很平静，恬淡自在，正适合欣赏风景；从姿态上说，诗人是坐在某个地方，应该是在院子里，因为下文有"兰蕙生我篱"一语，可以看到自己院子的篱笆墙，很可能诗人与裴迪是在院子里摆开桌椅，相对而坐。诗人一手拿着如意，一手支着脸庞，观景之姿态，如在眼前。"望"字亦为传神之笔，一则突显出所观之景的开阔深远之意境，二则将诗人观景之神韵流露出来，诗人所在之处能够望远，证明处在高处，可以将附近的景色和行人一览无余，这也为下文看到农人们相互串门埋下了伏笔。
　　接下来，诗人的眼睛从远望之处收回来，开始描摹周围的景致。徐徐春风轻拂，惊醒了那沉睡的百草，墙角下、小路边、花园里、田地间，它们无处不在，欣欣然睁开了眼，随着春风起拂；小院的篱笆内外，兰蕙丛生，散发出缕缕幽香，沁人心脾。兰蕙在古人看来是高洁之物，常被文人骚客用来表达不与世俗同流合污的情操。诗人写兰蕙生我家，自然有以物喻人、托物言志的意思。
　　夕阳渐渐西下，朦胧而柔和的余晖渐渐暗下来，原来春光明媚的屋子，渐渐昏暗下来。这个时候，人的活动出现了，"田家来致词"，附近的邻居，大概常常与诗人来往的一位老农，拄着拐杖来串门了。聊了些什么呢？

"欣欣春还皋，淡淡水生陂。桃李虽未开，荑萼满芳枝。请君理还策，敢告将农时。"春天到来，草木繁盛，那融化的水也流向了池塘。桃李虽然还没开花，但已经是满树的花骨朵。还请您告诉我农时，好合理安排庄稼。其实说来说去，用一个词可以总结他们的闲话：生机。春天来了，万物复苏，也该耕种了，这才是充满希冀的春天。

这首诗脉络清晰，层次分明。全诗使用朴实醇厚的言语，描绘的是最真切自然的景象。在这样司空见惯的平淡风光里，诗人感受到了人生的幸福和生活的真谛。

酌酒与裴迪

酌酒与君君自宽①,人情翻覆似波澜②。
白首相知犹按剑,朱门先达笑弹冠③。
草色全经细雨湿,花枝欲动春风寒④。
世事浮云何足问⑤,不如高卧且加餐。

注　释

① 酌酒：斟酒。鲍照《拟行路难十八首》其四有："酌酒以自宽,举杯断绝歌路难"之句。
② "人情"句：语出陆机《君子行》："天道夷且简,人道险而难。休咎相乘蹑,翻覆若波澜。"
③ 按剑：以手抚剑把,指发怒时准备拔剑争斗的一种动作。《史记·平原君虞卿列传》："……毛遂按剑而前曰：'今十步之内,王不得恃楚国之众也,王之命悬于遂手。'"《汉书·邹阳传》："燕王按剑而怒。"先达：先最达之人。晋庾亮《让中书监表》："十余年间,位超先达。"弹冠：弹去帽上的灰尘,准备出来做官。《汉书·王吉传》："吉与贡禹为友,世称：'王阳（王吉字子阳,故称王阳）在位,贡公弹冠。'"颜师古注："弹冠者,言入仕也。"
④ "草色"二句：赵殿成注："草色一联,乃是即景托喻。以众卉而邀时雨之滋,以奇英而受春寒之痼,即植物一类,且有不得其平者,况世事浮云变幻,又安足问耶？拟之六义,可比可兴。"顾璘曰："草色、花枝固是时景,然亦托喻小人冒宠,君子颠危耳。"（见凌濛初刊《王摩诘诗集》）
⑤ 浮云：喻世事犹如天上的浮云,不值得关心。《论语·述而》："不义而富且贵,于我如浮云。"又比喻翻覆变幻。岑参《梁园歌,送河南王说判官》："万事翻覆如浮云,昔人空在今人口。"何足问：哪值得过问。

酌酒与君君自宽

题 解

题目的意思就是斟酒给裴迪。"与"是"给"之意。裴迪是王维的朋友。此诗写于《辋川集》同时，是王维晚年诗作中十分值得玩味的一篇。"世事浮云何足问，不如高卧且加餐。"道出了作者的心声：我在官场打拼这么些年，觉得世间的事物都如浮云一样，不足挂齿，还不如及时行乐，过属于自己的逍遥自在的生活。

赏 析

这是一篇闪耀着真知灼见的诗篇，是作者反思数十年人生经历而得出的经验教训，虽不免有一点偏激与消极，却直指时弊和人性的弱点。

何以解忧？唯有杜康。首句"酌酒与君君自宽"，点出两人是在饮酒，不是对酒当歌式地饮酒，而是借饮酒来排遣胸中郁积的愤懑。诗人给裴迪倒了一杯酒，说了两个字：自宽。不论遇到什么事，自己得想得开啊。中国有一句老话：宽人也即宽己。劝别人的时候，通常是因为自己也有同样的苦闷，所以劝导别人的时候也是在自我排遣，所以下一句是诗人的感慨："人情翻覆似波澜"。人世间哪有什么真情呢，不过如波澜一样翻覆无常罢了，这一句透出诗人心中的愤激之情。

三、四句用具体的事例来说明自己的结论。此二句接写"人情翻覆"之事：上句谓，白首相知的故交，尚有反目成仇、怒而相斗之时；下句说，豪贵之家那些自己先发迹的人，却嘲笑别人准备入仕。一生相知相亲的好朋友，到了老年，也有可能因为矛盾而反目成仇，白首相知尚且如此，其他的人就不用说了。第四句有一个典故，弹冠即弹去帽子上的灰尘，据史书记载，汉代王子阳做了高官，他的好友贡禹听说后很高兴，掸去帽上的尘土，等着好友提拔自己。后来王子阳果然举荐他做了御史。御史专挑皇帝或同僚的毛病，因而好御史往往干不长，这两位最后都被免了职。这个故事原来是好友相互帮助的意思，可是被帮助的人下场不好。王维引用这个故事，是着眼于这个不好的结果，反用其意，说明两个人关系再好，其中一人一旦"先达"，即耻笑另一个后来者，轻薄排挤，乃至落井下石，用这样的事例，来说明友情的不可靠。

五、六两句是写景，是两人饮酒时望向窗外所见，蒙蒙细雨将地上的青草全部打湿，正是早春的时光，虽有鲜花开放，天气依然寒凉，盛开的花朵也为寒气所袭，轻轻摇动。这两句既是景物描写，又有托物言志之意。首先点出季节，春草、花枝——正是料峭春寒之时；其次说明天气，下着小雨。在这样的季节、这样的天气，两个好朋友对坐而饮，难免要推心置腹地交流一些人和事，点评一下时事，抒发一下感情。不难想到，裴迪因为被一位所谓好友出卖或者伤害而愤懑不已，王维则不停地劝解着他。这也使得这两句景物描写有了特殊的含义。你看这青青春草，生机勃勃，奋发向上，不也被雨全部打湿了吗？那花朵绽放枝头，很是漂亮，可是也被寒气所袭，畏手畏脚啊。这两句描写很具禅学意味，因为王维平常注重修行禅学，所以很善于用日常景物来说理达意。

王维一生，沉浮宦海，少年意气风发，但屡受挫折，中年之后，始终徘徊在仕与隐的矛盾中。安史之乱后，因为受过伪职而形成更大的心理创伤，如何排解自己人生之忧，是他修行佛法的重要原因。佛家认为万事皆空，这种思想体现在作者最后两句诗中："世事浮云何足问，不如高卧且加餐。"这世间的事情，就像天上的浮云，不值得牵挂，人生所谓有意义的事，不过是吃得好、睡得香而已。这两句诗，看似看透万物，无所牵挂，实际上包含了深深的无奈。面对我们虽然短暂却复杂的人生，谁又能真的豁达面对、参透生死呢？但是，善待、保护好自己的身体，不从精神上和肉体上虐待和苛求自己，是我们每个人都能做到的事情。

临高台送黎拾遗

相送临高台，
川原杳何极①。
日暮飞鸟还，
行人去不息。

注 释
① 杳：幽远。

题　解

这是一首送别诗。黎拾遗，即唐右拾遗黎昕，白居易好友。拾遗，唐代谏官名。

赏　析

这首诗，光看题目就知道是一首送别诗，诗中描绘的景物，很自然地传达了诗人内心的感情。

首句点明地点，送别的地方是一个高台附近，送别的对象就是黎拾遗了。黎拾遗指黎昕，诗人的朋友，拾遗是官名，这句的意思就是，黎昕就要远行了，我们在高台附近为他送别。"高台"二字领起全诗，同时也为后边的景物描写提供了全知视角。"川原杳何极"，说的就是居高而望，田野旷远无边，河水一直流到天际。这两句诗给我们展开了一个宏大旷远的艺术境界。

三、四句写友人走了以后，诗人却不肯离去，他又登上了高台，继续目送友人远去，直到天色将暮，飞鸟都回巢了，仍然不舍得就此回去。但是原野空旷，不见边际，友人的远去身影一直在视野中越来越小，直至消失在视线中。

全诗短小简练，不过二十字，却句句是画，营造了一种孤寂凄清的气氛，表达了诗人内心的寂寞，以及对友人离去的不舍与无奈。第三、四两句，更是用了对比手法，天晚了，外出的鸟儿都回来了，我仍然不愿意回去，就这样望着你越行越远，字里行间都让读者感受到诗人依依不舍的送别之情。

积雨辋川庄作①

积雨空林烟火迟②,蒸藜炊黍饷东菑③。
漠漠水田飞白鹭④,阴阴夏木啭黄鹂⑤。
山中习静观朝槿,松下清斋折露葵⑥。
野老与人争席罢,海鸥何事更相疑⑦。

注　释

① 积雨：久雨。
② 烟火迟：因久雨空气湿润，烟火上升缓慢。
③ 藜（lí）：一种可食的野菜。黍（shǔ）：谷物名，古时为主食。饷：送饭食到田头。饷东菑（zī）：给在东边田里干活的人送饭。菑：已经开垦了一年的田，指初耕的田地。
④ 漠漠：形容广阔无际。
⑤ 阴阴：幽暗的样子。夏木：高大的树木。啭（zhuàn）：小鸟婉转的鸣叫。
⑥ 槿（jǐn）：植物名。落叶灌木，其花朝开夕谢。古人常以此物悟人生枯荣无常之理。清斋：素食，长斋。露葵：冬葵，古时蔬菜名。
⑦ "野老"两句：意思是，自己（野老）与人相处，不狂妄，不拘形迹，恐怕连海鸥也不会猜疑了。《庄子·杂篇·寓言》载：杨朱去从老子学道，路上旅舍主人欢迎他，客人都给他让座；学成归来，旅客们却不再让座，而与他"争席"，说明杨朱已得自然之道，与人们没有隔膜了。《列子·黄帝篇》载：海上有人与鸥鸟相亲近，互不猜疑。一天，父亲要他把海鸥捉回家来，他又到海滨时，海鸥便飞得远远的，心术不正破坏了他和海鸥的亲密关系。

题 解

这首诗作于王维隐居辋川时期,充分地展现了诗人刻画田园景象的高超艺术。诗人主要写辋川秋天雨后的场景,将积雨中的秋原写得出神入化,如同创作了一幅水墨画。

赏 析

这首七律名篇,描写的是诗人所居住的辋川山庄连日阴雨后的情景,表达了怡然自乐的隐居心情。

全诗八句四联。首联写积雨天的农家生活。

"积雨空林烟火迟,蒸藜炊黍饷东菑。"诗人一下笔就点出积雨。因为连日阴雨,山林空蒙一片,非常安静,因为空气潮湿,所以炊烟升起得很缓慢。有炊烟,说明有人在做饭,谁在做饭呢?作者没有交代,只是写自己看到的情景:送饭。女人把做好的饭菜送到田里去,说明什么呢?说明连日雨天,已经影响了农时,所以雨一停,农人们一大早就到田间劳作了。急着劳作,劳作之余连回家吃饭的时间都没有,说明什么呢?说明此时正处于农忙季节,农夫们在赶农时,耕种或者收获。寥寥十四个字,不仅描绘出积雨天的山林景色、炊烟动态,还展现了早炊、耕田的生活画面,可谓辞简意密。

首联写人物活动,颔联则是景物描写。

"漠漠水田飞白鹭,阴阴夏木啭黄鹂。"在空旷广漠的水田上,一行白鹭掠空而飞;夏日浓密的树荫中,传来黄鹂婉转的啼声。"漠漠"展现空气中的水汽,"阴阴"则体现树木的繁茂,两句结合画面就显得开阔又幽深,十分逼真地再现了积雨天气空蒙迷茫的色调和气氛。这两句景物描写,把读者从头两句描写的农人赶农时、急劳作的场面里带出来,说明田园生活的两面性,既有耕种之苦,亦有赏心之景。诗人把白鹭、黄鹂、灰蒙蒙的广阔水田、浓绿欲滴的幽深夏木这四种色彩、明暗、亮度不同的景物构成一个画面,使它们互相对比映衬。而飞翔的白鹭和鸣啭的黄鹂又给这幅色彩和谐的画面增添了动态和声音,从而将积雨的辋川山野描写得画意葱茏,幽雅迷人,悦耳悦目。

那么，诗人住在这样一个环境里，每天都干些什么呢？颈联回答了这个问题：养性。

"山中习静观朝槿，松下清斋折露葵。"诗人时常在山中观赏朝槿晨开晚谢，领悟人生无常；又在松下采摘露葵，以供清斋素食，虔诚地实践清心寡欲的佛教教义。从艺术表现的角度看，这两句寓禅理于写景叙事之中，颇耐人寻味。

尾联，写修行的结果："野老与人争席罢，海鸥何事更相疑。"自己已经尽去机心，不再有任何仕途上进的想法，而与当地的农夫野老打成了一片，完全融入到田园中去。这两句意蕴丰富，妙趣横生，曲折有致，耐人咀嚼。既有大彻大悟的欣慰，又有归隐田园的喜乐；既有夫子自道式的心迹说明，又隐含了对那些猜忌自己的人的不屑和蔑视。

积雨辋川庄作

春中田园作①

屋上春鸠鸣②,村边杏花白。
持斧伐远扬③,荷锄觇泉脉④。
归燕识故巢,旧人看新历。
临觞忽不御⑤,惆怅远行客。

注　释

① 春中：指农历二月。
② 春鸠：即布谷鸟、杜鹃。
③ 伐远扬：用斧头砍去长得太远而扬起的桑条。
④ 觇（chān）：察看。
⑤ 御：进用。

题 解

这是一首春天的颂歌。从诗所展现的环境和情调看，较《辋川集》的写作时间要早些。在这首诗中，诗人王维只是平平地叙述，心情平静地感受着、品味着生活的滋味。诗中无论是人是物，似乎都在春天的启动下，满怀憧憬，展望和追求美好的明天，透露出唐代前期的社会生活和人的精神面貌的某些特征。

赏 析

这首诗充满了早春的气息，无论写物、写景还是写人，都显得健康、饱满和开阔。

诗的前六句写作者见到和感受的景物。首联从自然景物写起，自然景物又从入耳的声音写起：鸠鸣。我们知道斑鸠在冬天是很难见到的，蛰伏了一冬，现在随着春的来临，它们很早就飞到村庄来了，在屋上不时鸣叫着。沉寂了一个冬天，听到鸟鸣声首先会给人惊喜的感觉，所以这种写法给人的感觉是声动全篇。

听到斑鸠的叫声，知道春天来了，放眼瞧去，村边的杏树果然悄然开放，开得雪白一片，整个村子掩映在一片白色杏花之中。开头两句虽然才短短十个字，但是通过鸟鸣、花开，一入耳、一入眼，把春意写得很浓。

万物已经复苏，动物植物都竞相展示生命的活力，人呢？颔联自然开始表现人类的活动。一年之计在于春，面对这么好的时节，辛勤的农人怎么能在家里待得住呢？看吧，到处都是他们劳作的身影，有的拿着斧子去修整桑枝，有的扛着锄头去察看泉水的通路。这两句诗通过写人的劳作，表达出积极向上的春天气息。

接下来一联，展现了人与自然的和谐相处。燕子回来了，飞上屋梁，在巢边呢喃地叫着，似乎还能认识它的故巢，而屋中的旧主人却在翻看新一年的日历，盘算着今年要做些什么事，实现什么样的愿望。"归燕"两句，说明人与燕子相处得很和谐。我们知道燕子一向依人类的房屋而居，一旦发现人对他们有不轨之举，就会永远离开这个家，再不回来。现在燕子仍然回到了原来的家，证明双方关系融洽。这两句诗更深一步的寓意还在于，燕子虽然还是原来的燕子，人也还是原来的人，但是时间已经变了，生活在自然和平地更替与前进，所以不论人还是物，都在规划和建设新的生活。

首、颔、颈三联，都在描写春天的所见，那么是谁见到的这些景色呢？末联作者突然现身，面对此情此景，发出由衷的感慨。这就像现在我们正在看一个纪录片，看到种种美好的景致之后，忽然响起了一个画外音，既出乎意料，又合情合理。但是作者的感慨有点奇怪，这春天田园的景象如此美好，一切是那样富有生气，充满着生活之美，为什么正在开怀畅饮的诗人，忽然会停杯不进，痴痴地发愣呢？诗人自己紧接着做了回答："惆怅远行客。"他想到了那离开家园作客在外的人！此人是谁？我们不得而知。但是，看到眼前的景色分明是一种生活的享受，而一个人在面对这样的享受时，通常最希望做的是什么呢？是与最亲最近的人分享它。究竟是什么样的亲友，能让王维惋惜他无缘享受与领略这种生活呢？这当然是作者的小秘密，但是我们从中却深刻地领会到那种惋惜、惆怅之情，从而也深深地为他们之间的情谊而感动。

这首诗在艺术表现上最大的特点就是使用白描手法。无论是写斑鸠、燕子、杏花，还是写人，都是不加修饰地直接描写，始终没有渲染春天的万紫千红。但从淡淡的色调和平静的活动中却成功地表现了万物复苏、生机勃发的春天。我们在读这首诗的时候，仿佛也不是在欣赏春天的外貌，而是在与诗人一起倾听春天的脉搏，追踪春天的脚步，感受春天的气息。

山居即事①

寂寞掩柴扉，苍茫对落晖。
鹤巢松树遍，人访荜门稀②。
绿竹含新粉，红莲落故衣③。
渡头烟火起，处处采菱归。

注 释

① 山居：山林之中隐居。
② 荜门：荆竹所做的门。
③ 故衣：指莲花败叶。

题 解

　　这是一首五言咏怀诗,主要是描述了诗人隐居山林之后的生活和心态写照,虽是生活惬意,却又在字里行间隐隐透露出一丝落寞之情,是王维在仕与隐之间长期挣扎、徘徊的缩影。

赏 析

　　仕与隐,一直是困扰中年以后的王维的一大问题。在朝为官的时候会产生厌倦之情,在野隐居的时候,虽然享受着田园之乐,对未能在仕途上更进一步,以期实现自己的政治理想,也始终抱有一点遗憾。这首诗即表达了这种微妙的思想感情。

　　"寂寞掩柴扉",首联是独自隐居山中时的心态写照。这里的关门,不是回到家里关上柴门,而是因为待在家里寂寞无聊,所以信步出行,在出门的时候顺手关上柴门的举动。在家里觉得寂寞,出来后却正遇上夕阳西下,虽说落晖如金,景色很美,毕竟心中有事,所以用"苍茫"一词,写出了淡淡的迷惘。

　　颔联写夕照满山下的景色,没有着力描绘多少景致,而是突出了人与鸟的对比。茂盛的松树上有鸟鹊的巢窝,此时归巢的鸟儿正叽叽喳喳,热热闹闹;诗人由此想到自己住宅的冷清,每次回到家中,都是独自一人,平时也很少有人来访。两相对比,虽然诗人过的是一种弥漫着诗画气息的宁静生活,却不免也有一点淡淡的失落。

　　但是,退隐毕竟是诗人的主动选择。与官场生活中尔虞我诈的斗争相比,这种安静的、无人打扰的生活,还是诗人愿意享受的。"嫩竹含新粉,红莲落故衣。"颈联不再使用"寂寞""苍茫""稀"等字眼,而是用"绿竹""新粉""红莲"这些新鲜艳丽的色彩,来表达诗人对隐逸生活的喜爱。尾联更是展现出一幅夕照晚归图:渡口处升起袅袅炊烟,河面上是不断有采菱人的小船缓缓归来。这一"归"字,暗合其归隐之意。

山居秋暝①

空山新雨后②，天气晚来秋。
明月松间照，清泉石上流。
竹喧归浣女③，莲动下渔舟④。
随意春芳歇，王孙自可留⑤。

注　释

① 暝：日落，夜晚。
② 空山：空旷、空寂的山野。新：刚刚。
③ 竹喧：竹林中笑语喧哗。喧：喧哗，这里指洗衣服姑娘的欢笑声。浣（huàn）女：洗衣服的姑娘。浣：洗衣服。
④ 莲动：意谓溪中莲花动荡，知是渔船沿水下行。
⑤ 随意春芳歇，王孙自可留：反用《楚辞·招隐士》"王孙兮归来，山中兮不可以久留"句意。意谓任凭它春芳消散，王孙也可以久留，因为秋色同样迷人，使人留恋。随意：任凭。春芳：春草。歇：消散，逝去。留：居。

题 解

《山居秋暝》是一首五言律诗,是王维山水田园诗的代表作之一。全诗描绘了秋雨初晴后傍晚时分山村的旖旎风光和山居村民的淳朴风尚,表现了诗人寄情山水田园,对隐居生活怡然自得的满足心情。诗中将空山雨后的秋凉、松间明月的光照、石上清泉的声音以及浣女归来竹林中的喧笑声、渔船穿过荷花的动态,和谐完美地融合在一起,给人一种丰富新鲜的感受。它像一幅清新秀丽的山水画,又像一支恬静优美的抒情乐曲,体现了诗人"诗中有画"的创作特点。

赏 析

这是一首隐者的恋歌。如果说,在王维的其他田园诗作中,有些还若隐若现地表现了一点失落和怅惘的情绪,这首《山居秋暝》,表达的完全是享受田园生活、喜爱田园生活的情感。

诗的开头两句"空山新雨后,天气晚来秋",既点出季节、时间、天气、地点,又勾勒出一幅雨后山村的自然画卷。其清新、宁静之气扑面而来,恬淡自在之境如在眼前。一个"空"字,渲染出天高云淡、万物空灵之美。处在这样的环境里,生活在这样的世界中,是何等的闲适与美好!诗人对山水田园的喜爱之情溢于言表。

"明月松间照,清泉石上流。"这两句诗,被苏东坡誉为"诗中有画"的典范之句。十个字中出现了四种景物:明月、松树、泉水、山石,其中明月和松树交织在一起,月光透过被雨水洗涤后的松林,斜斜地照下来,显得格外明亮皎洁;泉水与山石交织在一起,山雨汇成的股股清泉,流淌在山石之上,又顺着山涧蜿蜒而下。"照"与"流",一上一下,一静一动,静中有动,动中有静,仿佛让人感受到大自然的脉搏在跳动。虽然才十个字,但是有光、有影、有声、有形,这是多么优美的一幅水墨画啊。放到今天,或许更像一幅精彩的摄影。在这一尘不染、青翠欲滴的松林里,在这晶莹剔透的月光下,在这流水淙淙的山石边,诗人的灵魂似乎也被洗净了一般,自然的美与心境的美完全融为一体,创造出如水月镜花般的纯美诗境。

"竹喧归浣女,莲动下渔舟。"竹林那边传来了叽叽喳喳说说笑笑的声音,那是刚在溪边洗完衣服的女人们成群结队地回来了,她们的欢声笑语打破了宁静的夜空,却给这个世界增添了生动鲜活的气息;再看那边水面上莲叶波动,渔舟顺流而下,这是打鱼归来的渔夫了。两句诗写了不同的人物,抓住的是各自不同的特点。浣衣女们在一起自然是说说笑笑、吵吵闹闹,所以用了一个"喧"字;渔夫们因为捕鱼的需要,一般都比较沉默寡言,所以只看见渔舟划动莲叶。这些细节无不传达出诗人不仅喜爱这儿的景美,更喜爱这里的人美。这两句属于"未见其人,先见其声"的写法。

面对这样的美景,拥有这样美好的生活,还有什么不满足的呢?所以诗人在尾联中发出感叹:"随意春芳歇,王孙自可留。"王孙是一个泛指的概念,可以指诗人的朋友,也可以说是诗人自己。虽然春天早已过去了,但是山里的秋景更美,喜欢这里的人,自然愿意留下来。《楚辞·招隐士》中有"王孙兮归来,山中兮不可以久留"的句子,这里诗人反其意而用之,说山居的景色特别值得留下来,表达了诗人安于退隐生活的恬淡心情。

• 山居秋暝

田园乐（其四）

萋萋芳草春绿①，
落落长松夏寒②。
牛羊自归村巷，
童稚不识衣冠③。

注 释

① 萋萋（qī）：草盛貌。
② 落落：孙绰《游天台山赋》："藉萋萋之纤草，荫落落之长松。"《文选》吕延济注："落落，松高貌。"
③ 衣冠：士大夫的穿戴。

牛羊自归村巷，童稚不识衣冠

题　解

《田园乐》是由七首六言绝句构成的组诗，写作者退居辋川别墅与大自然亲近的乐趣，所以一题作"辋川六言"。这首诗表现田园景色的幽美和生活的淳朴。

赏　析

这首诗描写了辋川村居的风光，表达了自己生活其间的安闲自在，采用的是以少积多的描写笔法，一句一景，就像一幅幅图画一样，这些画面连接在一起，构成了含蕴丰富的"辋川闲居图"。

首句是平视的景色，正是春天的时候，漫山遍野都是茂盛的芳草，这就给人扑面而来的春的气息。次句写仰视的所见，村边有高高的松树，绿油油地透出些许寒意。"春绿""夏寒"是互文的表现方式，说明春天有芳草，夏天有长松，"萋萋"形容"芳草"，"落落"形容"长松"，其色调、形态就给人一种幽美感，与隐逸生活似乎有一种天然联系；而"萋萋芳草""落落长松"正是隐士的象征和写照，这是多么惬意的生活环境啊。

前两句写自然环境，下两句写人事环境。"牛羊自归村巷"，天色将晚，牛羊归圈，归则归矣，妙就妙在"自归"，而不是牧童驱赶着回来。这一方面是说牛羊的温驯，显出村巷的和平、宁静；另一方面，牛羊也不是真的自己归来，牧童随在其后，不过是因为个子矮小，一时未被发现，或者因为贪玩，落在了后面而已。

"童稚不识衣冠"，这句就写牛羊归巷之后，牧童出现了。"衣冠"，做官人穿戴的衣帽，这里代指诗人自己。诗人虽然隐居在此，但并不是一个下田劳作的农夫，他的身份仍然是朝廷官员，只是赋闲在此罢了。所以他穿的衣服，与那些村夫野老所穿的衣服肯定是不同的。小孩见了他的穿戴打扮，自然不认识他是做官的人，而只是觉得与当地人穿着打扮不同，所以表现出好奇的样子来。这就表现出这里的静僻和人民的纯朴，这朴实的乡间不需要繁文缛礼，不需要人事应酬，这在外间是见所未见、闻所未闻的，真像桃花源中人那样"黄发垂髫，并怡然自乐""不知有汉，无论魏晋"。又像上古那首古歌所歌咏的："日出而作，日入而息，凿井而饮，耕田而食。帝力于我何有哉！"足见这里人们的生活是多么自由自在啊。

六言绝句由于句、字都是偶数，自然趋于骈偶，又由于两字一顿构成语义单位，不便灵活组合，因此，音节就不免单调，容量也不免窘促。"诗中有画"最是符合六言绝句体性，王维这几首诗受到后人很高赞誉并被绘入《唐诗画谱》。

田园乐（其五）

山下孤烟远村，
天边独树高原。
一瓢颜回陋巷①，
五柳先生对门②。

注　释

① 颜回：字子渊，亦称颜渊，春秋鲁人，孔子的弟子，家贫而好学，孔子屡称其贤。《论语·雍也》："子曰：贤哉，回也！一箪食（用一个竹器吃饭），一瓢饮（用一个瓢喝水），在陋巷，人不堪其忧，回也不改其乐。贤哉，回也！"此句谓，这里有像颜回那样安贫乐道的贤人。
② "五柳先生"句：对门就住着像陶渊明那样的高士。

题　解

这是《田园乐》第五首。写居所之处所见的美景和闲适安逸的隐居之乐，并以陶渊明自比，表达了隐居不仕的情怀和安贫乐道的志向。

赏　析

王维的山水诗作最大的特点是"诗中有画"，这个我们已经不止一次提到，也不止一次领略到了。但是画与画之间又有所不同。在这首诗里，呈现给我们的就是一幅视野宏大、萧疏清淡的水墨画。

"山下孤烟远村，天边独树高原。"山下远处的村子升起一缕炊烟，天边的高原上树木独自兀立。诗人用笔疏朗，颇有韵味。"山下"对"天边"，"远村"对"高原"，这些都表明眼前的景象与诗人的距离很遥远，能够体现一种空旷的意境。而"孤烟"一词写出了村庄人户的稀稀落落，更见荒凉与独立。"独树"则让这些空旷荒凉中加重了一种孤独感与遗世独立的感觉。也只有远山和高原才有极目所望的景象，才有了一幅安详恬淡的画卷。其实远村、独树的遗世独立，是隐士、贤人的真实写照，也是诗人的状态体现。

"一瓢颜回陋巷，五柳先生对门。"我住在这样简陋的处所，对面住着像陶渊明那样的高士。这两句诗人化用典故表达自己的志向和情趣，颜回是孔子弟子最贤德的人，一向是安贫乐道的象征；陶潜不为五斗米折腰，辞官不做，隐居山林，历来为士人称赏。诗人以颜回和陶潜自比，表达自己安贫乐道、甘于隐逸的生活情怀。但是诗人却不是这样直白地表达，而是婉转地用以之为邻的说法，来传达这种情怀和志向。这种手法与前两句淡淡地勾勒远景是一致的。

田园乐（其六）

桃红复含宿雨①,
柳绿更带春烟。
花落家童未扫,
莺啼山客犹眠②。

注 释

① 宿雨：夜雨。
② 山客：山中居住的客人，指作者自己。

题　解

这首六言诗亦题作《闲居》，在王维诗作中独树一帜。这首诗不仅刻画了令人陶醉的春日山庄美景，诗人的自我形象也很鲜明。

赏　析

"桃红复含宿雨，柳绿更带春烟。"桃花盛开，花瓣上还带有昨夜的雨珠，那柳条吐绿，隐隐约约地出现在晨雾当中。桃花的"红"以及柳条的"绿"，这两种颜色立马色彩明亮了起来。"宿雨""春烟"则交代昨晚下雨的情景。妖艳的桃花在夜雨的冲刷下更加动人，而碧绿的柳丝笼在一片若有若无的水烟中，更袅娜迷人。诗人捕捉了阳春三月最明亮最动人的的景色，经过层层渲染、细致描绘，诗境自成一幅工笔重彩的图画。

"花落家童未扫，莺啼山客犹眠。"花瓣被雨打落在地上，家童还没有清扫。那黄莺已经开始啼叫，而住在山里的人还没有起来。前两句交代了夜雨，而这里的"花落"则说明了昨夜是"风雨交加"。落地满红，家童没有清扫，枝头的黄莺欢快地叫着，而诗人还酣睡未醒。黄莺的动与诗人的静相成，写出静中的生趣，给人的感觉清新明朗。

这说明了诗人隐居的闲适，更体现了诗人内心的满足感。陶文鹏先生在《王维诗歌赏析》里评价家童不扫的细节安排极妙，"观其仆即可想见其主，两个人物虽未出场，其闲静之神态已相映成趣并跃然纸上"。

全诗用白描手法，色彩明丽，凸显细节，诗人善于捕捉住春天富于特征的景物，写桃花、柳丝、莺啼，使读者一下子能体会到诗中的画面，得到感官的极大享受。

蓝田山石门精舍①

落日山水好，漾舟信归风②。
玩奇不觉远③，因以缘源穷④。
遥爱云木秀⑤，初疑路不同⑥。
安知清流转，偶与前山通⑦。
舍舟理轻策⑧，果然惬所适⑨。
老僧四五人，逍遥荫松柏⑩。
朝梵林未曙⑪，夜禅山更寂⑫。
道心及牧童⑬，世事问樵客⑭。
暝宿长林下，焚香卧瑶席⑮。
涧芳袭人衣，山月映石壁。
再寻畏迷误，明发更登历⑯。
笑谢桃源人，花红复来觌⑰。

注 释

① 蓝田山：在陕西蓝田县东南，灞水之源，出蓝田谷西。石门精舍：蓝田山佛寺名。
② 漾：泛，荡。漾舟：泛舟。信：听任，听凭。归风：回风，旋风。见木华《海赋》，《文选》李周翰注。
③ 玩：《全唐诗》作"探"。探索、赏玩意。
④ 因以：因而。缘：沿着，顺着。《唐诗纪事》作"寻"。穷：行到尽头。辋水北流入灞水，自辋水乘舟入灞，复溯灞水而上，寻其源头，即可抵蓝田山。
⑤ 云木：参天古木。
⑥ 路不同：指沿水而行，不能到达那生长着"云木"的地方（即石门精舍所在之处）。
⑦ 偶：偶然，恰巧。
⑧ 舍舟：弃舟上岸。理：治，加工制作。策：拐杖。
⑨ 惬（qiè）所适：对所到之地感到满意。适：往，到。
⑩ 荫松柏：谓有松柏遮盖其上。《楚辞·九歌·山鬼》："山中人兮芳杜若，饮石泉兮荫松柏。"
⑪ 朝梵：和尚早晨诵经。梵：与佛教有关的事物，因佛经原用梵文写成，故称。
⑫ 夜禅：夜晚坐禅。
⑬ 道心：即菩提心，佛心。菩提乃梵文之音译，意为觉悟、智慧，用以指人忽如睡醒。
⑭ "世事"句：谓佛寺与世隔绝，欲知世俗之事，向樵夫打听。
⑮ 暝：夜晚。长林：高大的树林。瑶席：用瑶草编织的席子。
⑯ 明发：早晨起程。更：再。登历：登临游历之意。
⑰ 谢：告辞。觌（dí）：相见。

题　解

此诗系王维居于辋川时前往游历蓝田山所作，大约在唐玄宗天宝十二载（753）前。这是一首纪游诗，叙写王维傍晚泛舟寻幽偶然到达石门精舍的经过，叙事委曲，工笔描绘王维在石门精舍所见到的景色，绘景细致，颇富审美意味。

赏　析

读这首诗，会有一种似曾相识之感。坐船溯流而上，经历一种美景之后，发现另外一个与尘世完全不同的世界，主人公流连忘返，终于在末尾卒章显志："笑谢桃源人，花红复来觌。"诗人把这次游览压根就是当成了一次寻找桃花源的经历！

第一到第八句为诗的第一部分。我们看，起笔就透露出诗人特别轻松、快适。"落日山水好，漾舟信归风。"什么时候出发的呢？是黄昏，太阳快要落山的时候，这个时候，一天的热气被微风吹散了，驾上轻舟，开始出游了。我们完全能够想象那种晚风吹荡、溯流而上的惬意感觉。"落日山水好"，"好"这个普通而又概括的字最能表现此时触景而生的丰富感受。这样的景致，这样的情致，自然是"玩奇不觉远，因以缘源穷"。探赏奇景奇趣，在不知不觉之间，小船马上要荡到水的源头了——目的地马上就到。这一路轻舟而上，一路胜景多少，一路兴致多高，历历如在眼前。

可是诗人偏偏又要玩个小小的噱头，"遥爱云木秀，初疑路不同。""云木秀"，哪里的云木会特别的郁郁葱葱秀丽可人？当然是石门精舍所在处，它遥遥在望，叫人感到兴奋，而且舟行至此，似乎也要到头了，可是怎么离精舍还有一段距离呢？莫非沿这条水路是到不了的？如此一想未免令人焦急。当然，着急的是读者，诗人早已成竹在胸："安知清流转，偶与前山通。"谁知水流曲折一转，竟然恰巧和前山山谷相通。如此运笔似乎在无形中与前诗中所言的"玩奇"之意相呼应了，这一路舟行水上，却有如行进曲径通幽处，山不转水转，沿途奇趣奇致接连不断，令人目不暇接啊。

第九到第十八句是诗的第二部分。"舍舟"上岸，竹杖芒鞋，轻步前行，千呼万唤,峰回百转,终于豁然开朗,诗人梦想中的"桃花源"到了。"果然惬所适",表达了作者不虚此行的感慨。接下来写到达山寺后的所见所闻,就像武陵人到了桃花源后,东张西望,看到许多与尘世不同的人和物:"老僧四五人,逍遥荫松柏。"僧众不多,且在松柏下逍遥,环境显得清静而不枯寂。"朝梵林未曙,夜禅山更寂。"这里是写僧人日常功课。僧人自晨至夕参禅、诵经,但在诗人看来,这些方外人生活并不枯燥,自敬其事,自得其乐,精神世界充实得很呢。"道心及牧童,世事问樵客。"一是指这些僧人修行很高,佛法感化了牧童;二是说这里和平宁静,几乎与外界不相交通,桃花源生活的影子更加浓厚。桃源人避世而居,那里也有忙碌而有秩序的劳动生活。"世事问樵客"与桃源人向武陵渔人打听外界情况也相似,这里只是将"渔人"换成"樵客",甚至诗人在这里就是自比樵客(僧众向他打听外事),把自己编入桃花源故事中,这是多么有趣啊。看来深山发现的既是一片净土,又是一片乐土,这叫他更惬意了。

最后八句是诗的第三部分。诗人写"暝宿"和"明发"。这样的环境,这样的美景,夜晚睡得非常舒适:四周是树木参天,林间一片空地上,月光如水静静地泻在瑶席之上,瑶席也映出玉般洁净清凉的意味。瑶席在卧,闻席旁熏香若有若无的香味,嗅涧边野芳阵阵来袭的清芬,观石壁之上清辉熠熠的洁净,令人心旷神怡。"再寻畏迷误",这样的世外桃源,王维生怕早晨离开后再也找不到地方,所以"明发更登历",临别之际,选择在黎明时分,再次游历了一番,意欲把这里的山山水水铭刻在记忆里。临出发时,诗人"笑谢桃源人",笑着与桃源之人告别,透出诗人对桃源景与人的满意;"花红复来觌",这样的告别语则透出诗人与山僧、桃源依依不舍的眷恋之情。更为巧妙的是,结语"花红"一词既暗示诗人往游石门精舍正值花红柳绿的春季,更将诗人对来年此处山水好时再来游历的憧憬暗示出来,颇有意味。

全诗总共二十四句,每八句为一层,由探幽起笔,由得奇续笔,由不舍结笔,依次写来,步步为营,很有层次。在王维的诗中,表达世外生活的诗作很多,但是写得这般兴致勃勃的,却唯此一篇。

山　中

荆溪白石出①，
天寒红叶稀。
山路元无雨②，
空翠湿人衣。

注　释

① 白石出：指水量减少，溪底的白石露了出来。
② 元：通"原"。

题　解

"荆溪"发源于秦岭山中,流至长安东北汇入灞水。诗人的辋川别墅也在秦岭山中,此诗所写应是其别墅周边的景色,时间当为初冬。

赏　析

王维的山水诗,以描写春、夏、秋三个时节的内容为多,大概是因为冬季的山水比较枯萎,缺乏生机,难以表达诗人的隐逸之乐。但是这首小诗却通过描绘初冬时节的山中景色,也传达出那种闲适安然、享受生命的旷达之情。

全诗在写景上最大的特点,就是抓住景物的主要颜色做文章。

"荆溪白石出,天寒红叶稀。"荆溪的水流量少了,露出了溪底的白石。天气变得寒冷,那树上的红叶也变得稀稀拉拉。

首句写山中溪水,突出一个"白"字。因为天气寒冷,缺乏雨水,所以溪水很浅,因为浅,水就显得格外清,也因为正是冬季,没有花草相映,所以水底的石头就显得格外的白。

次句写山中红叶,突出一个"红"字。我们知道,绚烂的霜叶红树,本来是秋天的特点。入冬天寒,红叶行将落尽,已经变得很稀少了。但是虽然稀少,在这以浅灰为主的冬季色调的山野之中,还是显得那么引人注目。试想,在一片枯黄灰白的山石之间,在木叶凋零的山林之上,点缀着那么几片红叶,给人以多么美的视觉享受啊。

前两句的色彩集中在白和红上,可谓夺人眼球。但是紧接着诗人又给出了第三种颜色:"空翠"。

"山路元无雨,空翠湿人衣。"虽然这山中没有下雨,但是那些翠绿的树木还是打湿了行人的衣服。

尽管冬季天寒,木叶凋零,但是整个秦岭山中,仍给人以"空翠"之感。这是为何?自然是因为山中生长着各类耐寒的植物,如苍松翠柏,一年四季都葱郁青葱。而在这样寒气森森的季节里,翠绿的松柏会笼在蒙蒙雾气之中,显得不够真实,所以说"空翠"。也因为山中有那么一点雾霭,使得无边的青翠浓

· 山中

得几乎可以溢出翠色的水分，浓得几乎使整个空气里都充满了翠色的分子，人行空翠之中，就像被笼罩在一片翠雾之中，整个身心都受到它的浸染、滋润，而微微感觉到一种细雨湿衣似的凉意，所以尽管"山路元无雨"，却自然感到"空翠湿人衣"了。

　　这首诗色彩斑斓，极富诗情画意，虽是在写衰败萧条的冬季，但读来颇具美感。

赠刘蓝田

篱间犬迎吠①，出屋候荆扉②。
岁晏输井税③，山村人夜归。
晚田始家食，余布成我衣。
讵肯无公事④，烦君问是非。

注 释

① 篱间：篱笆中；篱笆里面。
② 荆扉：即柴门。晋陶渊明《归园田居》诗之二："白日掩荆扉，虚室绝尘想。"
③ 岁晏：一年将尽的时候。唐白居易《观刈麦》诗："吏禄三百石，岁晏有余粮。"
④ 讵肯：岂肯。《后汉书·仲长统传》："彼之蔚蔚，皆匈詈腹诅，幸我之不成，而以奋其前志，讵肯用此为终死之分邪？"

题 解

此诗所展现的是一幅农村生活的场景。平常之语中透露的是农家人的辛酸艰苦，以及免去沉重赋税的悲呼，表现了诗人对农家人的同情，以及希望改变这种状况的努力。刘蓝田是与诗人要好的官场之人。

赏 析

王维的诗歌，很多都是在描写田园生活之美，像这样表现赋税压身、控诉疾苦的诗篇，非常之少，而这样的生活，才是乡村田园的真实写照。

"篱间犬迎吠，出屋候荆扉。"写的是傍晚的山村里，农妇正在家里准备着晚餐，篱笆边卧着的狗忽然冲了出去，朝远处吠叫了几声，农妇以为是自家男人回来了，忙奔出门来迎接。读到这一句，我们不免有了疑问，男人去干什么了呢？让家里的女人有了这样的牵挂，去的时候一定不短了，而到傍晚仍然没有回来，可见所办的事并不容易。

"岁晏输井税，山村人夜归。"这两句回答了我们的疑问。年末了，村里的农夫们要到城里交纳田租，奔波劳碌到深夜时分方才归来。这个时候我们才恍然大悟，原来农夫出远门是为了缴租去了，大概因为路远，或者是人多，或者是受到刁难，回来得很晚。

男人回来之后，清点了一下缴租后的剩余，"晚田始家食，余布成我衣"。缴完租后只剩下什么呢？晚收的庄稼和残缺的布料。好东西都缴给政府和地主了，自己家所能用的，就是剩下的边边角角。这是何等的悲哀啊，日出而作，夜深而归，辛勤劳作，却连自己的温饱问题都无力解决。诗人虽未使用什么慷慨激昂的话语，却通过白描的手法，对繁重赋税之下穷苦百姓生活进行了真实的写照，同时也对现实社会进行了揭露与控诉。"晚田""余布"，平常简洁的语言里，是深沉的苦痛，不着重笔而内涵深远。

生活是这样苦难，可是我们回过头来看看首句，想象一下妻子等候、牵挂丈夫归来的情形，可以明显感受到农家夫妻之间相依为命的深厚感情。这也是诗人对农家生活深深的同情。

末句，则是作为旁观者，诗人对农家人命运的叹息与愤慨。"讵肯"二字乃此诗唯一的沉重之言，面对百姓的疾苦，怎么会没有公事繁忙呢？这句话意有所指，应该是指诗人那些不为百姓着想的官僚同事，整日里游山玩水，并以无公事可忙为借口。诗人通过对农家苦难生活的描绘，对这种借口和这种官僚进行了质问，愤懑不平之情突显笔端。

全诗词语浅近易懂，亦怀深沉感慨，虽未直接点明赋税之重，却直指不干实事、耽于享乐的官僚阶层，是更深层次的讽谏。

• 赠刘蓝田

山 中 送 别

山中相送罢,
日暮掩柴扉①。
春草明年绿,
王孙归不归②?

注 释

① 掩:关闭。柴扉:柴门。
② 王孙:贵族的子孙,这里指送别的友人。淮南小山《招隐士》中有"王孙游兮不归,春草生兮萋萋""王孙兮归来,山中兮不可以久留"之句。

题 解

这是诗人送别朋友时写的一首诗。作者并没有像一般诗人那样去写离别时的场景和心情，而是独辟蹊径从侧面入手，去写落日和柴门，简短的三言两语便勾勒出了对友人的不舍之情。

赏 析

这首送别诗，没有直接写送别的情景，而着力刻画了送别之后作者的一段心理活动，通过对别后情绪的渲染，表达与友人之间的深厚感情，显得匠心独运。

"山中相送罢，日暮掩柴扉。"我在山中送走了你，一直到夕阳西下才回家关上了柴门。古人白天行路，故送别基本不可能是傍晚。"罢"字之后便是长时间的逗留与不舍，一直到了"日暮"时分。"掩柴扉"的"掩"字表现出了一种低沉的气息，诗人回家关门是一种随意无力的状态。那么为什么友人走了很久诗人才到家关上柴门？很大的原因是因为送别友人之后的情绪低落。尽管送走了友人，但诗人仍然沉浸在牵挂、不舍朋友的情绪里无法自拔。

"春草明年绿，王孙归不归？"等到明年春草复苏展现绿意的时候，不知道朋友能不能回来。送别友人之后，诗人已然在外面逗留了大量的时间去排解友人离去的不快与不舍，此时夕阳西下，回到家中他仍然在想着友人，想着他下次什么时候才能回来，由此可见二人的友情之深厚。一句"归不归"，再次升华了不舍之情。

这首诗的高明之处就在于，不写送别时的依依不舍，而刻画送别后愁思难遣的细节活动；不写对朋友的深切思念，却更进一层写希望不久之后即能重聚。而又通过对能否重聚的担心，渲染出更浓更稠的关切之情。明年这个时候，春草一定能够再绿，而远行的友人能否回归，却是一个未知数。有了这样的描写，读者自会深切体会到诗人的依依惜别之情，体会到诗句的意中之意、味外之味。这正是此诗匠心别运、高人一等的地方。

酬张少府

晚年惟好静，万事不关心。
自顾无长策①，空知返旧林②。
松风吹解带③，山月照弹琴。
君问穷通理，渔歌入浦深④。

注释

① 长策：高见。
② 空：徒，白白地。旧林：故居。
③ 吹解带：风吹着诗人宽衣解带时的闲散心情。
④ "君问"两句：这是劝张少府达观，也即要他像渔樵那样，不因穷通而有得失之患。

题　解

这首诗是王维在半官半隐时期创作的，全诗着意自述好静之志趣，也是王维晚年心境的真实写照。酬张少府，就是酬答一位张姓县尉。至于这位张少府给王维说了什么，我们已经无从得知，但是从全诗来看，他是在劝诗人留心世务，诗人只好作诗解答。

赏　析

这是一首答谢诗，从诗的内容可以看出，张少府曾写诗给王维，问询"穷通"之理，王维写了这首诗作答。

"晚年惟好静，万事不关心。"我到晚年只是图个清静，万事都不大关心。开篇诗人并没有直接回答对方的问题，而是先说自己已到晚年，除了喜欢清静，对什么事情都漠不关心了。这首先是一种谦虚的姿态，意谓我什么都不关心，对你的问题可能也答复不了。但细一推敲，这两句普通的话语里还有着更为深层次的意思。"好静"可以理解，人老了嘛，喜欢清静一点，也是人之常情，可是"惟"字就大有文章，为什么除此之外，什么事情都不再关心了呢？只有心如死灰的人才会有这样的感觉，诗人受了什么样的打击，才导致这样的心态呢？

"自顾无长策，空知返旧林。"我知道自己没有什么本事，只能隐居在山林之间。从这两句看来，作者仍然是在谦虚：我知道自己没有什么能力和才能，所以只知道隐居不问世事。那么问题又来了，作者真的是没有什么本事和能力的人吗？当然不是。王维青年时期意气风发，曾经是一个仗剑走天下的追风少年。入仕之后，他也几经努力，对现实充满希望。但是随着被贬济州遭遇第一次挫折，张九龄罢相受到牵连第二次受挫，尤其是朝政大权落到奸相李林甫手中之后，王维的政治理想和抱负也即破灭，思想随即转入空门。

"松风吹解带，山月照弹琴。"从松林来的风吹动了我的束带，在山涧明月的照耀下抚琴吟唱。松树、明月都有高洁的意味，诗人与这两个意象相伴，体现了不愿同流合污的品质。

"君问穷通理，渔歌入浦深。"少府你要问困顿与显达的道理吗，我要唱着渔歌去江海的深处了。诗人实际上想表示，世事已经如此，还问什么穷通之理，不如跟我一样，退隐山林，以捕鱼垂钓为乐吧。

全诗含蓄而富有韵味，洒脱超然，发人深省。

菩提寺禁，裴迪来相看，说逆贼等凝碧池上作音乐，供奉人等举声，便一时泪下，私成口号诵示裴迪

万户伤心生野烟①，
百官何日再朝天。
秋槐叶落空宫里，
凝碧池头奏管弦。

注 释
① 万户：指老百姓。

题 解

又题作《凝碧池》。唐玄宗天宝十五载(756),安禄山攻入长安,玄宗仓皇逃往四川,王维没来得及逃走而被俘。被俘后,他曾吃药取痢,假称患病,以逃避麻烦。但因为他的诗名很大,安禄山派人将他迎到洛阳,拘于菩提寺,不管他答应不答应,硬委之以伪职。安禄山宴其部下于凝碧宫,好友裴迪来探望,谈及凝碧宫发生的惨事,王维听了悲痛万分,于是,作五绝、七绝各一首,此为其一。诗中充溢着亡国的悲痛和思念朝廷之情。

赏 析

安禄山造反的时候,王维已经五十五岁了,他当时的职务是给事中,所以他被俘之后,安禄山授予他的职务也是"给事中",虽然此前他曾想过逃跑,可是根本是逃不掉的,他被叛兵带到洛阳,囚禁在菩提寺中,在刀剑的逼迫下,王维还是接受了给事中的伪职。这是诗人一生中最为伤心的经历,对诗人的后半生产生了重大影响。

叛兵们每日饮酒作乐。有一次,凝碧池头发生了惨案。一位宫廷乐师雷海青忍不住内心的愤慨在演奏中把乐器摔碎,向着唐玄宗的方向恸哭,结果被残忍地杀害了。裴迪把这个消息告诉了王维,王维听后深受感动,挥笔写下这首诗。

"万户伤心生野烟,百官何日再朝天。"天下的百姓遭了殃,民生凋敝,苦不堪言,不知道这些流落的旧臣们何时才能见到大唐皇帝。王维描写叛兵的不得人心,这对被迫逃亡的大唐皇帝来说,显然是非常好的安慰之语。所以这首诗后来传到唐肃宗的耳朵里时,皇帝非常嘉许,也因此对王维好感大增,不仅后来赦免了他受任伪职的罪过,而且特别予以提拔重用。

"秋槐叶落空宫里,凝碧池头奏管弦。"那宫中多种有槐树,如今叶子凋零,宫殿也是空的,那些叛兵们反倒在凝碧池旁奏乐庆祝。"秋槐"与"空宫"是凄凉的,展现了诗人的悲,而叛兵们的庆祝,则展现了诗人的怒。可以说,对于此次动乱,此时诗人的情绪是悲愤交加的。

这首诗是动乱时代的实录,苦难心灵的低吟。诗人天性软弱且又陷身贼中,因此诗作没有采取激烈的语词来大胆指斥叛贼,而是以低沉呜咽的语调倾诉了一种哀其不幸又无可奈何的心情。

- 菩提寺禁,裴迪来相看,说逆贼等凝碧池上作音乐,供奉人等举声,便一时泪下,私成口号诵示裴迪

和贾舍人早朝大明宫之作

绛帻鸡人送晓筹①,尚衣方进翠云裘②。
九天阊阖开宫殿③,万国衣冠拜冕旒④。
日色才临仙掌动⑤,香烟欲傍衮龙浮⑥。
朝罢须裁五色诏⑦,佩声归到凤池头。

注 释

① 绛帻:用红布包头似鸡冠状。鸡人:古代宫中于天将亮时,有头戴红巾的卫士,于朱雀门外高声喊叫,好像鸡鸣,以警百官,故名鸡人。晓筹:即更筹,夜间计时的竹签。

② 尚衣:官名。隋唐有尚衣局,掌管皇帝的衣服。翠云裘:饰有绿色云纹的皮衣。

③ 阊阖(chāng hé):神话传说中的天门。

④ 衣冠:指文武百官。冕旒(liú):古代帝王、诸侯及卿大夫的礼冠。这里指皇帝。旒:冠前后悬垂的玉串,天子之冕十二旒。

⑤ 仙掌:掌为掌扇之掌,也即障扇,宫中的一种仪仗,用以蔽日障风。

⑥ 香烟:这里是和贾至诗"衣冠身惹御炉香"意。衮龙:犹卷龙,指皇帝的龙袍。浮:指袍上锦绣光泽的闪动。

⑦ 五色诏:用五色纸所写的诏书。

题 解

这首诗作于唐肃宗乾元元年（758）春末。贾至(718—772)，唐代文学家，曾任中书舍人。贾至曾写过一首《早朝大明宫》："银烛朝天紫陌长，禁城春色晓苍苍。千条弱柳垂青琐，百啭流莺绕建章。剑佩声随玉墀步，衣冠身惹御炉香。共沐恩波凤池里，朝朝染翰侍君王。"之后杜甫、岑参、王维都曾作诗相和，四人都在展现唐王朝的宫室之美、百官之富。本诗即为其中一首唱和诗。

赏 析

这首诗按时间顺序，写出了早朝的全过程，既具艺术特色，又有史料价值。

"绛帻鸡人送晓筹，尚衣方进翠云裘。"一旦那红色头巾的宫中报更人像雄鸡一样公布早晨的到来，执掌天子服饰的官员便将衣物送进宫中。"鸡人"负责报时，"尚衣"负责天子衣物，宫中官员各司其职，早朝前各项工作井井有条。"方进"更是表现事物处理得有条不紊，不是慌乱的、无序的。

"九天阊阖开宫殿，万国衣冠拜冕旒。"皇宫的大门一重重地打开，文武百官和来自各国的臣僚都在朝拜天子。"九天""万国"写出早朝的气势宏大，更能展现唐王朝的强大和威仪。而一个"开"字立马让画面动了起来，读者仿佛能看到那宫门一层层地开启，而百官和外国使节都在等待着朝见天子。

"日色才临仙掌动，香烟欲傍衮龙浮。"那承露金盘下的仙人在晨光的照耀下动了起来，天子衣物上的龙也好像随着香炉的烟雾而升腾。"仙掌动""衮龙浮"看似有些夸张，但比较形象地写出了当朝天子的雍容华贵。

"朝罢须裁五色诏，佩声归到凤池头。"早朝之后贾舍人就用五色纸起草诏书，那身上玉佩相撞的声音一直传到中书省。"凤池"原指禁苑中的池沼，魏晋以后设中书省于禁苑，因为中书省执掌机要，接近天子，故称为凤凰池。既然已经早朝结束，皇帝必然会有旨意，作为中书舍人的贾至自然要到中书省去起草诏书。一个"归"字形象贴切，与佩声相结合，贾舍人匆忙赶去中书省的形象便活了起来。

这首诗描写了早朝的各种景象，展现大唐王朝的繁荣与威仪。虽然是一首和诗，但却只和意不和韵，符合明代胡震亨《唐音癸签》的说法："盛唐人和诗不和韵。"

晚春严少尹与诸公见过①

松菊荒三径②，图书共五车③。
烹葵邀上客④，看竹到贫家。
鹊乳先春草⑤，莺啼过落花。
自怜黄发暮⑥，一倍惜年华。

注　释

① 见过：谦辞，来访之意。
② "松菊"句：陶渊明的《归去来兮辞》里有"三径就荒，松菊犹存"的句子，此句即化用而来。三径：西汉王莽专权时，兖州刺史蒋诩辞官回乡，于院中辟三径，唯与求仲、羊仲来往。后多以三径指退隐家园。
③ 五车：形容书非常多。出于《庄子·天下》："惠施多方，其书五车。"
④ 葵：菜名。上客：贵客。
⑤ 鹊乳：鹊哺其雏。先：早。
⑥ 黄发：人老头发变白，白久了又变黄，指年龄已大。

题　解

少尹是官职，唐时为府州的副职。这位姓严的少尹是王维的朋友，他与几位诗友一起到王维隐居的地方拜访游玩，王维答谢作了这首诗，表达了安贫乐道、珍惜年华的豁达情怀。

赏　析

王维的隐逸诗，大多会在描写美好的田园生活之余，表达一点无法施展政治抱负的遗憾。也就是说，田园虽好，久处并非诗人初衷。但这首诗独树一帜，除了对田园生活感到满意和知足之外，还表达出珍惜时间、珍惜生命的美好情怀。

首句引用了一个典故。西汉王莽专权时，兖州刺史蒋诩不愿同流合污，于是辞官回乡，在所住的院中开了三条小路，只与当时志趣相投的好友求仲、羊仲来往。陶渊明在写《归去来兮辞》，化用此事而写出"三径就荒，松菊犹存"的句子。诗人在这里一语双关，既用"三径"写出了自己隐居的事实，也同时向来访者表示：你们都是我志趣相投的朋友。松、菊在古代都是志向高洁的象征，用在这里非常贴切。一个"荒"字，既说明松、菊的茂盛，也说明来客稀少，作者在家里独处干些什么呢？"图书共五车"，有这么多书可读，并不寂寞。

"烹葵邀上客，看竹到贫家。"这两句写了两个场景，一个是诗人自己，因有朋友前来非常高兴，忙着煮菜做饭招待贵宾；另一个是来访的贵宾们，在院里随意走动，欣赏院里的景色。"看竹"的竹，只是一种代称，代指院里各种植物，但因竹与松、菊一样，是君子志向的象征，所以特意点出来。

接下来仍是写景，却一个实写，一个虚写。"莺啼过落花"是眼前看到的实景，说明这个时候正是暮春，花朵正在凋零飘落。这种景象让诗人很感慨：时光过得这样快呀，明明前几天才刚刚春草萌生，鹊鸟还忙着哺养自己的幼雏，一转眼已是百花凋零、草长莺飞了。

末二句是全诗的点睛之作。"自怜黄发暮，一倍惜年华。"虽然自己年龄已经很大了，头发都要白得变黄了，但是仍然会加倍珍惜时光，多读书，多欣赏美景，多享受生活。

　　整体来看，这首诗写隐者家境之清贫，心境之清闲，显得清新自然又轻快活泼。虽州府少尹过访，也只是烹葵看竹，时值晚春，人届暮年，又特别珍爱光阴，故结语"一倍惜年华"以收束全篇，表达出有避世之心而无厌生之意。"鹊乳"以迎春，"莺啼"以送春，春来春去，写时光流转之飞速，更见年华之值得珍惜。

秋 夜 独 坐

独坐悲双鬓,空堂欲二更。
雨中山果落,灯下草虫鸣。
白发终难变,黄金不可成①。
欲知除老病,唯有学无生②。

注 释

① 黄金:神仙方术之事,此句指炼丹服药祈求长生的虚妄。
② 学无生:诗人认为,只有信奉佛教,才能从根本上消除人生的悲哀,解脱生老病死的痛苦。佛教讲灭寂,要求人从心灵中清除七情六欲,是谓"无生"。

秋夜独坐

题　解

这首诗题曰"秋夜独坐"，就像僧徒坐禅。而诗中写时间飞逝，人渐渐老去，追求神仙什么的都是虚妄，精心钻研佛义才是根本。王维中年奉佛，诗多禅意。这首诗即是诗人现身说法的禅意哲理之作，在艺术表现上较为真切细微，传神入化，历来受到赞赏。

赏　析

如果说，《春日上方即事》刻画了一个坐禅修道的上僧形象，是"修行"，那么这首诗，则刻画了一个误入修行歧途的修行者，终于迷途知返的形象。

"独坐悲双鬓，空堂欲二更。"独自坐着悲伤双鬓已白，就这样在空堂里一直坐到快二更天了。诗一开头，着一"独"字，说明是在沉思；着一"悲"字，说明这种沉思带有反思的性质。空堂静坐不是坐禅，而是在反思自己的前半生。

"雨中山果落，灯下草虫鸣。"山里的野果在风雨中落了下来，草中的虫子在灯下鸣叫。诗人由自身的思考转向鸟木虫草，原来万事万物都会在时光中逐步地凋零、离去。这进一步地表现悲的情绪。

"白发终难变，黄金不可成。"白了的头发很难变黑，炼丹求长生不老也是虚无。这一句告诉我们什么呢？为了留住时间，保持青春，他曾经向道家寻觅长生之术，道家所炼的丹药据说可以让人长寿，但是他试验的结果，显然是失败了。这也就是说，虽然他经过种种努力，但是生命还是无可奈何地老去了。

既然人生易逝，炼丹无成，那么究竟怎么样才能解除老病的痛苦呢？他想到了佛法，想到了日常受到的点化，佛教讲灭寂，要求人从心灵中清除七情六欲，是谓"无生"。倘使果真如此，当然不仅根除老病的痛苦，一切人生苦恼也都不再觉得了。正是从这个意义上，他找到了解脱的法子："欲知除老病，唯有学无生。"要想消除衰老和疾病，只能清除七情六欲，修成不灭不生。

整首诗写出一个思想觉悟即禅悟的过程。诗人认为只有修佛才能清除衰老疾病的思想，现在看来当然比较荒谬，无论是道教还是佛家，都只能给人心理上的安慰，而不能真正解决人生的难题。但是作者在那样的时代，结合个人的生活经历，得出这个结论，从情入理，以情证理，也算是水到渠成。

春夜竹亭赠钱少府归蓝田

夜静群动息①，时闻隔林犬。
却忆山中时②，人家涧西远。
羡君明发去③，采蕨轻轩冕④。

注 释

① 群动：所有物类的活动。息：停止。
② 却：不禁。
③ 明发：天明时。
④ 蕨：即蕨菜，也叫拳头菜。一种野生蕨类植物蕨的嫩芽，可食用。轻：看不起。轩冕：古时大夫以上官员的车乘和冕服。这里借指官位爵禄。《庄子·缮性》："古之所谓得志者，非轩冕之谓也，谓其无以益其乐而已矣。"

题　解

钱少府即钱起，字仲文，"大历十才子"之一，初为秘书省校书郎，后担任蓝田县尉。王维作此诗为其送行，诗中通过对田园生活的赞美，流露出诗人渴望归隐的意愿。

赏　析

钱起是王维的好友，他到长安附近的蓝田去担任县尉，本身并不是归隐，但是从京城到一个小县城去，难免心情不悦。可是王维此诗却通过对眼前实景的描绘，抒发出对田园生活的向往，当然会令钱起感到莫大的安慰。

"夜静群动息，时闻隔林犬。"在春夜的竹亭里，两位好友把酒对坐，空气清新而静谧，周围渐渐静下来了，各种动物也都歇息了，时不时听见几声相隔很远的林子里的犬吠声。头两句以反衬手法，以动衬静，描写春夜的静，这是实景，展现在读者眼前的是一幅悄然静谧的春夜图。

"却忆山中时，人家涧西远。"思绪止不住地回到以前在山中隐居的日子，那山涧西边的小屋虽然简陋，但却悠然自得。诗人想到这些，肯定会向钱起绘声绘色地描述隐居的景象，而钱起原本离开京城的有些郁闷的心，也会因诗人这番描述而得到宽慰。

接下来诗人更进一步地指出："羡君明发去，采蕨轻轩冕。"直写自己羡慕钱起明天就要出发，甚至想象钱起在山中自由自在"采蕨"的样子，这当然是虚境，可是诗人写得如在眼前，想必钱起也会因诗人这样的说法而郁闷全消。

这首诗动静结合，文字清新，流露出诗人渴望隐居的想法。

别弟缙后登青龙寺望蓝田山

陌上新别离①，苍茫四郊晦②。
登高不见君，故山复云外。
远树蔽行人，长天隐秋塞。
心悲宦游子，何处飞征盖③。

注 释

① 陌上：田间小路。古代规定，田间小路，南北方向叫作"阡"，东西走向的田间小路叫作"陌"。晋代陶渊明《桃花源记》："阡陌交通，鸡犬相闻。"
② 苍茫：形容辽阔无边。晦：谓天色昏暗。
③ 征盖：指远行的车。盖：车盖，借指车。唐杜甫《送卢十四弟侍御护韦尚书灵榇归上都二十韵》："眼冷看征盖，儿扶立钓矶。"

题　解

王缙是王维之弟，也是少有诗名。兄弟之间感情很深，安史之乱后，王维因曾任伪职而受到处罚，王缙上书愿自己降职免除哥哥的处罚。缙任言官多年，做到知无不言。唐高宗称赞他"中正不阿，得谏臣体"。兄弟二人一个是文坛的灯塔，给后世一份永恒的宁静与和谐；一个是当时政坛的佼佼者，在尘世里出污泥而不染。这首诗是两人一次分别后，王维登上青龙寺写下的怀念之作，流露出与其弟深厚的情谊。

赏　析

这是一首感情真挚、以景抒情的诗篇。

"陌上新别离，苍茫四郊晦。"陌上与弟弟刚刚别离，天地苍茫一片，到处都是晦暗。晦暗的何止是天空呢？更是诗人忧思的心。为了尘世里的宦海生涯，兄弟二人不得不分开，然而与至亲至爱的人离别，是何等的依依不舍呢？诗人没有写离别的悲伤场面，而是选取了离别后自己对周围事物的感受，生动地表达出分别之痛。

"登高不见君，故山复云外。"诗人沉浸在与亲人分别的痛苦里，只想再看弟弟一眼，所以他登上高处远远地眺望，可是除了远处的高山和天上的白云，那熟悉的身影是再也看不到了。这种落寞与惆怅，让诗人难以自已，所以要一再登高，一再远眺，极目而望。

"远树蔽行人，长天隐秋塞。"远处的大树遮挡住了行人行踪，那遥遥的天空将这秋天遮挡得严严实实。

"心悲宦游子，何处飞征盖。"这是诗人对其弟前程的忧虑。弟弟要继续他的官场生活了，而官场生活，诗人是再也熟悉不过了，他就是一个在官场生活里始终不能显达、始终无法实现抱负的失败者。宦海沉浮，前行的道路上荆棘丛生，弟弟要独自一人面对和承担这些，怎么不令人担忧呢？为兄的再也不能与他促膝长谈，不能与他并肩前行，再也不能与他共同分担他的苦与乐，喜与忧……前途漫漫，亦不知道他那前行的脚步，将会停留在何方。今日一别，不知何日再能相见，只愿他的征途上，少一些崎岖，多一些光明吧。

这首诗寓情于景，抒写了诗人的悲凉与惆怅，展现了兄弟情深。

饭覆釜山僧①

晚知清净理，日与人群疏。
将候远山僧，先期扫敝庐。
果从云峰里，顾我蓬蒿居。
藉草饭松屑，焚香看道书。
燃灯昼欲尽，鸣磬夜方初②。
一悟寂为乐③，此生闲有余。
思归何必深，身世犹空虚。

注　释

① 覆釜：山名。有此名之山，不止一座。王维所指，疑在长安，然未详所在。饭僧：即斋僧。请僧人应供。覆釜山僧：覆釜山的僧人，具体为何人，亦已不可考。
② 磬：为铜体钵形的法器。法会或诵经时，作为起止之节。有大、小之分。
③ 悟：与"迷"相对，生起真智，反转迷梦，觉悟真理实相。寂：又作灭，涅槃之别称。乃指度脱生死，寂静无为之意。

题 解

王维晚年长斋念佛,每日与僧人谈论佛理。据《旧唐书·文苑下》"王维"条记载,王维"在京师,日饭十数名僧,以玄谈为乐。斋中无所有,唯茶铛、药臼、经案、绳床而已。退朝之后,焚香独坐,以禅诵为事"。这首诗便是很好的佐证。

赏 析

"晚知清净理,日与人群疏。将候远山僧,先期扫敝庐。果从云峰里,顾我蓬蒿居。"到了晚年才知道清净无为的道理,所以与尘世中人的来往越来越少。和谁来往得多了呢?当然是方外之人。所以每天的事情都是先打扫好房间,干干净净地等待着高僧的来临。而那得道的高僧,也真的会从山间的清净之居走出,来到我的茅屋里。这六句是叙事,写明自己晚年的兴趣,以及等候高僧来指点修行的过程。

"藉草饭松屑,焚香看道书。燃灯昼欲尽,鸣磬夜方初。"吃着斋饭素菜和松子,每日焚香研读经书。每每看到太阳落山,点起灯烛。随着法器响起的声音,又一个修行时间到了。这四句写出了修行的景象,有种超凡脱俗的感觉。

"一悟寂为乐,此生闲有余。"一旦顿悟后便身心愉悦,这一生不再受俗世的干扰。这两句是谈悟道,佛教并不是特别关注修行时间长短,而是看人是不是能够顿悟。从这两句我们可以看到,诗人显然体会到了顿悟的快乐。

"思归何必深,身世犹空虚。"何必多去想回去的事情呢,这肉身和世界都是虚幻的。这本是两句挽留客人的话,但却体现了佛家四大皆空的说法,可见诗人对佛法的领悟已经融汇到日常的生活之中。

这首诗形象地描绘了参禅悟道的状态,读来具有独特的审美情趣。

叹　白　发

宿昔朱颜成暮齿①,
须臾白发变垂髫②。
一生几许伤心事③,
不向空门何处销④?

注　释

① 宿昔：早晚，形容时间很短。朱颜：指少年时。暮齿：指老年时。
② 须臾：顷刻之间。垂髫（tiáo）：指童年。古时童子未冠者头发下垂，叫垂髫。
③ 几许：多少。
④ 空门：佛门。销：解脱。

题 解

　　被迫接受安禄山的官职，虽有名无实，但在外人眼里，就是变节，即使旁人不说，诗人自己也感愧疚。如果这时候反而得到皇帝的器重，那一定很受感动，要努力工作回报朝廷。但是，经历了这样的沧桑，诗人心里始终有着深深的痛，盼望着解脱。这就是此诗写作的背景以及要表达的感情。

赏 析

　　全诗紧扣一个"叹"字，以"白发"为对象，句句都是深深的喟叹，字字蕴含浓浓的感慨。

　　首句悲叹人生苦短，今昔变迁，人事代谢。"宿昔朱颜成暮齿"，青春易逝，朱颜变老，似乎在转眼之间，诗人已由一个红颜垂发的少年，变成了白发暮齿的老年。而到了老年，生命正一步步走向结束，体会更深的也许就是白驹过隙，时间过得真快啊！

　　次句是对首句悲叹情绪的排解："须臾白发变垂髫"。诗人虔信佛教，相信来生转世之说。这一句是说，虽然已经这么快就老了，但是转世托生之后，很快就又变成一个少年人。抛开这种转世说的科学与否，诗人这一句在很大程度上缓解了首句表达的悲伤情绪，表达了诗人虽然悲叹生命消逝之快，但仍然通过修行，拥有了较为豁达的心境。

　　前两句用白话来说，其实就是：时间过得真快，转眼我就老了，马上会离开人世；可是也无所谓吧，转世托生之后，生命又将重新开始。这两句是铺垫，下面两句才是这首诗的主题。

　　"一生几许伤心事，不向空门何处销？"这短暂的一生，回顾起来，快乐的时候太少，伤心的时候太多；如果不遁入空门，虔心修行，怎么能化解这么多的忧伤与愁苦呢？安史之乱时，诗人被迫接受伪职，虽然后来朝廷没有从重处理，但是这一直是诗人内心最痛楚的经历。为了报答皇帝的器重，他每天忙于朝廷工作，很少回辋川别业，但是，经历过的痛苦又让他时时悲哀，很想早日解脱，却又说不出口，只好将精神家园托付给佛法空门，以祈求来世。

王维一生，遭遇坎坷，一连串沉重的政治和生活打击销蚀了他直面人生的勇气和意志，他不得不在佛法中寻求精神的解脱。这首诗歌抒发了诗人深沉的人生悲凉感和失落感，是一首感伤悲怆的人生乐章。

冬晚对雪忆胡居士家

寒更传晓箭①,清镜览衰颜。
隔牖风惊竹②,开门雪满山。
洒空深巷静,积素广庭闲。
借问袁安舍③,翛然尚闭关④。

注 释

① 晓箭:中国古时计时器具,借指拂晓的时候。
② 牖(yǒu):古建筑中室与堂之间的窗子。
③ 袁安:《汝南先贤传》:"时大雪积地丈余,洛阳令身出案行,见人家皆除雪出,有乞食者。至袁安门,无有行路。谓安已死,令人除雪入户,见安僵卧。问何以不出。安曰:'大雪人皆饿,不宜干人。'"洛阳令后举袁安为县令,袁任官后,不避权贵。
④ 翛(xiāo)然:形容无拘无束、自由自在的样子。出自《庄子·大宗师》:"翛然而往,翛然而来而已矣。"

题　解

这首诗大约是王维晚年的作品。居士，就是在家修佛者。胡居士，名不详，王维有《胡居士卧病遗米因赠》《与胡居士皆病寄此诗兼示学人二首》，从诗中可以看出胡居士家境贫寒，信奉佛教。王维和胡居士有很深的精神默契，这首诗没有谈论佛理，只是在抒写思念故人的心情，但从中我们不难体会到诗人独特的精神趣味。

赏　析

这首诗表面上是写雪夜怀人，实际上写诗人内心的精神变化，烘托一种理想的精神境界。

首句交代季节和时间："寒更传晓箭，清镜览衰颜。"寒夜的更鼓敲了一次又一次，已经临近拂晓时分了。能够听到更鼓声不断传来，说明诗人虽然躺在床上，却一直处在半睡半醒、迷迷糊糊的状态，这一夜没有睡好。为什么没有睡好呢？诗人没有直接交代，清晨起来，先对镜自照，一夜没有睡好，自然气色很差，诗人用了一个"衰"字，形象地表现出失眠后的面部特征。

"隔牖风惊竹，开门雪满山。"窗外风吹竹叶发出淅淅沥沥的响声，开门一看，但见白雪满山。这两句，初步回答了首句暗伏的问题：昨天夜里大风呼号，当然影响到睡眠了。作者用一"惊"字，拟人化表现风吹动竹子的声响，实际上一语双关，被"惊"的乃是自己。"开门雪满山"一向是描写雪景的名句。一般人好用鹅毛柳絮、碎琼乱玉等来写雪景。王维写雪，笔墨空灵，感觉细腻而有层次。诗人先从听觉着笔，写他夜里隔着窗子听见；接着写视觉所见：清晨开门一看，才发觉皑皑白雪已铺满了山头。"风惊竹"有声，"雪满山"有色，境界空阔，又紧扣着诗人隔窗"听"和开门"看"的动作神态，一惊一叹的内心感受，这就使人如临其境。

"洒空深巷静，积素广庭闲。"那雪花纷纷扬扬地下来，整个巷子都是安静的。地上有了积雪，四周一片静寂。外物根本没有"静"与"闲"之说，但这两句分明是诗人对雪的内心感受。"洒空"，说明此时雪花还在飘落，在空中舞动，富有动感。而"积素"则是描写静态的雪，白雪皑皑，洁白安静。即使作者夜里并没有睡好觉，即使到现在也一直满怀心事，可是看到大自然这种美景，仍然要发自内心地欣赏，诗人焦虑的心灵也开始平静，变得闲雅而淡定。

但是诗人的思绪变化和情感变化还没有结束。

"借问袁安舍，翛然尚闭关。"袁安是一个宁愿饿死也不愿打扰别人的人，在这样的大雪大寒天气里，诗人想到了自己那位像袁安一样的友人，他与袁安一样有卓越的才能，也与袁安一样有不屈的气节，当然，也与袁安一样生活贫困。在这样的天气里，不知道他怎么样了呢？是不是与袁安一样，宁肯闭门受饿，也不愿接受朋友的周济呢？

从王维原来的几首相关诗作里，我们知道王维曾不止一次帮助过这位胡居士。从这首诗里，我们知道了胡居士并不是一个甘于受人施舍的人。读到这里，我们会渐渐明白，为什么在大雪之夜作者会失眠呢？不仅仅是风雪的影响，更因为诗人一直惦记着这位贫困的友人，为他的生活担心，也为自己不能很好地帮助他改善生活而自责。前人读此诗，大多着眼于写雪的艺术表现，对诗人这幅清寒、寂静而又有声息、光色、动感和生气的夜雪图赞赏不已，但是，今天我们更深一步地解析此诗，会从中读出王维重情重义的性格特征。一场大雪，诗人首先想到的不是自己，而是贫困的友人如何过冬，人的一生能够交到这样的朋友，真是一种特别的幸运，更是一种真实的幸福。

伊 州 歌

清风明月苦相思,
荡子从戎十载余①。
征人去日殷勤嘱,
归雁来时数附书。

注 释

① 荡子：指辞家远出、羁旅忘返的男子。这里指从军的丈夫，和下文的"征人"一个意思。

题 解

"伊州"为曲调名。这首绝句的内容也是写闺怨,是当时梨园传唱的名歌,语言平易可亲,意思浅显好懂,写来似不经意。这是艺术上臻于化工、得鱼忘筌的表现。

赏 析

"清风明月苦相思,荡子从戎十载余。"在一个清风明月的日子里苦苦地思念丈夫,他已经在外边从军十余年。"清风明月"本是一个美好的日子,但是留给主人公的只有无尽的思念,因为丈夫从军在外十余年了。

"征人去日殷勤嘱,归雁来时数附书。"丈夫离去的时候曾经反复叮嘱,要多寄书信回来。诗人没有去写到底有没有寄书信回来,但从这种倒叙的手法来看,最起码书信寄得少是肯定的。主人公十余年无法相见丈夫,收的书信又少,那种相思与孤苦读者便能体会得到。

这首诗也是写闺怨,可以与《秋夜曲》对照着阅读和欣赏。

同是写闺怨,《秋夜曲》写得婉转,《伊州歌》写得直白;《秋夜曲》写得凄美,《伊州歌》写得激越;《秋夜曲》是通过描写少妇的行为活动来流露思念,《伊州歌》是直接描写少妇的心理活动来表现思念。这可能与两位女主人公的身份、性格的不同有关系。《秋夜曲》的女主人公,从所穿衣物、所弹奏的银筝来看,应该是一位文人士大夫的妻子,有相当的家庭财富和文化修养,所以在思念丈夫的表现上,婉转曲折;《伊州歌》的女主人公,是一位征人的妻子,身份大概是平民,征人一去十余年,估计也不会是带兵的将官,最多是中下层的兵校,他的妻子当然不会琴棋书画,思念丈夫的方式也就很直截了当。丈夫一去不归,她每日里劳作之余,只能一遍一遍地回想当时送他出征的场景。那时候她特意叮嘱他,要多写书信回家,可是那征夫去后是否常有家书寄回来,以慰她的思念寂寥之情呢?恐怕未必。因为那时候邮递条件远不那么便利,最初几年音信可能多一些,往后就难说了。久不写信,即使提笔,反有不知从何说起之感,干脆不写的情况也是有的,至于意外的情况就更难说了。所以这首诗的情调比之《秋夜曲》,要苦得多了。

• 伊州歌

秋 夜 曲

桂魄初生秋露微①,
轻罗已薄未更衣②。
银筝夜久殷勤弄③,
心怯空房不忍归。

注 释

① 桂魄：月的别称。
② 轻罗：丝绸，代指衣服。
③ 银筝：一种乐器。久：深。

题　解

这是一首写闺怨的诗，通过一个女子在初秋夜思念远方的爱人而给我们描述出一幅非常美丽的秋夜鸣筝图，哀而不伤。

赏　析

通过前边的介绍我们已经知道，对于盛唐时期的人们来说，离家外出是再正常不过的事情。商人外出经商、文人赴京科举、将士戍边杀敌、官员异地调任，如此种种，各类因素叠加起来，盛唐人从不把离别当一回事，表现离别的诗也最多。这类诗一般有三类，一是送别诗，绝大部分的送别诗虽然也表达离愁别恨，但更多的是"莫愁前路无知己，天下谁人不识君"的慷慨豪情；二是游子思乡诗，这类诗格调一般比较低沉，对家乡和亲人的思念，是他们心底最柔软的部分；三是闺怨诗，是守候在家的妇人，思念远方的丈夫和亲人，这一类诗，也比较忧伤和沉郁。

但是这首诗，却称得上是哀而不伤。

"桂魄初生秋露微，轻罗已薄未更衣。"月亮升了上来，已是微凉秋日，露水也跟着出来了。那女子身上穿着单薄的丝绸衣服，却还不去换上暖和点的衣物。为什么会这样呢？一来暗示她因亲人不在家而没有心思做别的事情，二来实际上也在表现她的内心活动：秋凉之后需要更衣，不知道远方的丈夫是否已经换上秋天的衣服呢？

"银筝夜久殷勤弄，心怯空房不忍归。"夜深人静了她还在拨弄着银筝，只是因为不愿意独守空房。这两句贴切地表现了女子孤寂的内心世界。

这首诗前两句写景，后两句写情。虽然是怨情，但是我们从整首诗上却感觉不到这个"怨"字。诗人为我们刻画的，是一个女子在初秋的夜晚，因思念远方的爱人，而轻轻奏响古筝的情景。在这样一幅优美的画面里，我们或许感到清冷，或者感到寂寞，或许感到安详，但是，所有这些，都因为那朦胧的夜色里，一袭轻罗白衣的女子低额颦眉抚弄银筝的剪影让我们感动，却感受不到忧伤、痛苦和怨恨。只因为，这位女子虽然思念出行的丈夫，却知道他是在为自己的事业打拼，在为实现自己的人生价值而努力奋斗，所以，即使是这难以忍受的离别，也在这样对亲人的牵挂和祝愿、对前景的企盼和憧憬中，慢慢地消解了。

这首诗，表达的是另一侧面的盛唐气象。

早 春 行

紫梅发初遍,黄鸟歌犹涩①。
谁家折杨女,弄春如不及。
爱水看妆坐,羞人映花立。
香畏风吹散,衣愁露沾湿。
玉闺青门里②,日落香车入③。
游衍益相思④,含啼向彩帷⑤。
忆君长入梦,归晚更生疑。
不及红檐燕,双栖绿草时。

注 释

① 黄鸟:黄莺。涩:指声音不流利、圆润。
② 青门:长安城东的霸城门,因东方为青帝,门涂青色,故名。
③ 香车:装饰华美的车子。
④ 游衍:尽情游乐。
⑤ 彩帷:彩色的帐子。

题 解

唐代盛产闺怨诗，大多是男性诗人以女性的角度去叙写相思、忧愁和怨恨之情，诗意较为缠绵。王维的这首诗主要描写了贵族女子的相思之情。

赏 析

这首诗分为两层，前八句写女子踏春游玩，后八句主要写夜晚相思之情。

"紫梅发初遍，黄鸟歌犹涩。谁家折杨女，弄春如不及。爱水看妆坐，羞人映花立。香畏风吹散，衣愁露沾湿。"那早春的紫梅，刚刚开遍大地，沉默了一个冬天的黄莺，也刚刚开始一展歌喉，只是因为休憩了一个冬天，嗓子里还梗着那么点生涩。不知道谁家的女子，已经迫不及待地折了柳条观赏春天。大概是因为喜好溪水，她静静地坐在那里，映着水面装点自己。看见人有些羞涩，便掩映在花丛中。真害怕那风吹散了她身上的香味，露水打湿她的衣物。女子的高贵与美貌被诗人描绘得淋漓尽致。

"玉闺青门里，日落香车入。游衍益相思，含啼向彩帷。忆君长入梦，归晚更生疑。不及红檐燕，双栖绿草时。"太阳下山了，女子乘车回到东门里的居所。本以为春游可以分散注意力，不想出去后却更加思念丈夫，不免伤心，对着彩色的帐子流泪。归来时天色已暗，恍惚间，恍若见到了那梦牵萦绕的身影。突然觉得，自己还不如那屋檐下成双成对进出觅食的燕子。诗意至此，哀怨之情也到达了极致。

这是一份孤独又美丽的情感，是一个孤独的闺房少妇，同时又是一个美丽的青春少女，触景生情之后的思念与伤感。诗人用细腻的笔触，描写了一个田园诗般的景象，在这样美丽的景致、美丽的季节，我们的女主人公却形单影只，无人与她分享眼前的美景，更无人能与她分享欣赏眼前美景的感受。看到这样美丽的景色，她有一肚子感受要叽叽喳喳地倾诉，可是谁来倾听呢？只有悲伤罢了，只有怨恨罢了，只有无奈罢了。可是，怨谁呢？不能责怪任何人，只是内心思绪澎湃的爱情，无法面对和释放。这首诗语言朴素却极具张力，使用反衬的手法，细腻形象地展现了独守空房女子的哀怨之情。

渭川田家①

斜光照墟落②，穷巷牛羊归③。
野老念牧童④，倚杖候荆扉⑤。
雉雊麦苗秀⑥，蚕眠桑叶稀⑦。
田夫荷锄至⑧，相见语依依。
即此羡闲逸，怅然吟《式微》⑨。

注　释

① 渭川：即渭水。源于甘肃鸟鼠山，经陕西，流入黄河。田家：农家。
② 墟落：村庄。
③ 穷巷：深巷。
④ 野老：村野老人。
⑤ 倚杖：靠着拐杖。荆扉：柴门。
⑥ 雉雊（zhì gòu）：野鸡鸣叫。
⑦ 蚕眠：蚕蜕皮时，不食不动，像睡眠一样。
⑧ 荷（hè）：肩负的意思。
⑨ 式微：《诗经》篇名，其中有"式微，式微，胡不归"之句，表归隐之意。

题 解

《渭川田家》是王维晚年所写的田园诗。诗描写的是初夏傍晚农村一些常见景色：夕阳西下、牛羊回归、老人倚杖、麦苗吐秀、桑叶稀疏、田夫荷锄。这些初夏景色极其寻常，作者随手写去，然而诗意盎然，体现出王维诗歌"诗中有画"的艺术特色。王维把农村表现得这样平静闲适、悠闲可爱，是他当时心境的反映。

赏 析

这首诗描写了一幅田园晚归图。

传统的农业社会，日出而作，日落而息。夕阳西下的时候，劳作了一天的农人，开始陆续从劳作的四面八方，回归到居住的小村里。诗人一开头，首先描写夕阳斜照下村落的景象，渲染暮色苍茫的浓烈气氛，作为总背景，统摄全篇。接下来开始描写次第回归的各色人、物。

首先是牛羊归村。天色将晚，首先回村的是牧童，大人可能会抓紧一天中最后的时间再劳作一会儿，孩子呢？正盼到太阳西下，马上就能回家了。所以最先回来的，是放牧的孩子，最先出现在诗人的镜头里的，则是一群群哔哔乱叫的牛羊。我们可以想见孩子们跟在牛羊群的后面，依次把它们赶回到小巷子里的情景。

就在这时，诗人看到了更为动人的情景：柴门外，一位慈祥的老人拄着拐杖，正迎候着放牧归来的小孩。这种朴素地散发着泥土芬芳的深情，感染了诗人，似乎也分享到了牧童归家的乐趣。刹那间，他感到这田野上的一切生命，在这黄昏时节，似乎都在思归。你看，那麦地里的野鸡，一声长、一声短，叫得多动情啊，那是在呼朋引伴，共同回笼吧；桑林里的桑叶已所剩无几，当然是因为被农人采摘进蚕窝，吃饱喝足的蚕儿，开始吐丝作茧了。最后，终于干完了一天的农活儿，收拾完农具，农夫们也三三两两扛着锄头归来了，他们在田间小道上相遇，相互交流着干农活儿的经验，谈几句天气和收成，简直有点乐而忘归呢。

看到这一切的诗人，深深地被眼前的安逸景象打动了。回想起以前自己在朝为官的时候，天天费尽心机，为升迁努力，为营造关系努力，为实现政治理想努力，可是自己再努力经营，始终也没有找到实现自己政治抱负的道路。自己的归宿到底在哪里呢？眼前这些人、这些物都有所归，唯独自己依然彷徨着，怎能不既羡慕又惆怅？所以诗人感慨系之地说："即此羡闲逸，怅然吟《式微》。"《式微》是《诗经·邶风》中的一篇，诗中反复咏叹："式微，式微，胡不归？"其实，农夫们每天劳作的辛苦，诗人并非不知，只是与精神上的负累相比，身体上的辛苦之后，回到家里总有闲逸的时候；可是诗人的精神生活一直处在紧张、不安、郁闷之中，没有安然的时候，这种苦闷，要比身体上的苦与累更加让人难以忍受，所以诗人不得不由衷地羡慕这些农夫，他们日出而作，日落而息，生活多么自由自在啊。也许，我也应该抛掉那令人担惊受怕的官场生活，回到这闲逸田园中来。所以，诗人吟出的《式微》一句，正是他此时矛盾心情的写照。

　　全诗不事雕绘，纯用白描，自然清新，诗意盎然。更因为诗人最后这么一吟，吟出了全诗的重心和灵魂。

送　别

下马饮君酒①，问君何所之②。
君言不得意，归卧南山陲③。
但去莫复问，白云无尽时。

注　释

① 饮君酒：劝君喝酒。
② 何所之：去哪里。
③ 归卧：隐居。南山陲：终南山边。

题 解

这首《送别》，富于禅家的机锋。佛教禅宗的师父在传授弟子佛法的时候，常常不说话，而做出一些奇怪的动作，将深邃意蕴藏在自然物象之中，让弟子自己去参悟。王维在诗歌创作中吸收了这种通过直觉、暗示、比喻、象征来寄寓深层意蕴的方法。他在这首诗中，就将自己内心世界的复杂感受凝缩融汇在"白云无尽时"这一幅自然画面之中，从而达到"拈花一笑，不言而喻"，令人寻味无穷的艺术效果。

赏 析

这首诗的内容主要是送一位友人归隐，友人是谁，现已不可考。但是从诗的内容看来，王维与这位友人感情很深，并且具有共同的志趣。

一开始就写饮酒饯别，点题。"下马饮君酒，问君何所之。""下马"一词，写送行之急迫，意思是说，诗人听到消息急忙赶来，刚刚跳下马，主人的离别之宴就开始了。诗人接过酒杯，来不及畅饮，先急切地问了一句：您这是要去哪里啊？这一质朴无华的问语，表露了作者对友人关切爱护的深厚情意，也自然地引起了下文。

"君言不得意，归卧南山陲。"朋友说：一直以来的生活，始终不能畅怀，准备归隐山林，过一种与现在完全不同的生活。

"但去莫复问，白云无尽时。"这两句，有人理解为诗人对友人的劝慰，但是联系上下文，我们认为这应该是友人继续说的话：我已决定要归隐，朋友们不用再多问什么，也不必劝慰我什么，为什么呢？看一看那绵绵不尽的白云就知道了。那尘世的功名利禄总是有尽头的，而山中的白云才没有穷尽之时。那么，归隐之后，享受田园生活的乐趣，也是如白云一般绵绵无尽。

王维的佛法修养很深，在这首诗里体现得很明显。写离别，不写离别之痛，却说"白云无尽时"，这无尽的白云，既有对友人的安慰，又有自己对隐居的欣羡；既有对人世荣华富贵的否定，又似乎带有一种无可奈何的情绪。

从写作技巧上看，先用四句比较平淡的话交代事情的起因与过程，然后用了一个禅理颇深的比喻作结，使得诗意顿浓，韵味骤增，而送别者的感情渗透在字里行间，佛法修为、文章功夫有一处不到位的，都写不来这样的锦绣诗篇。

新晴野望

新晴原野旷,极目无氛垢①。
郭门临渡头②,村树连溪口。
白水明田外,碧峰出山后。
农月无闲人,倾家事南亩③。

注释

① 极目:穷尽目力。氛:雾气,云气。垢:污秽,肮脏。
② 郭门:外城门,也泛指城门。
③ 南亩:《诗经》有"今适南亩,或耘或耔"句,指到南边的田地里耕耘播种,后来"南亩"便成为农田的代称。

题　解

这是一首田园诗,作于隐居辋川时期。诗人以敏锐的艺术观察,描写了新晴之后田园风物的清新爽朗,具体的写作时间难以考证,但在王维的山水田园作品里,本诗一直深受关注。

赏　析

这首诗主要描写雨过天晴后初夏的乡村风貌,诗人用眺望的方式将原野中见到的景色一一分享给我们。

"新晴原野旷,极目无氛垢。"刚刚下过雨,阳光普照,极目远眺,空气非常清新明净,没有一丝尘埃。诗人用一个"旷"字,一下子就抓住了雨过天晴后原野的特征,天空因为有阳光而明亮,空气因为被雨洗刷而明净,所以视线能够看得很远,原野就显得非常开阔。

接下来四句,描绘的是纵目远眺所看到的周围的秀丽景色。极目远眺首先的感觉是空旷开阔,在这个感觉之后,眼睛自然会逐一辨识见到的景物。

"郭门临渡头,村树连溪口。白水明田外,碧峰出山后。"外城的楼门紧靠着码头,村庄边的树又连着溪流的入河口。银白色的河水波光粼粼,让岸边的田地都显得明亮。那山的后面是青翠的山峰。一个"明"字,一个"出"字,写出了雨后特有的景色:雨过天晴,空气清新,河水反射阳光,一切都变得明亮夺目。而高耸的山峰,平时被遮挡难得一见,此时也奇迹般地显现出来。

如果诗人的描写只到这一地步,这幅画虽然秀美,却也只是如相机一样如实记录眼前的风光而已。任何一幅风景,如果没有了人的活动,总是会缺乏活力。因此,在最后两句中,他给这幅静态画面加上了动态的人物:"农月无闲人,倾家事南亩。"农月,指的是农忙季节,按照诗人前边描写的景色,加上这一句点明,此时应属于初夏时节。这个时候农人正忙于田间的劳作,诗人远远地看见他们在田间活跃的身影,想到他们全家出动,抢收抢种的情状,于是信笔写来,整个画面变活了。

这首诗的独到之处就是将田园诗的安详和乐,与山水诗的澄明朗彻融会在一起,形成了独特的审美趣味。

夷门歌①

七雄雌雄犹未分，攻城杀将何纷纷②。
秦兵益围邯郸急，魏王不救平原君③。
公子为嬴停驷马，执辔逾恭意逾下④。
亥为屠肆鼓刀人，嬴乃夷门抱关者⑤。
非但慷慨献奇谋，意气兼将身命酬⑥。
向风刎颈送公子，七十老翁何所求⑦！

注释

① 夷门：战国时期，魏国都城大梁的东门。这首诗中所歌颂的侯嬴是夷门的守门官，故名为《夷门歌》。
② 七雄：战国时期七个主要的诸侯国齐、楚、秦、燕、赵、魏、韩合称"战国七雄"。雌雄：即胜负。纷纷：纷乱。
③ "秦兵"二句：秦军在长平之战大破赵军后，乘胜包围邯郸。平原君夫妇多次写信向魏国及信陵君求救。魏王畏惧秦国，虽命晋鄙领兵十万驻扎于邺，但是仅仅观望，不敢出兵相救。信陵君屡次劝谏魏王，魏王均不听。益：加。邯郸：战国时期赵国都城，即今河北邯郸。平原君：当时赵惠文王的弟弟，"战国四公子"之一，也是信陵君的姐夫。

④ 公子：即信陵君，魏安釐王的弟弟公子魏无忌，也是战国四公子之一。嬴：即侯嬴，魏国的隐士，当时是魏国都城大梁的守门官。驷马：四匹马拉的车子。辔：缰绳。下：谦恭。《史记·魏公子列传》载魏有隐士曰侯嬴，年七十，家贫，为大梁夷门监者。公子闻之，往请，欲厚遗之，不肯受。……公子于是乃置酒大会宾客，坐定。公子从车骑，虚左，自迎夷门侯生。侯生摄敝衣冠，直上载公子上坐，不让，欲以观公子。公子执辔愈恭。侯生又谓公子曰："臣有客在市屠中，愿枉车骑过之。"公子引车入市，侯生下见其客朱亥，睥睨，故久立与其客语，微察公子，公子颜色愈和……

⑤ 亥：朱亥。屠肆：屠宰市场。鼓刀：操刀。鼓：挥舞。抱关者：守门人。

⑥ "非但"二句：写二人帮助公子窃符救赵的豪侠仗义之举。信陵君于魏王宠姬如姬有恩，侯嬴于是为信陵君献计，请如姬帮忙从魏王卧室中偷出兵符，准备夺晋鄙之军救赵却秦。如姬果然窃得兵符。公子行前，侯嬴又说："将在外，主令有所不受。公子即使合了兵符，但是晋鄙不授公子兵，而向王请示，事情就危险了。"于是让他的朋友大力士朱亥和公子一起去，准备在晋鄙不听时击杀他。侯嬴又对公子说："我年老了，不能跟随公子。等公子到达晋鄙军时，我将自刎以谢公子。"公子至邺，假称魏王派自己来代替晋鄙。晋鄙果然怀疑，朱亥遂以大铁椎击杀晋鄙。公子统帅晋鄙军，进击秦军，秦军解邯郸之围而去。

⑦ "向风"二句：写侯嬴果然自刎，赞美他的仗义轻生，慷慨任侠。《晋书·段灼传》："七十老公，复何所求哉。"

题 解

《史记·魏公子列传》讲述了信陵君窃符救赵的历史故事。这首叙事诗即是历史故事的简洁再现。在创作过程中，诗人运用诗化的语言，交代大时代背景，选取《史记》"信陵君窃符救赵"中四个经典细节，刻画礼贤下士的信陵君的形象、任侠高义的侯嬴形象、勇毅超人的侠客朱亥形象，形象而写意，颇为动人。

赏 析

这首《夷门歌》，是故事新编式的杰作。

据《史记·魏公子列传》记载，秦国大军包围了赵国都城邯郸，赵国派人到魏国求救，魏王派大将晋鄙率军到了赵魏边境，却因畏惧秦军止步不前。魏王的弟弟信陵君在平民侯嬴、朱亥的帮助下窃得能够领军的兵符，率军打败秦兵，挽救了赵国。《魏公子列传》这个故事的主人公，是信陵君，主要写信陵君如何礼贤下士、如何帮助弱小，所以得到了侯嬴等人的信赖和帮助，最终完成了窃符救赵的大业。但是到了《夷门歌》里，王维歌咏的主角有了变化，不再是礼贤下士的信陵君，而是平民侠士侯嬴，从而使这首歌成为主要是对布衣之士的一曲赞歌。

全诗共十二句，可分成三个部分。

"七雄雄雌犹未分，攻城杀将何纷纷。秦兵益围邯郸急，魏王不救平原君。"这四句为第一部分，交代故事背景。战国七雄逐鹿争雄，攻战杀伐频仍，正是难解难分之际，秦军攻势凌厉，邯郸被围，赵国平原君向魏王求救，可是狡猾如魏王，将军队开至赵魏边境后，却按兵不动，暂作壁上观。纷乱复杂的时代背景，诗人仅用四句诗就将其呈现完整。前两句写天下征伐动乱的局势，"七雄"起笔，场面宏大，却叙事简洁；后两句交代侯嬴出场的背景，仅以口语淡笔出之，轻描淡写之余，将赵国陷于走投无路的绝境表现出来。

"公子为嬴停驷马，执辔逾恭意逾下。"这两句是第二部分，引出信陵君、侯嬴两个人物。

平原君求救魏王无果，转而求助自己的妹夫、身为战国四公子之一的信陵君。信陵君门客无数，侯嬴就是其中之一。信陵君用自己的诚意赢得了侯嬴的信任，这是交代后文"窃符救赵"的伏笔。信陵君身为尊者，在厚礼侯嬴遭拒之后，放下身价，亲驾车马，空出车子左边的尊贵之位，前往夷门迎接侯嬴，侯嬴用径直上车、闹市会客的倨傲之举考验信陵君的诚意，这是《史记》中的记载；而王维只选用"停驷马""执辔恭"的举动和"意谦卑"的神态来勾勒信陵君的形象，用笔极简，信陵君礼贤下士、诚心待人的形象就已呼之欲出了。信陵君对侯嬴礼遇有加，获得侯嬴的信任，本来发生在秦兵围赵之前，在这里是倒插一笔，既暂时中止了前面的叙述，造成悬念，同时就像电影里的蒙太奇镜头一样，形成跳跃感，增加了叙事诗的容量。

"亥为屠肆鼓刀人，嬴乃夷门抱关者。非但慷慨献奇谋，意气兼将身命酬。向风刎颈送公子，七十老翁何所求！"这六句是第三部分，叙写侯嬴窃符救赵的计谋和他以死谢知遇之人的义举。一、二句交代侯嬴及其友人朱亥的身份，夷门抱关者，即看守城门的门卫；屠肆鼓刀人，即菜市场的屠夫。王维极写二人地位卑微，一则凸显信陵君不以富骄士，一则暗写侯、朱二人大隐隐于市的神奇与戏剧性，为后文写二人在窃符救赵中的智勇超群张本。后四句集中笔墨刻画侯生形象。"慷慨献奇谋"，侯生胸怀奇志，为知遇之士献上千古奇谋，并不惜以生命酬答这份知遇之恩，这是侯生生命的极致体现。七十老翁所求为何？结句一问，乃是王维奇突一笔，叙事陡起波澜，也是《夷门歌》的诗旨所指，侯生既得知遇之恩，又得完成平生意愿，夫复何求？以死谢恩，不仅是义气之举，更是侯生人生的完美收官。

《夷门歌》借助信陵君、侯嬴、朱亥这三个人物的简笔刻画，颂扬了一种以诚义、智勇、任侠为内核的人生状态，体现出与王维常态诗歌不同的一种风格，别具一格。

《史记·信陵君列传》是经典名篇，窃符救赵的传奇故事广为人知，然而《夷门歌》将两千余字的传记浓缩在区区八十四言的诗歌中，有宏大的时代背景，有鲜明的人物形象，有传奇的故事情节，更有慷慨动人的诗歌主旨，真可谓是尺幅之内大有波澜，值得品读。

过福禅师兰若

岩壑转微径①，云林隐法堂②。
羽人飞奏乐，天女跪焚香。
竹外峰偏曙，藤阴水更凉。
欲知禅坐久，行路长春芳。

注 释

① 岩壑：山峦溪谷。南朝宋谢灵运《酬从弟惠连》诗："寝瘵谢人徒，灭迹入云峰。岩壑寓耳目，欢爱隔音容。"微径：小路。《六韬·军用》："狭路微径，张铁蒺藜。"
② 隐：遮住；隐藏。

题 解

兰若是佛教名词,原意是森林,可引申为"寂静处""空闲处""远离处",躲避人间热闹处之地,有些房子可供修道者居住静修之用,或一人或数人,也泛指一般的佛寺。这里指的是福禅师所住持的禅院,王维来拜访禅师,写了这首诗赞美禅师的生活。

赏 析

"岩壑转微径,云林隐法堂。"一条小路弯弯曲曲地盘旋在山壑中,福禅师所在的禅院就在云山雾海的密林里。这两句出神地将福禅师渲染为一个世外高人的形象。

"羽人飞奏乐,天女跪焚香。"那些长着翅膀的仙人在奏着乐曲,而那些天上的仙女们则跪在那里焚香。诗人进入寺庙,看见壁画浮想联翩,而通过对这些壁画内容的描绘,又给这位禅师增添了一丝神秘的气息。

"竹外峰偏曙,藤阴水更凉。"竹林外的群峰在阳光的照耀下煞是动人,那些山间的藤蔓遮蔽下的流水显得更加的清凉。诗人不去描写福禅师,却继续将镜头转向了景物的描写上。这个时候,我们不禁要感叹,生活在这样优美环境里的人,福禅师该是怎样的仙风道骨呢?

"欲知禅坐久,行路长春芳。"想要知道一个人坐禅坐了多久,看看他是不是心态平和地去应对日常事务就知道了。禅师在做什么?当然是坐禅。什么样子呢?作者没有写,只是让他说了这么一句话。这一句话,既照应了前边对美景的描绘,也刻画出一位得道高僧的平心静气、神清气朗的坐禅形象,一个人坐禅久了,自然能够应对俗世中的各种烦恼与困惑。

作为禅诗,这首诗体现出特有的澄明与静寂,也表达了诗人对福禅师的肯定。

过香积寺①

不知香积寺，数里入云峰②。
古木无人径，深山何处钟③。
泉声咽危石④，日色冷青松⑤。
薄暮空潭曲⑥，安禅制毒龙⑦。

注释

① 香积寺：今名风穴寺，又名千峰寺，位于河南省汝州市区东北九公里的中岳嵩山少室山南麓风穴山中。风穴山口，两山夹道，万木葱茏，流水潺潺。迤逦北行三华里，方能发现寺院，确有"深山藏古寺""曲境通幽处"的诗情画意。
② 入云峰：登上入云的高峰。
③ 钟：寺庙的钟鸣声。
④ 咽：呜咽。危：高的，陡的。
⑤ 冷青松：为青松所冷。
⑥ 薄暮：黄昏。曲：水边。
⑦ 安禅：指身心安然进入清寂宁静的境界。毒龙：佛家比喻邪念妄想。见《大般涅槃经》："但我住处有一毒龙，其性暴急，恐相危害。"

题　解

过，访问的意思。过香积寺就是访问香积寺。《过香积寺》是王维的代表作之一，具体写作时间不详。在王维倾心佛教后，诗人向往清静幽寂的生活，他的笔下便经常出现孤寂幽僻的景象，这首诗便是如此。

赏　析

这首诗写到香积寺访问高僧、追寻法理的过程，妙在高僧并未显身讲道，而佛法已通过景物传递出来。现实中的香积寺作为净土宗的祖庭，香火其实并不是很冷清，然而在诗人笔下，香积寺变得是那样远离尘嚣与静寂。

开句说"不知香积寺"，并不是说没听说过香积寺，而是不知道香积寺在什么地方，不知它在何处，只听说过它的名字，可见它的名气之大。

下一句说"数里入云峰"，是说诗人按照听说的方向进山寻找，行不数里就进入白云缭绕的山峰之下，寺院在哪里？仍然不知道。还没见到寺院的影子，就已经如此云封雾罩，诗人是在有意给香积寺披上一层幽远神秘的面纱。

"古木无人径，深山何处钟。"穿行在人迹罕见的古木森林里，不知道深山里何处传来了钟声。"无人径"说明香积寺地点之与世隔绝，"何处钟"则展现香积寺在山林之隐秘。本已经找了很久都没找到香积寺，现在穿行在森林里，只是听见钟声却还是看不见寺庙，这几句将香积寺藏于云端，难寻奇迹的幽深状态表现得淋漓尽致。

"泉声咽危石，日色冷青松。"泉水流过峭立的崖石发出呜呜的声响，日光照在青松上更让人感到寒意。一个"咽"字传神地表现了泉水穿行于山石之间发出的动静。而"冷青松"也是颇有想象空间。试想，古木参天的松林里本来寒气就重，阳光透过层层树枝洒下那么一两点，能感受到什么暖意吗？这情状，又岂能不"冷"？

就在这样的荒僻与幽寒之中，诗人不知穿行了多长时间，直到天快黑时才到达香积寺。首先入眼的，是寺前的水潭。

"薄暮空潭曲，安禅制毒龙。"暮色降临在潭的周围，入定的禅心收服了心中的邪念。"安禅"就是入于禅定。"制毒龙"则指人心的欲念和妄想都被制服。诗人认为通过修行，是可以让自己入世的心安静下来，进而达到清静无为的境界。

全诗就这样戛然而止了。诗的题目是探访香积寺，一路行来，从"入云峰"到"空潭曲"，看似逐步接近香积寺，结果是寺的影子都没有出现。是作者写的跑题了吗？当然不是，诗人探访寺院的目的，就是向高僧请教佛法，以期悟得修行的道理。这一路的所见所闻，其实就是一路的修行，山林古寺的幽邃环境，隐隐的钟声和呜咽的泉声，都已把诗人的心情沉淀得波澜不惊，再看到深潭，想到毒龙受制的故事，诗人有了顿悟的感觉，"安禅制毒龙"，便是诗人心迹的自然流露。

王维晚年诗笔常带有一种恬淡宁静的气氛。这首诗，就是以他沉湎于佛学的恬静心境，描绘出一种清高幽僻的意境。

送梓州李使君

万壑树参天，千山响杜鹃①。
山中一半雨②，树杪百重泉③。
汉女输橦布④，巴人讼芋田⑤。
文翁翻教授⑥，不敢倚先贤⑦。

① 杜鹃：布谷鸟。
② 一半雨：一作"一夜雨"。
③ 树杪（miǎo）：树梢。
④ 橦（tóng）布：橦木花织成的布，为梓州特产。
⑤ 巴：古国名，故都在今四川重庆。芋田：蜀中产芋，当时为主粮之一。这句指巴人常为农田事发生讼案。
⑥ 文翁：汉景帝时为郡太守，政尚宽宏，见蜀地僻陋，乃建造学宫，诱育人才，使巴蜀日渐开化。翻：通"反"，翻然改变。
⑦ 先贤：已经去世的有才德的人。这里指汉景帝时蜀郡守。最后两句，纪昀说是"不可解"。赵殿成说"不敢，当是敢不之误"。高𣫚瀛云："末二句言文翁教化至今已衰，当更翻新以振起之，不敢倚先贤成绩而泰然无为也。此相勉之意，而昔人以为此二句不可解，何邪？"赵、高二说中，赵说似可采。

题 解

这是王维为送李使君入蜀赴任而创作的一首赠别诗,具体的写作时间难以考证。送别诗一般都要写出行人目的地的风土人情,抒写对行人的留恋、劝勉之情。这首诗也没有脱离这个模式,只不过全诗以奇特的想象和热情的语言去描写,颇有感染力。

赏 析

王维这首诗,虽然起于送别,但是立意并不在惜别,而是劝勉。作为一名积极入仕的读书人,王维的理想一直都是建功立业、报国安民。虽然他始终没有实现这一理想,但是每有友人赴任,他都会借送别之际,表达这种美好的祝愿。

"万壑树参天,千山响杜鹃。"巴蜀之国的千山万壑都是参天大树,在山壑中回荡着杜鹃的啼鸣。这两句气象阔大、神韵俊迈,读来令人身临其境,后世诗评家一向引为律诗工于发端的范例。尤其"千山响杜鹃"一句更为神来之笔,一个"响"字,让人分不清,到底是杜鹃的啼鸣还是啼鸣的回声在山谷里清楚地回响着。

紧接着的"山中一半雨,树杪百重泉",写出了蜀地山高林密、雨水充沛的特点。"山中一半雨",是说在万山群峰之间,有一种晴雨参半的奇景,这边大雨倾盆,那边可能是阳光普照。"树杪百重泉",描绘出雨中山间道道飞泉悬空而下,远远望去,泉瀑就如同从树梢上倾泻下来似的。这里生动地表现出远处景物互相重叠的错觉。诗人以画家的眼睛观察景物,运用绘法入诗,描绘出一幅晴雨各半、万流奔腾的奇景。

首联突出一个"雄"字,次联描绘一个"奇"字,诗人展开丰富的想象,把李使君将要到任的梓州描绘得雄奇壮阔而又幽深秀丽。我们再留心一下就会发现,首联言"万壑""千山"和"树参天"是概貌,次联紧承而写"山中""树杪"是具体描写,两联分别展现出山中景物的层次、纵深、高远,既连接紧凑、天然工巧,又使得所刻画的景物富于立体感,是非常高明的表现手法。

"汉女输橦布,巴人讼芋田。"蜀地妇女用橦布向朝廷交纳租赋,巴郡的农民常常因为田地发生诉讼。古人向来认为蜀地民风不够开化,强调李使君去治理这个地方并不是一个简单的事情。

"文翁翻教授,不敢倚先贤。"但愿你继承文翁的精神去教化民众,而不是倚仗先贤的遗泽而偷巧。诗意从景物描写自然而然地过渡到劝勉李使君上来了,委婉而又恳切。

这首诗写景奇特,语意天成,描绘了蜀中独特的风景。作者又不拘于一般送别诗的客套浮夸,将主题转到关爱百姓身上去,可谓境界高远。

观　　猎

风劲角弓鸣①，将军猎渭城②。
草枯鹰眼疾③，雪尽马蹄轻④。
忽过新丰市⑤，还归细柳营⑥。
回看射雕处⑦，千里暮云平⑧。

注　释

① 角弓：用兽角装饰的良弓。
② 渭城：秦的旧都咸阳古城，汉代改称渭城县，唐代属于京兆府咸阳县辖地，在今陕西咸阳东北。
③ 鹰眼疾：猎鹰的目光很锐利。
④ "雪尽"句：积雪融化，马奔跑起来没有沾滞，十分轻快。
⑤ 新丰市：故址在今陕西临潼东北，唐时盛产美酒。
⑥ 还（xuán）：通"旋"，立即、迅速。细柳营：在今陕西咸阳市渭河北岸，汉代名将周亚夫在这里屯兵。这里指代军营。
⑦ 射雕处：打猎的地方。雕：一名鹫，似鹰而大，鸷猛剽疾。
⑧ 暮云平：傍晚的云层与大地相连。

风劲角弓鸣

题　解

　　这是王维前期描写将军射猎情景的诗作。诗从打猎的高潮写起，展开一连串飞动的场面，末两句以平缓反衬，使刚才的纵横驰骋之状仿佛仍然历历在目。风格轻爽劲健，结句又耐人回味。诗题一作《猎骑》。诗的内容不过是一次普通的狩猎活动，却写得激情洋溢，豪兴横飞。

赏　析

　　唐朝的文人和后世的文人有很大不同，他们不是手无缚鸡之力的文弱书生，生活在那样一个开国盛世，人人都有跃马横枪、仗剑天涯的梦想。王维在年轻的时候，同样也是一个豪气干云的追风少年。他的诗中多次提到马上生活，他本人的马术应该是颇精的，而且他也有过随从别人打猎的经历，这首诗就是亲身参与打猎的感受。

　　"风劲角弓鸣，将军猎渭城。"诗一开篇，劲风扑面，弓箭乱响，未见其人，先闻其声。角弓是用角装饰的硬弓，弓是硬弓，风是劲风，在这样的大风天气里跃马引弓的人呢？势必是一个英雄好汉。到底是一个什么样的英雄，这就唤起了读者对猎手的悬念。所以下一句说"将军猎渭城"，也只有统兵千万的将军，才有这样的气势和威风。诗人用倒起的笔法，颇能吸引读者。《唐诗别裁集》说"起二句若倒转，便是凡笔，胜人之处全在突兀也"。

　　"草枯鹰眼疾，雪尽马蹄轻。"枯萎的野草挡不住锐利的鹰眼，雪后的马蹄轻快得像风。在交代完人物之后，开始补充交代时间、地点。"草枯"一语，告诉我们打猎的地方是在草原上，"雪尽"一语，点明是冬季的雪后数天。这个时候草已大面积地枯死，地面上当然就显得低平，所以猎鹰的眼睛能够望得更远、看得更细；前几天下过的积雪已基本消融，地面上不再有湿泥陷足，所以马的步伐非常轻快。用"疾"字来形容鹰眼，而不是用"锐"或其他字，含有猎物很快被发现的意思，用"轻"而不是其他字来形容马蹄，可见猎骑迅速追踪而至，这一联字字如金，用字极妙。

　　正在跃马射箭之际，颈联忽然一转，呀，怎么已经到了新丰市呢？离军营

观猎

275

已经很远了，还是快点回去吧。"新丰市"故址在今陕西临潼县，"细柳营"在今陕西长安县，两地相隔七十余里，而猎手一阵急驰之下，已经跑过这么远的距离，证明"马蹄轻"绝不是夸张。"还归"一语，写将军虽然打猎的兴致很高，却不敢忘了身上的责任，体现了将军本色。用"忽过"和"还归"对应，可以想见将军的马队呼啸而来、呼啸而去的气势。"细柳营"本是汉代周亚夫屯军之地，用在这里就多了一重意味，隐含着称赞狩猎的将军亦具有名将之风度，与其前面射猎时意气风发、飒爽英姿的形象正相吻合。

　　既然已经归去，这次打猎显然就结束了。那么接下来，写打猎的收获，还是写归去后的庆贺？都不是，诗人选取了归途中的一点感受。将军出来打猎，显然兴致未尽，只因考虑到军营责任才不得不勒马回还，不免是有一点儿遗憾的。所以尾联抓住他回顾的那一瞬间，写出了"回看射雕处，千里暮云平"的佳句。射雕处，指刚才打猎的地方，用射雕代指，有暗示将军的臂力强、箭法高之意，因为雕这种动物历来被视作勇力的象征，极难射中。一个"暮"字，也暗示时间已晚，虽然感觉很快，实际上跑了那么远，肯定用的时间是比较长的。"平"字用得极好，来的时候劲风扑面，马蹄翻滚，威势惊人，回去的时候，原来风云四起的地方却是风轻云淡，既形成明显对照，又有前后呼应之意，而风定云平也与猎归后放松的心境相称。这一结尾使得全诗摇曳生姿，饶有余味。

　　这首诗展现了王维诗歌虚实相生的极高造诣，无论是狩猎的紧张气氛还是狩猎将军的矫健神勇，诗人用简洁的笔法就让他们活灵活现，这也是盛唐诗歌最受人称道的艺术成就。

春日上方即事

好读高僧传①，时看辟谷方②。
鸠形将刻杖③，龟壳用支床④。
柳色青山映，梨花夕鸟藏⑤。
北窗桃李下，闲坐但焚香⑥。

注　释

① 高僧传：《隋书·经籍志》著录有释僧佑所撰《高僧传》十四卷；《唐书·艺文志》著录有虞孝敬撰《高僧传》六卷；僧慧皎撰《高僧传》十四卷；僧道宗撰《续高僧传》三十二卷。

② 辟谷：谓不食五谷。道教的一种修炼术。辟谷时，仍食药物，并须兼做导引等功夫。《南史·陶弘景传》："弘景善辟谷导引之法，自隐处四十许年，年逾八十而有壮容。"明李时珍《本草纲目·谷二·粱》引孟诜曰："青粱米可辟谷。以纯苦酒浸三日，百蒸百晒，藏之。远行，日一餐之，可度十日；若重餐之，四百九十日不饥也。"

③ 鸠形将刻杖：汉代对八九十岁的老人特加优礼，赐以刻有鸠鸟的玉杖，因为鸠是不噎之鸟，希望老人吃饭不噎，健康长寿。鸠形：《太平御览》卷九二一引《续汉书·礼仪志》："民年始七十者，授之以玉杖……长九尺，端以鸠为饰。鸠者，不噎之鸟也，欲老人不噎。"后以"鸠形"指老年人所用的手杖。

④ 龟壳用支床：据《史记》记载，南方有老人用龟做床的撑脚，二十多年后，老人死，龟还活着。这里也是取其长寿之意。

⑤ 夕鸟：黄昏时归栖的鸟。

⑥ 但：只。焚：烧。

题　解

"上方"是古代对高僧住处的尊称。这首诗描写了一位得道高僧在春天时的日常生活，诗歌紧扣老僧形象进行摹写，情景逼真，形象突出，体现出了诗人对佛学的喜爱以及深厚的佛学造诣。

赏　析

王维好佛，其诗作中常表达访僧问道的内容，这首诗更是直接描写了一位高僧的日常生活。

首联描写老僧的勤学和不同凡俗的生活志趣。经常读的书是什么呢？是《高僧传》这样的佛教经典；平常关注的是什么呢？是如何能够健康长寿。说明这位老僧的志向也是通过修炼成为一名得道高僧。

颔联写老僧的年龄、习性和嗜好。汉代对八九十岁的老人特加优礼，赐以刻有鸠鸟的玉杖，因为鸠是不噎之鸟，希望老人吃饭不噎，健康长寿。传说曾经有老人用龟做床的撑脚，二十多年后，老人死，龟还活着。这两个典故是说明这位老僧本来年纪已大，也说明了正是因为他年纪已大，才更希望长寿。

颈联借佛寺清幽景色，烘托老僧的恬淡心境。窗外是青青的杨柳，把青山衬得更青，点明这是"春日"；黄昏时候归来的飞鸟栖落在梨树花间，这是多么娴静清逸的图画啊。一个人每天面对这样的美景，怎么能不心情愉快、健康长寿呢？

结句直接描写老僧安禅滞虑的淡泊生活。"闲坐但焚香"，显然是坐禅。对于信佛的人来说，坐禅是必需的生活体验，达摩祖师在嵩山少林寺就是"面壁而坐，终日默然"。所以坐禅也是必要的。王维本身也是一个喜欢坐禅思悟的人。《旧唐书·王维传》中说他"退朝之后，焚香独坐，以禅诵为事"，就是对他的生活状态的形象说明。他在很多诗歌中也叙述了自己这种经历，如："爱染日已薄，禅寂日已固"（《偶然作六首》之三），或者称道友人"欲知禅坐久，行路长春芳"（《过福禅师兰若》），等等。老僧坐禅与王维坐禅当然也不一样，这位老僧坐禅的环境是"北窗桃李下"，这是多么惬意的事情，闻着窗外传来的阵阵花香，吹着透窗而来的习习春风，心中既无烦扰事，当然是人生中的好时节。

整体来看，这首诗歌采用白描手法，对老僧的形象和日常生活进行了摹写，语言自然流畅，形象鲜明动人，王维不愧有"诗佛"之称。值得注意的一点是，此诗的第二句："时看辟谷方"，"辟谷"本是道教用语，炼丹养身也是道教的行事作风，这说明王维并不是简单地好佛，而是把佛老思想掺杂在一起，不论是打坐参禅，还是坐以修身，都是要排除杂念，进入精神的虚寂境界，尽情地享受自然的美好意境。

杂　诗

君自故乡来，
应知故乡事。
来日绮窗前①，
寒梅著花未②？

注　释

① 来日：指动身前来的那天。绮（qǐ）窗：雕饰精美的窗子。
② 著花：开花。未：语尾助词，"没有"的意思。

题 解

这是一首抒写思念家乡的诗,读来质朴却颇能体现诗人的真情。诗人没有浓墨去写对家乡的思念,也没有什么华丽的句子,只是通过极为简单的一个问题去展现浓浓的思乡之情,属于寓巧于朴的典范。

赏 析

这首《杂诗》由于语言浅白如话、表情达意巧妙,历来流传较广。王维少小离家并长期漂泊在外,所以对故乡的思念一直是他诗歌表现的重要内容之一。与一般的思乡之作不同,本诗在表达方式上独出机杼,令人一读之下就过目不忘。

"君自故乡来,应知故乡事。"你从家乡而来,应该知道家乡的事情。一个"君"字,包含着无限的欣喜和亲切;一个"应"字,又包含着迫不及待的期盼之情;两次用"故乡",不仅不觉得重复啰唆,反而更能体现思乡情切的心理。诗人仿佛在说:离乡既久,不知故乡现在怎么样了,今天遇到你真是太好了,快给我说说故乡的情况吧。这样关心家乡亲人的急切情绪展现得淋漓尽致。

"来日绮窗前,寒梅著花未?"你动身出发的时候,不知道那个绮窗跟前的寒梅开放了没有?诗人急切地想知道家乡的消息,但此时偏偏不去直奔主题,而是去问梅花。我们知道在中国古代文化里,梅花是品格高洁的象征,常被用来抒怀言志。诗人这首诗里不提别的事物,而只问"寒梅",显然有深刻的含意。它意在表明,诗人那颗热爱故乡的心永远不会远离,就像窗前那棵梅花一样,每时每刻都长在故乡的怀抱。这株寒梅,就不再是一般的自然物,而成了故乡的一种象征。

但是,如果仅仅限于这样的理解,还是难以体会诗人的心情和深意。我们知道,一个人如果离家时间太长,一直没有音讯,对家里的情况,肯定是缺乏把握的,亲人的生老病死,一定也是他最想问却不敢问的,有的人事、世事变动会令游子高兴,但肯定也有些世事变动会让人失落或痛苦,这是每一个离乡背井者的常识。正因为此,在忽然遇到一个知道这些情况的人的时候,游子那种对亲人的担心,才会忽然爆发出来,他怕问到谁的时候,会听到不好的消息,所以在脱口而出的时候,才会舍人而问物,这才是游子问梅的微妙动机和复杂心理。

更深一步地思考,诗人不敢直接提问那些人事世事,因为他一定对家乡人事、世事的变迁不太乐观。有这样的担心,也表明诗人一定有一番不平坦的人生经历,家庭也不是一帆风顺。因为只有一个心地单纯、少不更事的人,才会有话直说。而不问别的事物,单拣梅花来说,也体现出他超然的情趣和纯净的品格。从这短短的20字内,我们欣赏到的是一个举重若轻、经历丰富、心地纯净的成熟者的情致。虽然他饱经沧桑,却并不世故,依然保持着超然纯净的人生态度。

鸟 鸣 涧[①]

人闲桂花落[②],
夜静春山空[③]。
月出惊山鸟[④],
时鸣春涧中[⑤]。

注 释

① 鸟鸣涧：鸟儿在山中鸣叫。涧：两山之间的小溪。
② 闲：安静、悠闲，含有人声寂静的意思。桂花：木樨的通称，有的春天开花，有的秋天开花。
③ 空：空寂、空空荡荡。这是形容山中寂静无声，好像空无所有。
④ 月出：月亮出来。惊：惊动，惊扰。
⑤ 时鸣：不时地啼叫。时：时常，偶尔。

题　解

这首诗是诗人题友人皇甫岳所居的云溪别墅所写的组诗《皇甫岳云溪杂题五首》之首，描写了春山夜晚的安详静谧，读来极具韵味。

赏　析

王维的山水田园诗，最主要的特点就是"诗中有画"，因为王维不但是一个诗人，而且是一位画家，他把绘画的技法融会贯通到诗歌创作中去，使自己的诗句呈现出水墨画的意境。这首诗体现得就特别明显。

"人闲桂花落，夜静春山空。"实际上是一个倒装句，"夜静"交代出具体的时间，"春山"交代出季节和地点。在这春天寂静的夜晚，整座大山好像空空如也；开得正盛的桂花树上，忽然一片桂花轻飘飘地离开枝头，徐徐飘落，正好被"我"这样一位闲人看得清清楚楚。读这两句诗，我们是有疑问的。首先，春山怎么能是空的呢？春天的山，景色繁多，处处是林木、山石、野草、鲜花，内容丰富，层次繁多，怎么给人空的感觉呢？这里我们要注意到这个"夜"字，不是傍晚，也不是凌晨，而是夜间，而且是月亮还没有出来的时候，这个时候的大山，笼罩在一片无边的黑暗之中，只有大致的轮廓，看不到具体的景物，是不是给人以"空"的感觉呢？其实，王维在诗里特别喜欢用到这个"空"字，后面的诗歌欣赏中我们会逐渐体会到。因为佛教讲"四大皆空"，"空"字有哲学上的含义。王维的佛法修为是很深的，他用这个"空"字，很多时候都是表示安静的意思。我们想，到了夜里，什么都睡着了，不论是花草树木，还是栖息于山林间的动物，都不会发出什么声响，所以这个"空"字，是"夜静"的具体体现。

那么第二个疑问就来了，这样黑的夜晚，怎么能看到桂花落地呢？这就是一个对诗歌内容的体味和把握问题了。"夜静春山空"，是诗人总体上对当前环境的视觉、听觉感知，是一个远的概念，面对前面的大山，首先有这么一个感觉。"人闲桂花落"，这里的人，指的当然是诗人自己，诗人所在之处，是一棵桂花树下，当桂花的花朵飘然而下的时候，诗人是凭以往在此生活的经验，感知到这是一片落花。我们还可以想到，恐怕这片落花，也是在睡梦中不知不觉地飘落的吧？那种安详之态可以想见。

如果说，前两句诗，是作者随手勾勒的写意之笔，那么后两句，就是诗人工笔描绘的灵动之作了。"月出惊山鸟"，在这样的暗夜里，月亮忽然升上来，惊醒了沉睡的小鸟，它们在春涧中不时地鸣叫着，打破了这春山的寂静的夜空。

鸟山里面的春山，在这样的深和静中什么也显现不出来，好像空无一物，唯有这片飘落的桂花，令人好像可以感觉到落地的声息。即使如此，在树枝上休憩的小鸟仍然沉睡在香甜的梦中，可是调皮的月亮从云层中升上来，亮光惊扰了它的美梦，于是，……这是春夜的山村里多么幽静闲适的景象啊。

作者写春山夜静，有花、有月、有鸟、有涧，寥寥几笔，就勾勒成一幅优美的图画。但是这幅画并不像画在纸上那样静止不动，而是充满了动感。有花落，有月出，有鸟鸣，这也是本诗最大的艺术特点：以动衬静。由桂花落地，而感受到夜之静、山之空；由月亮升出，而感受到万物皆沉睡的安宁；由小鸟啼鸣，而感受到山村的安详宁静。南北朝时一位诗人王籍曾写出"蝉噪林逾静，鸟鸣山更幽"的诗句，因为蝉的鸣叫而让人觉得树林更加安静，因为鸟的鸣叫而让人觉得大山更加清幽。王维此诗，不知是否受了王籍诗句的启发，但是收到了异曲同工的效果。

其实，这首诗虽然在艺术表现手法上非常高超，但最绝妙的还不止于此。首字从"人"起笔，但是后面所有的景物，都跟人没有什么关系，可是又确实都是"人"的所见所闻。"人"的感觉是如此细腻，连暗夜里细小的桂花从枝上落下也能觉察到。花开花落，属于天籁之音，唯有心静下来，放下对世俗杂念的执着迷恋，才能将个人的精神提升到"空"的境界。

《诗法易简录》这样评价这首诗："鸟鸣，动机也；涧，狭境也。而先着'夜静春山空'五字于其前，然后点出鸟鸣涧来，便觉有一种空旷寂静景象，因鸟鸣而愈显者，流露于笔墨之外。一片化机，非复人力可到。"

书　事

轻阴阁小雨①，
深院昼慵开②。
坐看苍苔色，
欲上人衣来。

注　释

① 阁：同"搁"，意谓停止。
② 慵：懒。

题 解

这里的"书",是书写、记录的意思。题为"书事",意为记述眼前事物抒写自己感受。

赏 析

这是一首即事写景之作,写得却极有味道。虽然天气不佳,但是由于诗人对田园生活喜爱与陶醉,所以即使是在阴雨天气,仍然能感受到雨后清新的景色带给诗人的欣悦安详以及怡然自得。

"轻阴阁小雨,深院昼慵开。"天气转阴,淅淅沥沥的小雨也停了下来,虽然已是白天,但诗人慵懒地在深院里走动,没有打开院门。"阁"指停止,仿佛是"轻阴"让"小雨"停了下来,这便让意境动了起来。至于没有打开院门则说明诗人隐居于此,来往的人不多,故虽然白天也不用去开门。再者开门与否并不重要,重要的是诗人享受这种自然的景物与变化,在这样一个雨后封闭的空间里,诗人整个是一种慵懒随性的姿态。

"坐看苍苔色,欲上人衣来。"坐在那里看青色的苔藓,它们好像要跑到人的衣服上来一般。"坐看"展现诗人的轻松惬意之态,而"欲上人衣来"一句使用拟人的手法将青苔生动化。青苔本是无情之物,为何会像精灵一般奔赴人衣呢?诗人写出了青苔的可爱,更表现了对雨后青苔的喜好,读来颇有意蕴,堪称神来之笔。当然,青苔能够"欲上人衣",也正是因为雨后的洗刷,才让它们更加的鲜亮而夺人眼球。

这首诗移情于物,妙趣天成,将毫不起眼的青苔拟人鲜活化,写出了诗人独居深院的慵懒状态,读来清新曼妙。

送沈子福之江东

杨柳渡头行客稀,
罟师荡桨向临圻①。
惟有相思似春色,
江南江北送君归。

注 释

① 罟(gǔ)师：渔夫。诗中借指船工。临圻(qí)：当作"临沂"。临沂，东晋侨置县名，故城在今南京市附近。

题 解

这首诗又题《送沈子福归江东》。沈子福，王维的朋友，生平不详。江东指长江以南地区，也就是今天的江苏、浙江一带。王维大约在唐玄宗开元二十八年(740)、二十九年(741)知南选，至襄阳（今属湖北）。这首诗当是作者在长江上游送沈子福顺流而下归江东之作。

赏 析

这首送别诗的末两句历来是千古名句，广为流传。

"杨柳渡头行客稀，罟师荡桨向临圻。"杨柳渡口人流稀少，船夫划动船桨，我那朋友便去了临沂。杨柳是渡口景物的真实写照，另一方面，柳在古代送别里多次出现，暗含"留"的意思。离别本来就情绪不高，此时再加上"行客稀"，让送别有了一种凄凉之意。"罟师"就是船夫，"临圻"则交代出了友人的目的地。目送友人的船慢慢荡开，随着那船夫的桨的划动，越来越远。这一句情思悠远，目送之景如在眼前。人在送别的时候，往往要等送别的对象慢慢走远，才停止远眺的目光，之所以会目送很久，其实是对友人一路路程的关心与牵挂。刘拜山在《千首唐人绝句》评价这两句："行客、罟师本属局外，却被牵入局中，借彼之漠不关心，形己之深情独往。烘染无痕，妙不着力。"

如果说前两句的处理是平铺直叙的，那么紧接着诗人则用比喻的方式将这种离别之情升华。

"惟有相思似春色，江南江北送君归。"让我的这种相思之情像春色一样，跟着你从江南回到江北。这个比喻化无形为有形，将主观情感转变为客观事象。"相思"成了目可以视、耳可以闻的东西，似乎它的浓淡、深浅，也都可以体察入微。自古有很多写相思的诗句，但是王维将相思写得极具诗意，并且基调明快，这在古代诗人里并不多见。

图书在版编目（CIP）数据

王维诗歌赏析 / 马玮主编.— 北京：商务印书馆国际有限公司，2017.6（2023.8重印）
（中国古典诗词名家菁华赏析丛书）
ISBN 978-7-5176-0412-9

Ⅰ.①王… Ⅱ.①马… Ⅲ.①王维（699-759）–唐诗–诗歌欣赏 Ⅳ.①I207.227.42

中国版本图书馆CIP数据核字(2017)第109129号

WANGWEI SHIGE SHANGXI
王维诗歌赏析

主　　编	马　玮
出版发行	商务印书馆国际有限公司
地　　址	北京市朝阳区吉庆里14号楼 佳汇国际中心A座12层
邮　　编	100020
电　　话	010-65592876（编校部） 010-65598498（市场营销部）
网　　址	www.cpi1993.com
印　　刷	北京中科印刷有限公司
开　　本	710mm×1000mm　1/16
字　　数	315千字
印　　张	19.25
版　　次	2023年8月第1版第6次印刷
书　　号	ISBN 978-7-5176-0412-9
定　　价	38.00元

版权所有·违者必究
如有印装质量问题，请与我公司联系调换。